冯骥才散文精选

才著

照透过

书房

浙江教育出版社·杭州

真正的文学和真正的恋爱一样，
是在痛苦中追求幸福。

—— **冯骥才**

《红烛双猫》 张其翼（1915-1968年）

蓝眼睛的丢失虽使我伤心很久，但从此不知不觉我竟开始关切所有猫儿的命运。猫胡同再吵再闹也不再打扰我的睡眠，似乎有一只猫叫，就说明有一只猫活着，反而令我心安。猫叫成了我的安眠曲……

——《猫婆》

《荷》 张其翼

在快乐的童年里，根本不会感到蒸笼般夏天的难耐与难熬。唯有在此后艰难的人生里，才体会到苦夏的滋味。快乐把时光缩短，苦难把岁月拉长，一如这长长的仿佛没有尽头的苦夏。

——《苦夏》

《羊》 张其翼

昨天的哲人只能解释昨天，今天的答案还得来自今人。这样说来，一声不吭的原来是我们自己。

——《夕照透入书房》

《赏秋》　张其翼

人的最大的束缚是自己创造的历史与人文；浪漫则是让天性钻出历史与人文的缠裹，自由自在地放任一下。

——《地中海的菜单》

序

俞敏洪

　　"东方名家经典"系列中的散文精选集推出来了，我特别开心。开心，不仅因为这一想法的最初创意我积极参与了，而且我本人对于散文这种表达方式也情有独钟。同时，这一创意，也能够成为我和那些著名作家和散文家联结和交流的桥梁。

　　小说、诗歌、散文三种文体，我都很喜欢。高中之前读小说比较多，稚嫩的心灵需要故事的滋养，小说中的人物对读者品格和个性的塑造，常常会产生重大的影响，所以我们说：少不读水浒，老不读三国！从高中到大学，我更多地阅读诗歌，当然主要是现当代诗歌，不仅读，自己也学着写。二十世纪八十年代，诗歌的阅读和写作风靡全国，那种青年的朦胧情感和激情，需要从诗歌中汲取营养和寻找出口。当少年的幻想和青年的激荡开始退潮，我们开始面临的，是平凡的日常和绵延的岁月，这时候，我们的心灵，更加需要润物细无声的滋养。从大学毕业开始，阅读散文就成了我的习惯，并且一直持续到今天。

其实，我们从上学伊始，就一直在得到散文的滋养。十二年的中小学岁月，我们几乎每一个人，应该都或多或少背诵过一些散文，从古文的《爱莲说》《岳阳楼记》《醉翁亭记》，到现代散文《绿》《背影》《雪》，我们都耳熟能详。我们大部分人的表达能力和写作能力，也是从写作散文训练开始的。散文，尽管不如小说扣人心弦，也不如诗歌慷慨激昂，但却如涓涓细流，滋润心田。一盏茶、一杯酒，孤灯相伴，没有比反复阅读精美的散文更加能够让人心平气和的了。

散文读多了，我自己也尝试着写。初中的时候我尝试写过小说，事实证明我的想象力太贫乏，根本成不了小说家。大学时候我尝试着写诗歌，希望通过诗歌打动心上人的芳心，结果"芳心"在读完我写的诗歌后瞬间枯萎。我终于发现我是一个从生活到情感都很朴素平凡的人，用朴素平凡的语言来记录自己的生活和思想，才是最适合的方式。创立新东方后，我一头扎进了新东方生死存亡的经营之中，有很长一段时间既不怎么阅读，也不怎么写作。等到终于意识到生命比生意更加重要时，已经人到中年。终于重新拿起书，拿起笔，开始了只求意会的阅读和随心随意的记录。我一直认为，生命中的一些事情和情感，是需要记录的，而记录最好的方式，当然就是散文。记录，不是为了出版，不是为了宣传，而是为了自己，为了自己一生走来，能够回头去寻找过来的路径。这几年，我也编写了几本散文集，可惜由于文笔和思想欠佳，始终没有什么大气的文字出现。

每每当我阅读到优秀的散文时，我就爱不释手，到今天我还有意无意会去背诵一些特别优秀的散文段落。周围也总有朋友和家长问我，我们的孩子怎样找到优秀的散文去阅读。这些询问，终于激发了我收集优秀的散文，并且结集出版的想法。新东方有自己的编辑队伍，现在又有了自己的推广平台，很多现在活跃在中国文坛的作家和散文家还和我有私交，有了这些条件，我觉得要是不做这件事情，都对不起自己。于是，我跟一些作家谈了我的想法，结果得到了他们的鼎力支持！

大部分作家都著作等身，我们从什么角度来选取作家的散文，变成一本精选集，就成了一个问题。最后，我们决定以"成长"为切入角度。我们希望，这套"东方名家经典"，更多的是为青少年进行编辑，让青少年通过阅读这些名家散文和他们的成长回忆，得到启发和励志，帮助青少年更加美好地成长。通过阅读这些文字，这些著名的作家不再是一个个神一样的存在，而是还原成一个个有血有肉的人，有欢笑有眼泪，有成功也有失落。追寻这些优秀作家的成长脚步和他们对于人生的思考，我们不仅在品味他人的人生发展，更是在潜移默化地设计自己的人生之路。也许，在不知不觉之中，我们走上了一条更加明亮的发展道路。

在我们被忙忙碌碌的日常事务所淹没的今天，我们更加需要阅读来拯救我们的心灵。新东方在过去的几年中，一直在努力推广阅读。近几年来，在我们自己平台上售出的图书数量巨大。其中不光包含市面上一些耳熟能详的畅销品类，还有很多平时稍显冷门的纯文学类的甚至哲学类的图书。由此我们感受到，越来越多的读者正在回归阅读的本质，越发注重阅读带来的精神上和心灵上的愉悦与滋养。因此，我们新东方的这套散文集，也是本着这样一种使命感与责任感，精心梳理编辑，推给广大读者。

在这套散文集之后，我们还会陆续推出越来越多的好作家的好作品。我们希望自己能通过大众阅读与更多的人建立联结。2021年，我还做了一件事，就是开了一家书店，叫"新东方·阅读空间"。买书和读书这两件事，我自己一直没有中断过。现在，我又开始写书、卖书。不过，这个阅读空间作为一个实体书店，我希望它不以卖书为主，而以阅读为主。

人生在世，总要做一些绝对不会后悔的事情，而阅读，就是你怎么做都不会后悔的事情，尤其是当你阅读的是文笔和内容俱佳的散文。

让我们一起打开"东方名家经典"，开启一次愉快的精神之旅吧。

目

CONTENTS

录

第一辑

岁月精灵

秋天的音乐 / 003

花脸 / 009

逼来的春天 / 014

白发 / 019

冬日絮语 / 023

父子应是忘年交 / 027

时光 / 031

苦夏 / 034

马年的滋味 / 038

往事如"烟" / 041

黄山绝壁松 / 046

绵山奇观记 / 049

结婚纪念日 / 054

母亲百岁记 / 058

第二辑

千面人生

挑山工 / 065

逛娘娘宫 / 071

快手刘 / 090

长衫老者 / 096

歪儿 / 099

记韦君宜 / 102

日历 / 109

怀念老陆 / 114

在雅典的戴先生 / 119

第三辑

文艺触感

画枝条说 / 127

看望老柴 / 129

精神的殿堂 / 134

最后的凡·高 / 139

绘画是文学的梦 / 153

我的书法生活 / 162

行间笔墨 / 164

我与《清明上河图》的故事 / 168

夕照透入书房 / 173

灵感忽至 / 176

水墨文字 / 180

为母亲办一场画展 / 189

第四辑
旅途冥想

细雨品京都 / 195

维也纳春天的三个画面 / 199

意大利断想 / 203

古希腊的石头 / 211

爱犬的天堂 / 219

巴黎的天空 / 224

地中海的菜单 / 228

今天的布拉格 / 232

萨尔茨堡的性格 / 237

第五辑

写给人类的童年

老裘里和菲菲 / 249

麻雀 / 257

珍珠鸟 / 261

巨笼 / 264

小动物 / 266

猫婆 / 269

捅马蜂窝 / 276

黑头 / 280

第一辑

岁月精灵

秋天的音乐

你每次上路出远门千万别忘记带上音乐，只要耳朵里有音乐，你一路上对景物的感受就全然变了。

它不再是远远待在那里、无动于衷的样子，在音乐撩拨你心灵的同时，也把窗外的景物调弄得易感而动情。你被种种旋律和音响唤起的丰富的内心情绪，这些景物也全部神会地感应到了，它还随着你的情绪奇妙地进行自我再造。你振作、它雄浑，你宁静、它温存，你伤感、它忧患，也许同时还给你加上一点人生甜蜜的慰藉，这是真正知友心神相融的交谈……

河湾、山脚、烟光、云影、一草一木，所有细节都浓浓浸透你随同音乐而流动的情感，甚至它一切都在为你变形，一幅幅不断变换地呈现出你心灵深处的画面。它使你一下子看到了久藏心底那些不具体、不成形、朦胧模糊或被时间湮没了的影像，于是你更深深坠入被感动的漩涡里，享受这画面、音乐和自己灵魂三者融为一体的特殊感受……

秋天十月，我松松垮垮套上一件粗线毛衣，背个大挎包，去往东北最北部的大兴安岭。赶往火车站的路上，忽然发觉只带了录音机，却把音乐磁带忘记在家，恰巧路过一个朋友的住处，他是音乐迷，便跑进去向他借。他给我一盘说是新翻录的，都是"背景音乐"。我问他这是什么曲子，他怔了怔，看我一眼说：

"秋天的音乐。"

他多半随意一说，搪塞我。这曲名，也许是他看到我被秋风吹得松散飘扬的头发，灵机一动得来的。

火车一出山海关，我便戴上耳机听起这秋天的音乐。开端的旋律似乎熟悉，没等我怀疑它是不是真正地描述秋天，下巴发懒地一蹭粗软的毛衣领口，两只手搓一搓，让干燥的凉手背给湿润的热手心舒服地摩擦摩擦，整个身心就进入秋天才有的一种异样温暖甜醉的感受里了。

我把脸颊贴在窗玻璃上，挺凉，带着享受的渴望往车窗外望去，秋天的大自然展开一片辉煌灿烂的景象。阳光像钢琴明亮的音色洒在这收割过的田野上，整个大地像生过婴儿的母亲，幸福地舒展在开阔的晴空下，躺着，丰满而柔韧的躯体！从麦茬里裸露出浓厚的红褐色是大地母亲健壮的肤色；所有树林都在炎夏的竞争中把自己的精力膨胀到头，此刻自在自如地伸展它优美的枝条；所有金色的叶子都是它的果实，一任秋风翻动，煌煌夸耀着秋天的富有。

真正的富有感，是属于创造者的；真正的创造者，才有这种潇洒而悠然的风度……一只鸟儿随着一个轻扬的小提琴旋律腾空飞起，它把我引向无穷纯净的天空。任何情绪一入天空便化作一片博大的安寂。这愈看愈大的天空有如伟大哲人恢宏的头颅，白云是他的思想。

有时风云交会，会闪出一道智慧的灵光，响起一句警示世人的哲理。此时，哲人也累了，沉浸在秋天的松弛里。它高远，平和，神秘无限。大大小小、松松散散的云彩是他思想的片段，而片段才是最美的，无论思想还是情感……

这千形万状精美的片段伴同空灵的音响，在我眼前流过，还在阳光里洁白耀眼。那乘着小提琴旋律的鸟儿一直钻向云天，愈高愈小，最后变成一个极小的黑点儿，忽然"噗"地扎入一个巨大、蓬松、发亮的云团……

我陡然想起一句话：

"我一扑向你，就感到无限温柔呵。"

我还想起我的一句话：

"我睡在你的梦里。"

那是一个清明的早晨，在实实在在酣睡一夜醒来时，正好看见枕旁你朦胧的、散发着香气的脸说的。你笑了，就像荷塘里、雨里、雾里悄然张开的一朵淡淡的花。

接下去的温情和弦，带来一片疏淡的田园风景。秋天消解了大地的绿，用它中性的调子，把一切色泽调匀。和谐又高贵，平稳又舒畅，只有收获过了的秋天才能这样静谧安详。

几座闪闪发光的麦秸垛，一缕银蓝色半透明的炊烟，这儿一棵那儿一棵怡然自得站在平原上的树，这儿一只那儿一只慢吞吞吃草的杂色的牛。

在弦乐的烘托中，我心底渐渐浮起一张又静又美的脸。我曾经用吻像画家用笔那样，勾勒过这张脸：轮廓、眉毛、眼睛、嘴唇……这样的勾画异常奇妙，无形却深刻地记住。你嘴角的小涡、颤动的睫毛、鼓脑门和尖俏下巴上那极小而光洁的平面……近景从眼前疾掠而过，远景跟着我缓缓向前，大地像唱片慢慢旋转，耳朵里不绝地响着这曲人间牧歌。

一株垂死的老树一点点走进这巨大唱片的中间来。它的根像唱针，在大自然深处划出一支忧伤的曲调。心中的光线和风景的光线一同转暗，即使一湾河水强烈的反光，也清冷，也刺目，也凄凉。

一切阴影都化为行将垂暮秋天的愁绪；萧疏的万物失去往日共荣的激情，各自挽着生命的孤单；篱笆后一朵迟开的小葵花，像你告别时在人群中伸出的最后一次招手，跟着被轰隆隆前奔的列车甩到后边……

春的萌动、战栗、骚乱，夏的喧闹、蓬勃、繁华，全都销匿而去，无可挽回。不管它曾经怎样辉煌，怎样骄傲，怎样光芒四射，怎样自豪地挥霍自己的精力与才华，毕竟过往不复。人生是一次性的，生命以时间为载体，这就决定人类以死亡为结局的必然悲剧。谁能把昨天和前天追回来，哪怕再经受一次痛苦的诀别也是幸福，还有那做过许多傻事的童年，年轻的母亲和初恋的梦，都与这老了的秋天去之遥远了。

一种浓重的忧伤混同音乐漫无边际地散开，渲染着满目风光。我忽然想喊，想叫这列车停住，倒回去！

突然，一条大道纵向冲出去，黄昏中它闪闪发光，如同一支号角嘹亮吹响，声音唤来一大片拔地而起的森林，像一支金灿灿的铜管乐队，奏着庄严的乐曲走进视野。

来不及分清这是音乐还是画面变换的缘故，心境陡然一变，刚刚的忧愁一扫而光。当浓林深处一棵棵依然葱绿的幼树晃过，我忽然醒悟，秋天的凋谢全是假象！

它不过在寒飙来临之前把生命掩藏起来，把绿意埋在地下，在冬日的雪被下积蓄与浓缩，等待下一个春天里，再一次加倍地挥洒与铺张！

远远山坡上，坟茔，在夕照里像一堆火，神奇又神秘，它那里是埋葬的一具尸体或一个孤魂？

既然每个生命都在创造了另一个生命后离去，什么叫作死亡？死亡，不仅仅是一种生命的转换，旋律的变化，画面的更迭吗？那么世间还有什么比死亡更庄严、更神圣、更迷人！为了再生而奉献自己的伟大的死亡啊……

秋天的音乐已如圣殿的声音；这壮美崇高的轰响，把我全部身心都裹住、都净化了。我惊奇地感觉自己像玻璃一样透明。

这时，忽见对面坐着两位老人，正在亲密交谈。残阳把他俩的脸晒得好红，条条皱纹都像画上去的那么清楚。人生的秋天！他们把自己的青春年华、所有精力为这世界付出，连同头发里的色素也将耗尽，那满头银丝不是人间最值得珍惜的么？

我瞧着他俩相互凑近、轻轻谈话的样子，不觉生出满心的爱来，真想对他俩说些美好的话。我摘下耳机，未及开口，却听他们正议论关于单位里上级和下级的事，哪个连着哪个，哪个与哪个明争暗斗，哪个可靠和哪个更不可靠，哪个是后患而必须……

我惊呆了，以致再不能听下去，赶快重新戴上耳机，打开音乐，再听，再放眼窗外的景物。奇怪！这一次，秋天的音乐，那些感觉，全没了。

"艺术原本是欺骗人生的。"

在我返回家，把这盘录音带送还给我那朋友时，把这话告他。

他不知道我为何得到这样的结论，我也不知道他为何对我说：

"艺术其实是安慰人生的。"

（1989.4.28）

花　脸

做孩子的时候，盼过年的心情比大人来得迫切，吃穿玩乐花样都多，还可以把拜年来的亲友塞到手心里的一小红包压岁钱都积攒起来，做个小富翁。但对于孩子们来说，过年的魅力还有更一层深在的缘故，便是我要写在这几张纸上的。

每逢年至，小闺女们闹着戴绒花、穿红袄、嘴巴涂上浓浓的胭脂团儿；男孩子们的兴趣都在鞭炮上，我则不然，最喜欢的是买个花脸戴。这是一种纸浆轧制成的面具，用掺胶的彩粉画上戏里边那些有名有姓、威风十足的大花脸。后边拴根橡皮条，往头上一套，自己俨然就变成那员虎将了。这花脸是依脸型轧的，眼睛处挖两个孔，可以从里边往外看。但鼻子和嘴的地方不通气儿，一戴上，好闷，还有股臭胶和纸浆的味儿；说出话来，声音变得低粗，却有大将威武不凡的气概，神气得很。

一年年根，舅舅带我去娘娘宫前年货集市上买花脸。过年时人都分外有劲，挤在人群里好费力，终于从挂满在一条横竿上的花花绿绿几十种花脸中，惊喜地发现一个。这花脸好大，好特别！通面赤红，一双墨眉，眼角雄俊地吊起，头上边凸起一块绿包头，长巾贴脸垂下，脸下边是用马尾做的很长的胡须。这花脸与那些愣头愣脑、傻头傻脑、神头鬼脸的都不一样。虽然毫不凶恶，却有股子凛然不可侵犯的庄重之气，咄咄逼人，叫我看得直缩脖子。要是把它戴在脸上，管叫别人也吓得缩脖子。我竟不敢用手指它，只是朝它扬扬下巴，说："我要那个大红脸！"

卖花脸的小罗锅儿，举竿儿挑下这花脸给我，龇着黄牙笑嘻嘻地说："还是这小少爷有眼力，要做关老爷！关老爷还得拿把青龙偃月刀呢！我给您挑把顶精神的！"说着从戳在地上的一捆刀枪里，抽出一柄最漂亮的大刀给我。大红漆杆，金黄刀面，刀面上嵌着几块闪闪发光的小镜片，中间画一条碧绿的小龙，还拴一朵红缨子。这刀！这花脸！没想到一下得到两件宝贝。我高兴得只是笑，话都说不出。舅舅付了钱，坐三轮车回家时，我就戴着花脸，倚着舅舅的大棉袍执刀而立，一路引来不少人瞧我，特别是那些与我般般大的男孩子们投来艳羡的目光时，使我快活之极。舅舅给我讲了许多关公的故事，过五关、斩六将，温酒斩华雄，边讲边说："你好英雄呀！"好像在说我的光荣史。当他告我这把青龙偃月刀重八十斤，我简直觉得自己力大无穷。舅舅还教我用京剧自报家门的腔调说：

"我——姓关，名羽，字云长。"

到家，人人见人人夸，妈妈似乎比我更高兴。连总是厉害地板着脸的爸爸也含笑称我"小关公"。我推开人们，跑到穿衣镜前，横刀立马地一照，呀，哪里是小关公，我是大关公哪！

这样，整个大年三十我一直戴着花脸，谁说都不肯摘，睡觉时也戴着它，还是睡着后我妈妈轻轻摘下放在我枕边的，转天醒来头件事便是马上戴上，恢复我这"关老爷"的本来面貌。

大年初一，客人们陆陆续续来拜年，妈妈喊我去，好叫客人们见识见识我这关老爷。我手握大刀，摇晃着肩膀，威风地走进客厅，憋足嗓门叫道："我——姓关，名羽，字云长。"

客人们哄堂大笑，都说："好个关老爷，有你守家，保管大鬼小鬼进不来！"

我愈发神气，大刀呼呼抡两圈，摆个张牙舞爪的架势，逗得客人们笑个不停。只要客人来，妈妈就喊我出场表演。妈妈还给我换上只有三十夜拜祖宗时才能穿的那件青缎金花的小袍子。我成了全家过年的主角。连爸爸对我也另眼看待了。

我下楼一向不走楼梯。我家楼梯扶手是整根的光亮的圆木。下楼时便一条腿跨上去，"哧溜"一下滑到底。这时我就故意躲在楼上，等客人来突然由天而降，叫他们惊奇，效果会更响亮！

初一下午，来客进入客厅，妈妈一喊我，我跨上楼梯扶手飞骑而下，呜呀呀大叫一声闯进客厅，大刀上下一抡，谁知用力过猛，脚底没根，身子栽出去，"叭"的巨响，大刀正砍在花架上一尊插桃枝的大瓷瓶上，哗啦啦粉粉碎，只见瓷片、桃枝和瓶里的水飞向满屋，一个瓷片从二姑脸旁飞过，险些擦上了；屋内如淋急雨，所有人穿的新衣裳都是水渍；再看爸爸，他像老虎一样直望着我，哎哟，一根开花的小桃枝迎面飞去，正插在他梳得油光光的头发里。后来才知道被我打碎的是一尊祖传的乾隆官窑百蝶瓶，这简直是死罪！我坐在地上吓傻了，等候爸爸上来一顿狠狠地揪打。

妈妈的神气好像比我更紧张，她一下抓不着办法救我，瞪大眼睛等待爸爸的爆发。

就在这生死关头，二姑忽然破颜而笑，拍着一双雪白的手说道：

"好呵，好呵，今年大吉大利，岁（碎）岁（碎）平安呀！哎，关老爷，干吗傻坐在地上，快起来，二姑还要看你耍大刀哪！"

谁知二姑这是使什么法术，绷紧的气势霎时就松开了。另一位姨婆马上应和说："旧的不去，新的不来，不除旧，不迎新。您等着瞧吧，今年非抱个大金娃娃不成，是吧！"她满脸欢笑朝我爸爸说，叫他应声。其他客人也一拥而上，说吉祥话，哄爸爸乐。

这些话平时根本压不住爸爸的火气，此刻竟有神奇的效力，迫使他不乐也得乐。过年乐，没灾祸。爸爸只得嘿嘿两声，点头说：

"呵，好、好、好……"

尽管他脸上的笑纹明显含着被克制的怒意，我却奇迹般地因此逃脱开一次严惩。妈妈对我丢了眼色，我立刻爬起来，拖着大刀，狼狈而逃。身后还响着客人们着意的拍手声、叫好声和笑声。

往后几天里，再有拜年的客人来，妈妈不再喊我，节目被取消了。我躲在自己屋里很少露面，那把大刀也掖在床底下，只是花脸依旧戴着，大概躲在这硬纸后边再碰到爸爸时有种安全感。每每从眼孔里望见爸爸那张阴沉含怒的脸，不再觉得自己是关老爷，而是个可怜虫了！

过了正月十五，大年就算过去了。我因为和妹妹争吃撤下来的祭灶用的糖瓜，被爸爸抓着腰提起来，按在床上死揍了一顿。

我心里清楚，他是把打碎花瓶的罪过加在这件事上一起清算，因为他盛怒时，向我要来那把惹祸的大刀，用力折成段，大花脸也撕成碎片片。

从这事，我悟到一个祖传的概念：一年之中唯有过年这几天是孩子们的自由日，在这几天里无论怎样放胆去闹，也不会立刻得到惩罚。这便是所有孩子都盼望过年深在的缘故。当然那被撕碎的花脸也提醒我，在这有限的自由里可得勒着点自己，当心事后加倍地算账。

（1989 年正月十六）

逼来的春天

那时，大地依然一派毫无松动的严冬景象，土地邦硬，树枝全抽搐着，害病似的打着冷战；雀儿们晒太阳时，羽毛乍开好像绒球，紧挤一起，彼此借着体温。你呢，面颊和耳朵边儿像要冻裂那样的疼痛……然而，你那冻得通红的鼻尖，迎着凛冽的风，却忽然闻到了春天的气味！

春天最先是闻到的。

这是一种什么气味？它令你一阵惊喜，一阵激动，一下子找到了明天也找到了昨天——那充满诱惑的明天和同样季节、同样感觉却流逝难返的昨天。可是，当你用力再去吸吮这空气时，这气味竟又没了！你放眼这死气沉沉冻结的世界，准会怀疑它不过是瞬间的错觉罢了。春天还被远远隔绝在地平线之外吧。

但最先来到人间的春意，总是被雄踞大地的严冬所拒绝、所稀释、所泯灭。正因为这样，每逢这春之将至的日子，人们会格外的兴奋、敏感和好奇。

如果你有这样的机会多好——天天来到这小湖边，你就能亲眼看到冬天究竟怎样退去，春天怎样到来，大自然究竟怎样完成这一年一度起死回生的最奇妙和最伟大的过渡。

但开始时，每瞧它一眼，都会换来绝望。这小湖干脆就是整整一块巨大无比的冰，牢牢实实，坚不可摧；它一直冻到湖底了吧？鱼儿全死了吧？灰白色的冰面在阳光反射里光芒刺目；小鸟从不敢在这寒气逼人的冰面上站一站。

逢到好天气，一连多天的日晒，冰面某些地方会融化成水，别以为春天就从这里开始。忽然一夜寒飙过去，转日又冻结成冰，恢复了那严酷肃杀的景象。若是风雪交加，冰面再盖上一层厚厚的雪被，春天真像天边的情人，愈期待愈迷茫。

然而，一天，湖面一处，一大片冰面竟像沉船那样陷落下去，破碎的冰片斜插水里，好像出了什么事！这除非是用重物砸开的，可什么人、又为什么要这样做呢？但除此之外，并没发现任何异常的细节。那么你从这冰面无缘无故的坍塌中是否隐隐感到了什么……刚刚从裂开的冰洞里露出的湖水，漆黑又明亮，使你想起一双因为爱你而无限深邃又默默的眼睛。

这坍塌的冰洞是个奇迹，尽管寒潮来临，水面重新结冰，但在白日阳光的照耀下又很快地融化和洞开。冬的伤口难以愈合。冬的黑子出现了。

冬天与春天的界限是瓦解。

冰的坍塌不是冬的风景，而是隐形的春所创造的第一幅壮丽的图画。

跟着，另一处湖面，冰层又坍塌下去。一个、两个、三个……随后湖面中间闪现一条长长的裂痕，不等你确认它的原因和走向，居然又发现几条粗壮的裂痕从斜刺里交叉过来。开始这些裂痕发白，渐渐变黑，这表明裂痕里已经浸进湖水。某一天，你来到湖边，会止不住出声地惊叫起来，巨冰已经裂开！黑黑的湖水像打开两扇沉重的大门，把一分为二的巨冰推向两旁，终于袒露出自己阔大、光滑而迷人的胸膛……

这期间，你应该在岸边多待些时候。你就会发现，这漆黑而依旧冰冷的湖水泛起的涟漪，柔软又轻灵，与冬日的寒浪全然两样了。那些仍然覆盖湖面的冰层，不再光芒夺目，它们黯淡、晦涩、粗糙和发脏，表面一块块凹下去。有时，忽然"咔嚓"清脆的一响，跟着某一处，断裂的冰块应声漂移而去……尤其动人的，是那些在冰层下憋闷了长长一冬的大鱼，它们时而激情难捺，猛地蹦出水面，在阳光下银光闪烁打个"挺儿"，"哗啦"落入水中。你会深深感到，春天不是由远方来到眼前，不是由天外来到人间；它原是深藏在万物的生命之中的，它是从生命深处爆发出来的，它是生的欲望、生的能源与生的激情。它永远是死亡的背面。唯此，春天才是不可遏制的。它把酷烈的严冬作为自己的序曲，不管这序曲多么漫长。

追逐着凛冽的朔风的尾巴，总是明媚的春光；所有冻凝的冰的核儿，都是一滴春天的露珠；那封闭大地的白雪下边是什么？你挥动大帚，扫去白雪，一准是连天的醉人的绿意……

你眼前终于出现这般景象：宽展的湖面上到处浮动着大大小小的冰块。这些冬的残骸被解脱出来的湖水戏弄着，今儿推到湖这边儿，明日又推到湖那边儿。早来的候鸟常常一群群落在浮冰上,像乘载游船,欣赏着日渐稀薄的冬意。这些浮冰不会马上消失,有时还会给一场春寒冻结在一起,霸道地凌驾湖上,重温昔日威严的梦。然而,春天的湖水既自信又有耐性,有信心才有耐性。它在这浮冰四周,扬起小小的浪头,好似许许多多温和而透明的小舌头,去舔弄着这些渐软渐松渐小的冰块……最后,整个湖中只剩下一块肥皂大小的冰片片了,湖水反而不急于吞没它,而是把它托举在浪波之上,摇摇晃晃,一起一伏,展示着严冬最终的悲哀、无助和无可奈何……终于,它消失了。冬,顿时也消失于天地间。这时你会发现,湖水并不黝黑,而是湛蓝湛蓝。它和天空一样的颜色。

天空是永远宁静的湖水,湖水是永难平静的天空。

春天一旦跨到地平线这边来,大地便换了一番风景,明朗又朦胧。它日日夜夜散发着一种气息,就像青年人身体散发出的气息。清新的、充沛的、诱惑而撩人的,这是生命本身的气息。大地的肌肤——泥土,松软而柔和;树枝再不抽搐,软软地在空中自由舒展,那纤细的枝梢无风时也颤悠悠地摇动,招呼着一个万物萌芽的季节的到来。小鸟们不必再乍开羽毛,个个变得光溜精灵,在高天上扇动阳光飞翔……湖水因为春潮涨满,仿佛与天更近;静静的云,说不清在天上还是在水里……湖边,湿漉漉的泥滩上,那些东倒西歪的去年的枯苇棵里,一些鲜绿夺目、又尖又硬的苇芽,破土而出,愈看愈多,有的地方竟已簇密成片了。你真惊奇!在这之前,它们竟逃过你细心的留意,一旦发现即已充满咄咄的生气了!

难道这是一夜春风、一阵春雨或一日春晒，便齐刷刷钻出地面？来得又何其神速！这分明预示着，大自然囚禁了整整一冬的生命，要重新开始新的一轮竞争了。而它们，这些碧绿的针尖一般的苇芽，不仅叫你看到了崭新的生命，还叫你深刻地感受到生命的锐气、坚韧、迫切，还有生命和春的必然。

（1994.3）

白　发

人生入秋，便开始被友人指着脑袋说：

"呀，你怎么也有白发了？"

听罢笑而不答，偶尔笑答一句："因为头发里的色素都跑到稿纸上去了。"

就这样，嘻嘻哈哈、糊里糊涂地翻过了生命的山脊，开始渐渐下坡来。或者再努力，往上登一登。

对镜看白发，有时也会认真起来：这白发中的第一根是何时出现的？为了什么？思绪往往会超越时空，一下子回到了少年时——那次同母亲聊天，母亲背窗而坐，窗子敞着，微风无声地轻轻掀动母亲的头发，忽见母亲的一根头发被吹立起来，在夕照里竟然银亮银亮，是一根白发！这根细细的白发在风里柔弱摇曳，却不肯倒下，好似对我召唤。我第一次看见母亲的白发，第一次强烈地感受到母亲也会老，这是多可怕的事啊！我禁不住过去扑在母亲怀里。母亲不知出了什么事，问我，用力想托我起来，我却紧紧抱住母亲，好似生怕她离去……事后，我一直没有告诉母亲这究竟为了什么。最浓烈的感情难以表达出来，最脆弱的感情只能珍藏在自己心里。如今，母亲已是满头白发，但初见她白发的感受却深刻难忘。那种人生感，那种凄然，那种无可奈何，正像我们无法把地上的落叶抛回树枝上去……

妻子把一小酒盅染发剂和一支扁头油画笔拿到我面前，叫我帮她染发。我心里一动，怎么，我们这一代生命的森林也开始落叶了？我瞥一眼她的头发，笑道："不过两三根白头发，也要这样小题大做？"可是待我用手指撩开她的头发，我惊讶了，在这黑黑的头发里怎么会埋藏这么多的白发！我竟如此粗心大意，至今才发现才看到。也正是由于这样多的白发，才迫使她动用这遮掩青春衰退的颜色。可是她明明一头乌黑而清香的秀发呀，究竟怎样一根根悄悄变白的？是在我不停歇的忙忙碌碌中、侃侃而谈中、还是在不舍昼夜的埋头写作中？是那些年在大地震后寄人篱下的茹苦含辛的生活所致？是为了我那次重病内心焦虑而催白的？还是那件事……几乎伤透了她的心，一夜间骤然生出这么多白发？

黑发如同绿草，白发犹如枯草；黑发像绿草那样散发着生命诱人的气息，白发却像枯草那样晃动着刺目的、凄凉的、枯竭的颜色。我怎样做才能还给她一如当年那一头美丽的黑发？我急于把她所有变白的头发染黑。她却说：

"你是不是把染发剂滴在我头顶上了？"

我一怔。赶忙用眼皮噙住泪水，不叫它再滴落下来。

一次，我把剩下的染发剂交给她，请她也给我的头发染一染。

这一染，居然年轻许多！谁说时光难返，谁说青春难再，就这样我也加入了用染发剂追回岁月的行列。谁知染发是件愈来愈艰难的事情。不仅日日增多的白发需要加工，而且这时才知道，白发并不是由黑发变的，它们是从走向衰老的生命深处滋生出来的。当染过的头发看上去一片乌黑青黛，它们的根部又齐刷刷冒出一茬雪白。任你怎样去染，去遮盖，它还是茬茬涌现。人生的秋天和大自然的春天一样顽强。挡不住的白发呵！

开始时精心细染，不肯漏掉一根。但事情忙起来，没有闲暇染发，只好任由它花白。染又麻烦，不染难看，渐而成了负担。

这日，邻家一位老者来访。这老者阅历深，博学，又健朗，鹤发童颜，很有神采。他进屋，正坐在阳光里。一个画面令我震惊——他不单头发通白，连胡须眉毛也一概全白；在强光的照耀下，蓬松柔和，光明透彻，亮如银丝，竟没有一根灰黑色，真是美极了！我禁不住说："将来我也修炼出您这一头漂亮潇洒的白发就好了，现在的我，染和不染，成了两难。"老者听了，朗声大笑，然后对我说：

"小老弟，你挺明白的人，怎么在白发面前糊涂了？孩童有稚嫩的美，青年有健旺的美，你有中年成熟的美，我有老来冲淡自如的美。这就像大自然的四季——春天葱茏，夏天繁盛，秋天斑斓，冬天纯净。各有各的美感，各有各的优势，谁也不必羡慕谁，更不能模仿谁，模仿必累，勉强更累。人的事，生而尽其动，死而尽其静。听其自然，对！所谓听其自然，就是到什么季节享受什么季节。哎，我这话不知对你有没有用，小老弟？”

　　我听罢，顿觉地阔天宽，心情快活。摆一摆脑袋，头上花发来回一晃，宛如摇动一片秋光中的芦花。

（1995.2.2）

冬日絮语

　　每每到了冬日，才能实实在在触摸到岁月。年是冬日中间的分界。有了这分界，便在年前感到岁月一天天变短，直到残剩无多！过了年忽然又有大把的日子，成了时光的富翁，一下子真的大有可为了。

　　岁月是用时光来计算的。那么时光又在哪里？在钟表上，日历上，还是行走在窗前的阳光里？

　　窗子是房屋最迷人的镜框。节候变换着镜框里的风景。冬意最浓的那些天，屋里的热气和窗外的阳光一起努力，将冻结在玻璃上的冰雪融化；它总是先从中间化开，向四边蔓延。透过这美妙的冰洞，我发现原来严冬的世界才是最明亮的。那一如人的青春的盛夏，总有阴影遮翳，葱茏却幽暗。小树林又何曾有这般光明？我忽然对老人这个概念生了敬意。只有阅尽人生，脱净了生命年华的叶子，才会有眼前这小树林一般明澈。只有这彻底的通彻，才能有此无边的安宁。安宁不是安寐，而是一种博大而丰实的自享。世中唯有创造者所拥有的自享才是人生真正的幸福。

朋友送来一盆"香棒"，放在我的窗台上说："看吧，多漂亮的大叶子！"

这叶子像一只只绿色光亮的大手，伸出来，叫人欣赏。逆光中，它的叶筋舒展着舒畅又潇洒的线条。一种奇特的感觉出现了！严寒占据窗外，丰腴的春天却在我的房中怡然自得。

自从有了这盆"香棒"，我才发现我的书房竟有如此灿烂的阳光。它照进并充满每一片叶子和每一根叶梗，把它们变得像碧玉一样纯净、通亮、圣洁。我还看见绿色的汁液在通明的叶子里流动。这汁液就是血液。人的血液是鲜红的，植物的血液是碧绿的，心灵的血液是透明的，因为世界的纯洁来自心灵的透明。但是为什么我们每个人都说自己纯洁，而整个世界却仍旧一片混沌呢？

我还发现，这光亮的叶子并不是为了表示自己的存在，而是为了证实阳光的明媚、阳光的魅力、阳光的神奇。任何事物都同时证实着另一个事物的存在。伟大的出现说明庸人的无所不在；分离愈远的情人，愈显示了他们的心丝毫没有分离；小人的恶言恶语不恰好表达你的高不可攀和无法企及吗？而骗子无法从你身上骗走的，正是你那无比珍贵的单纯。老人的生命愈来愈短，还是他生命的道路愈来愈长？生命的计量，在于它的长度，还是宽度与深度？

冬日里，太阳环绕地球的轨道变得又斜又低。夏天里，阳光的双足最多只是站在我的窗台上，现在却长驱直入，直射在我北面的墙壁上。一尊唐代的木佛一直伫立在阴影里沉思，此刻迎着一束光芒无声地微笑了。

阳光还要充满我的世界，它化为闪闪烁烁的光雾，朝着四周的阴暗的地方浸染。阴影又执着又调皮，阳光照到哪里，它就立刻躲到光的背后。而愈是幽暗的地方，愈能看见被阳光照得晶晶发光的游动的尘埃。这令我十分迷惑：黑暗与光明的界限究竟在哪里？黑夜与晨曦的界限呢？来自早醒的鸟第一声的啼叫吗……这叫声由于被晨露滋润而异样地清亮。

但是，有一种光可以透入幽闭的暗处，那便是从音箱里散发出来的闪光的琴音。鲁宾斯坦的手不是在弹琴，而是在摸索你的心灵；他还用手思索，用手感应，用手触动色彩，用手试探生命世界最敏感的悟性……琴音是不同的亮色，它们像明明灭灭、强强弱弱的光束，散布在空间！那些旋律片段好似一些金色的鸟，扇着翅膀，飞进布满阴影的地方。有时，它会在一阵轰响里，关闭了整个地球上的灯或者创造出一个辉煌夺目的太阳。我便在一张寄给远方的失意朋友的新年贺卡上，写了一句话：

你想得到的一切安慰都在音乐里。

冬日里最令人莫解的还是天空。

盛夏里，有时乌云四合，那即将被峥嵘的云吞没的最后一块蓝天，好似天空的一个洞，无穷地深远。而现在整个天空全成了这样，在你头顶上无边无际地展开！空阔、高远、清澈、庄严！除去少有的飘雪的日子，大多数时间连一点点云丝也没有，鸟儿也不敢飞上去，这不仅由于它凛冽寥廓，而是因为它大得……大得叫你一仰起头就感到自己的渺小。只有在夜间，寒空中才有星星闪烁。这星星是宇宙间点灯的驿站。万古以来，是谁不停歇地从一个驿站奔向下一个驿站？为谁送信？为了宇宙间那一桩永恒的爱吗？

　　我从大地注视着冬天在大地上的脚步，看看它究竟怎样一步步、沿着哪个方向一直走到春天。

（1995.12.28 一稿　1996.1.18 二稿）

父子应是忘年交

儿子考上大学时，闲话中提到费用，他忽然说："从上初中开始，我一直用自己的钱缴的学费。"

我和妻子都吃一惊。我们活得又忙碌又糊涂，没想到这种事。我问他："你哪来的钱？"

"平时的零花钱，还有以前过年时的压岁钱，攒的。"

"你为什么要用自己的钱呢？"我犹然不解。

他不语。事后妻子告诉我，他说："我要像爸爸那样，一切都靠自己。"

于是我对他肃然起敬，并感到他一下子长大了。那个整天和我踢球、较量、打闹并被我爱抚地捉弄着的男孩儿已然倏忽远去。人长大，不是身体的放大，不是唇上出现的软髭和颈下凸起的喉结，而是一种成熟，一种独立人格的出现。但究竟他是怎样不声不响、不落痕迹地渐渐成长，忽然一天这样地叫我惊讶，叫我陌生，是不是我的眼睛太多关注于人生的季节和社会的时令，关注那每一朵嫩苞一节枯枝一块阴影和一片容光，关注笔尖下每一个细节的真实和每一个词语的准确，因而忽略了日日跟在身边却早已悄悄发生变化的儿子。

我把这感觉告诉给朋友，朋友们全都笑了，原来在所有的父亲心目里，儿子永远是夹生的。

对于天下的男人们，做父亲的经历各不一样，做父亲的感觉却大致相同。

这感觉一半来自天性，一半来自传统。

一九七六年大地震那夜，我睡地铺。"地动山摇"的一瞬，我本能地一跃而起，扑向儿子的小床，把他紧紧拥在怀里，任凭双腿全被乱砖乱瓦砸伤。事后我逢人便说自己如何英勇地捍卫了儿子，那份得意，那份神气，那份英雄感，其实是一种自享。享受一种做父亲尽天职的快乐。父亲，天经地义是家庭和子女的保护神。天职就是天性。

至于来自传统的做父亲的感觉，便是长者的尊严，教导者的身份，居高临下的视角与姿态……每一代人都从长辈那里感受这种父亲的专利，一旦他自己做了父亲就将这种专利原原本本继承下来。

这是一种"传统感觉"，也是一种"父亲文化"。

我们就是在这一半天性一半传统中，美滋滋又糊里糊涂做着父亲。自以为对儿子了如指掌，一切一切，尽收眼底，可是等到儿子一旦长大成人，才惊奇地发现自己竟然对他一无所知。最熟悉的变为最陌生，最近的站到了最远，对话忽然中断，交流出现阻隔。弄不好还可能会失去了他。人们把这弄不明白的事情推给

"代沟"这个字眼儿，却不清楚：每个父亲都会面临重新与儿子相处的问题。

我想起，我的儿子自小就不把同学领到狭小的家里来玩，怕打扰我写作，我为什么不把这看作是他对我工作的一种理解与尊重？他也没有翻动过我桌上的任何一片写字的纸，我为什么没有看到文学在他心里也同样的神圣？我由此还想起，照看过他的一位老妇人说，他从来没有拉过别人的抽屉，对别人的东西产生过好奇与眼羡……当我把这些不曾留意的许多细节，与他中学时就自己缴学费的事情串连一起，我便开始一点点向他走近。

他早就有一个自己的世界。里边有很多发光的事物。直到今天我才探进头来。

被理解是一种幸福，理解人也是一种幸福。

当我看到了他独立的世界和独立的人格，也就有了与他相处的方式。

对于一个走向成年的孩子，千万不要再把他当作孩子，而要把他当作一个独立的男人。

我开始尽量不向他讲道理，哪怕这道理千真万确，我只是把这道理作为一种体会表达出来而已。他呢？也只是在我希望他介入我的事情时，他才介入进来。我们对彼此的世界，不打扰，不闯入，不指手画脚，这才是男人间的做法。我深知他不喜欢用语言张扬情感，崇尚行动本身；他习惯于克制激动，同时把这激动用隐藏的方式保留起来。我们的性格刚好相反，我却学会用他这种心领神会的方式与他交流。比方我在书店买书时，常常会挑选几本他喜欢的书，回家后便不吭声地往他桌上一放。他也是这样为我做事。他不喜欢添油加醋的渲染，而把父子之情看得天地一样的必然。如果这需要印证，就去看一看他的眼睛——儿子望着父亲的目光，总是一种彻底的忠诚。

所以，我给他翻译的埃里克·奈特那本著名的小说《好狗莱希》（又名《莱希回家了》）写的序文，故意用了这样一个题目：忠诚的价值胜过金子。

儿子，在孩提时代是一种含义。但长大成人后就变了，除去血缘上的父子关系之外，又是朋友，是一个忘年交。而只有真正成为这种互为知己的忘年交，我们才获得完满的做父亲的幸福，才拥有了实实在在又温馨完美的人生。

（1996.6 天津）

时　光

　　一岁将尽，便进入一种此间特有的情氛中。平日里奔波忙碌，只觉得时间的紧迫，很难感受到"时光"的存在。时间属于现实，时光属于人生。然而到了年终时分，时光的感觉乍然出现。它短促、有限、性急，你在后边追它，却始终抓不到它飘举的衣袂。它飞也似的向着年的终点扎去。等到你真的将它超越，年已经过去，那一大片时光便留在过往不复的岁月里了。

　　今晚突然停电，摸黑点起蜡烛。烛光如同光明的花苞，宁静地浮在漆黑的空间里；室内无风，这光之花苞便分外优雅与美丽；些许的光散布开来，朦胧依稀地勾勒出周边的事物。没有电就没有音乐相伴，但我有比音乐更好的伴侣——思考。

　　可是对于生活最具悟性的，不是思想者，而是普通大众。比如大众俗语中，把临近年终这几天称作"年根儿"，多么真切和形象！它叫我们顿时发觉，一棵本来是绿意盈盈的岁月之树，已被我们消耗殆尽，只剩下一点点根底。时光竟然这样的紧迫、拮据与深浓……

　　一下子，一年里经历过的种种事物的影像全都重叠地堆在眼前。不管这些事情怎样庞杂与艰辛，无奈与突兀。我更想从中找到自己的足痕。从春天落英缤纷的京都退藏院到冬日小雨空蒙的雅典德尔菲遗址；从重庆荒芜的红卫兵墓到津南那条神奇的蛤蜊堤；从一个会场到另一个会场，一个活动到另一个活动中；究竟哪一些足迹至今清晰犹在，哪一些足迹杂沓模糊甚至早被时光干干净净一抹而去？

我瞪着眼前的重重黑影，使劲看去。就在烛光散布的尽头，忽然看到一双眼睛正直对着我。目光冷峻锐利，逼视而来。这原是我放在那里的一尊木雕的北宋天王像。然而此刻他的目光却变得分外有力。它何以穿过夜的浓雾，穿过漫长的八百年，锐不可当、拷问似的直视着任何敢于朝他瞧上一眼的人？显然，是由于八百年前那位不知名的民间雕工传神的本领、非凡的才气；他还把一种阳刚正气和直逼邪恶的精神注入其中。如今那位无名雕工早已了无踪影，然而他那令人震撼的生命精神却保存下来。

在这里，时光不是分毫不曾消逝吗？

植物死了，把它的生命留在种子里；诗人离去，把他的生命留在诗句里。

时光对于人，其实就是生命的过程。当生命走到终点，不一定消失得没有痕迹，有时它还会转化为另一种形态存在或再生。母与子的生命的转换，不就在延续着整个人类吗？再造生命，才是最伟大的生命奇迹。而此中，艺术家们应是最幸福的一种。唯有他们能用自己的生命去再造一个新的生命。小说家再造的是代代相传的人物；作曲家再造的是他们那个可以听到的迷人而永在的灵魂。

此刻，我的眸子闪闪发亮，视野开阔，房间里的一切艺术珍品都一点点地呈现。它们不是被烛光照亮，而是被我陡然觉醒的心智召唤出来的。

其实我最清晰和最深刻的足迹，应是书桌下边，水泥的地面上那两个被自己的双足磨成的浅坑。我的时光只有被安顿在这里，它才不会消失，而被我转化成一个个独异又鲜活的生命，以及一行行永不褪色的文字。然而我一年里把多少时光抛入尘嚣，或是支付给种种一闪即逝的虚幻的社会场景。甚至有时属于自己的时光反成了别人的恩赐。检阅一下自己创造的人物吧，掂量他们的寿命有多长。艺术家的生命是用他艺术的生命计量的。每个艺术家都有可能达到永恒，放弃掉的只能是自己。是不是？

迎面那宋代天王瞪着我，等我回答。

我无言以对，尴尬到了自感狼狈。

忽然，电来了，灯光大亮，事物通明，恍如更换天地。刚才那片幽阔深远的思想世界顿时不在，唯有烛火空自燃烧，显得多余。再看那宋代的天王像，在灯光里仿佛换了一个神气，不再那样咄咄逼人了。

我也不用回答他，因为我已经回答自己了。

（丁丑腊月廿一日寒夜）

苦 夏

这一日，终于撂下扇子。来自天上干燥清爽的风，忽吹得我衣飞举，并从袖口和裤管钻进来，把周身滑溜溜地抚动。我惊讶地看着阳光下依旧夺目的风景，不明白数日前那个酷烈非常的夏天突然到哪里去了。

是我逃遁似的一步跳出了夏天，还是它就像七六年的"文革"那样——在一夜之间崩溃？

身居北方的人最大的福分，便是能感受到大自然的四季分明。我特别能理解一位新加坡朋友，每年冬天要到中国北方住上十天半个月，否则会一年里周身不适。好像不经过一次冷处理，他的身体就会发酵。他生在新加坡，祖籍中国河北，虽然人在"终年都是夏"的新加坡长大，血液里肯定还执着地潜藏着大自然四季的节奏。

四季是来自于宇宙的最大的拍节。在每一个拍节里，大地的景观便全然变换与更新。四季还赋予地球以诗，故而悟性极强的中国人，在四言绝句中确立的法则是：起，承，转，合。这四个字恰恰就是四季的本质。起始如春，承续似夏，转变若秋，合拢为冬。合在一起，不正是地球生命完整的一轮？为此，天地间一切生命全都依从着这一拍节，无论岁岁枯荣与生死的花草百虫，还是长命百岁的漫漫人生。然而在这生命的四季里，最壮美和最热烈的不是这长长的夏么？

女人们孩提时的记忆散布在四季，男人们的童年往事大多是在夏天里。这由于，我们儿时的伴侣总是各种各样的昆虫。蜻蜓、天牛、蚂蚱、螳螂、蝴蝶、蝉、蚂蚁、蚯蚓，此外还有青蛙和鱼儿。它们都是夏日生活的主角；每种昆虫都给我们带来无穷的快乐。甚至我对家人和朋友们记忆最深刻的细节，也都与昆虫有关。比如妹妹一见到壁虎就发出一种特别恐怖的尖叫，比如邻家那个斜眼的男孩子专门残害蜻蜓，比如同班一个最好看的女生头上花形的发卡，总招来蝴蝶落在上边；再比如，父亲睡在铺了凉席的地板上，夜里翻身居然压死了一只蝎子。这不可思议的事使我感到父亲的无比强大。后来父亲挨斗，挨整，写检查；我劝慰和宽解他，怕他自杀，替他写检查——那是我最初写作的内容之一。这时候父亲那种强大感便不复存在。生活中的一切事物，包括夏天的意味全都发生了变化。

在快乐的童年里，根本不会感到蒸笼般夏天的难耐与难熬。唯有在此后艰难的人生里，才体会到苦夏的滋味。快乐把时光缩短，苦难把岁月拉长，一如这长长的仿佛没有尽头的苦夏。但我至今不喜欢谈自己往日的苦楚与磨砺。相反，我却从中领悟到"苦"字的分量。苦，原是生活中的蜜。人生的一切收获都压在这沉甸甸的苦字的下边。然而一半的苦字下边又是一无所有。你用尽平生的力气,最终所获与初始时的愿望竟然去之千里。你该怎么想?

于是我懂得了这苦夏——它不是无尽头的暑热的折磨,而是我们顶着毒日头默默又坚忍的苦斗的本身。人生的力量全是对手给的,那就是要把对手的压力吸入自己的骨头里。强者之力最主要的是承受力。只有在匪夷所思的承受中才会感到自己属于强者,也许为此,我的写作一大半是在夏季。很多作家包括普希金不都是在爽朗而惬意的秋天里开花结果?我却每每进入炎热的夏季,反而写作力加倍地旺盛。我想,这一定是那些沉重的人生的苦夏,煅造出我这个反常的性格习惯。我太熟悉那种写作久了,汗湿的胳膊粘在书桌玻璃上的美妙无比的感觉。

在维瓦尔第的《四季》中,我常常只听"夏"的一章。它使我激动,胜过春之蓬发、秋之灿烂、冬之静穆。友人说"夏"的一章,极尽华丽之美。我说我从中感受到的,却是夏的苦涩与艰辛,甚至还有一点儿悲壮。友人说,我在这音乐情境里已经放进去太多自己的故事。我点点头,并告诉他我的音乐体验。音乐的最高境界是超越听觉;不只是它给你,更是你给它。

年年夏日,我都会这样体验一次夏的意义,从而激情迸发,心境昂然。一手撑着滚烫的酷暑,一手写下许多文字来。

今年我还发现,这伏夏不是被秋风吹去的,更不是给我们的扇子轰走的——

夏天是被它自己融化掉的。

因为,夏天的最后一刻,总是它酷热的极致。我明白了,它是耗尽自己的一切，才显示出夏的无边的威力。生命的快乐是能量淋漓尽致地发挥。但谁能像它这样，用一种自焚的形式，创造出这火一样辉煌的顶点？

于是，我充满了夏之崇拜！我要一连跨过眼前的辽阔的秋、悠长的冬和遥远的春，再一次邂逅你，我精神的无上境界——苦夏！

（1999.8 天津）

马年的滋味

龙年颂龙，猴年夸猴，牛年赞牛，马年呢？友人说，你脱脱俗套说点真实的吧，你属马，也最知马年的滋味。

我回头一看，倏忽已过了五个马年。咀嚼一下，每个本命年的滋味竟然全不一样。

我的第一个马年是一九四二年，我出生。本来母亲先怀一个孩子，不料小产了，不久就怀上我，倘若那孩子——据说也是个男孩子"地位稳固"，便不会有我。我的出生乃是一种幸中之幸。第一个马年里我一落地，就是匹幸运之马。

第二个马年是一九五四年，我十二岁。这一年天下太平。世界上没有大战争，吾国没有政治运动。我一家人没病没灾没祸没有意外的不幸。今天回忆起那个马年来，每一天都是笑容。我则无忧无虑地踢球、钓鱼、捉蟋蟀、爬房、画画、钻到对门大院内去偷摘苹果。并且第一次感觉到邻桌的女孩有种动人的香味。这个马年我是快乐之马。

第三个马年是一九六六年，我二十四岁。这年大地变成大海。黑风白浪，翻天覆地。我的家被占领四十天，占领者每人执一木棒或铁棍，将我的一切，包括我的理想与梦想全都淋漓尽致地捣个粉碎。那一年我看到了生活的反面，人的负面，并发现只有漆黑的夜里才是最安全的。我还有三分钟的精神错乱。这一马年我是受难之马。

第四个马年是一九七八年，我三十六岁。这一年我住在北京的人民文学出版社里写小说。第一次拿到了散发着油墨香味的自己的书《义和拳》。但我真正走进文学还是因为投入了当时思想解放的洪流。到处参加座谈会，每个会都是激情洋溢，人人发言都有耀眼的火花。那是个热血沸腾的时代，作家们都为自己的思想而写作。我"胆大妄为"地写了伤痕文学《铺花的歧路》。这小说原名叫《创伤》，由于书稿在人民文学出版社引起激烈争论，误了发表，而卢新华的《伤痕》出来了，便改名为《铺花的歧路》。这情况直到十一月才有转机。一是由于茅盾先生表示对我的支持，二是被李小林要走，拿到刚刚复刊的《收获》上发表。我便一下子站到当时文学的"风口浪尖"上。这一马年对于我，是从挣扎之马到脱缰之马。

第五个马年是一九九〇年，我四十八岁。我的创作出现困顿，无人解惑，便暂停了写作。打算理一理自己的脑袋，再走下边的路。在迷惘与焦灼中重拾画笔，却意外地开始了阔别久矣的绘画生涯。世人不知我的"前身"为画家，吃惊于我；我却不知这些年竟积累如此深厚的人生感受，万般情境，挥笔即来，我也吃惊于自己。在艺术创作中最美好的感觉莫过于叫自己吃惊。于是发现，稿纸之外还有一片无涯的天地，心情随之豁然。

这一年的我，可谓突围之马。

回首五个马年才知，这马年的滋味，酸甜苦辣，驳杂种种。何况本命年只是人生的驿站。各站之间长长的十二年的征程中，还有说不尽的曲折婉转。我不知别人的本命马年是何滋味，反正人生况味，都是五味俱全。五味之中，苦味为首。那么，在这个将至的马年里，我这匹马又该如何？

前几天，请友人治印两方，皆属闲文。一方是"一甲子"，一方是"老骥"。这"老骥"二字，不过是乘一时之兴，借用曹操的诗，以寓志在千里罢了。可是反过来，我又笑自己不肯甘守寂寞，总用种种近忧远虑来折磨自己。

看来这一年我注定是奔波之马了。

（庚辰腊月二十八）

往事如"烟"

　　从家族史的意义上说，抽烟没有遗传。虽然我父亲抽烟，我也抽过烟，但在烟上我们没有基因关系。我曾经大抽其烟，我儿子却绝不沾烟，儿子坚定地认为不抽烟是一种文明。看来个人的烟史是一段绝对属于自己的人生故事。而且在开始成为烟民时，就像好小说那样，各自还都有一个"非凡"的开头。

　　记得上小学时，我做肺部的X光透视检查。医生一看我肺部的影像，竟然朝我瞪大双眼，那神气好像发现了奇迹。他对我说："你的肺简直跟玻璃的一样，太干净太透亮了。记住，孩子，长大可绝对不要吸烟！"

　　可是，后来步入艰难的社会。我从事仿制古画的单位被"文革"的大锤击碎。我必须为一家塑料印刷的小作坊跑业务，天天像沿街乞讨一样，钻进一家家工厂去寻找活计。而接洽业务，打开局面，与对方沟通，先要敬上一支烟。烟是市井中一把打开对方大门的钥匙。可最初我敬上烟时，却只是看着对方抽，自己不抽。这样反而倒有些尴尬。敬烟成了生硬的"送礼"。于是，我便硬着头皮开始了抽烟的生涯。为了敬烟而吸烟。应该说，我抽烟完全是被迫的。

儿时，那位医生叮嘱我的话，那句金玉良言，我至今未忘。但生活的警句常常被生活本身击碎。因为现实总是至高无上的，甚至还会叫真理甘拜下风。当然，如果说起我对生活严酷性的体验，这还只是九牛一毛呢！

古人以为诗人离不开酒，酒后的放纵会给诗人招来意外的灵感；今人以为作家的写作离不开烟，看看他们写作时脑袋顶上那纷纭缭绕的烟缕，多么像他们头脑中翻滚的思绪啊。但这全是误解！好的诗句都是在清明的头脑中跳跃出来的，而"无烟作家"也一样写出大作品。

他们并不是为了写作才抽烟。他们只是写作时也要抽烟而已。

真正的烟民全都是无时不抽的。

他们闲时抽，忙时抽；舒服时抽，疲乏时抽；苦闷时抽，兴奋时抽；一个人时抽，一群人更抽；喝茶时抽，喝酒时抽；饭前抽几口，饭后抽一支；睡前抽几口，醒来抽一支。右手空着时用右手抽，右手忙着时用左手抽。如果坐着抽，走着抽，躺着也抽，那一准是头一流的烟民。记得我在自己烟史的高峰期，半夜起来还要点上烟，抽半支，再睡。我们误以为烟有消闲、解闷、镇定、提神和助兴的功能，其实不然。对于烟民来说，不过是这无时不伴随着他们的小小的烟卷，参与了他们大大小小一切的人生苦乐罢了。

我至今记得父亲挨整时，总躲在屋角不停地抽烟。那个浓烟包裹着的一动不动的蜷曲的身影，是我见到过的世间最愁苦的形象。烟，到底是消解了还是加重了他的忧愁和抑郁？

那么，人们的烟瘾又是从何而来？

烟瘾来自烟的魅力。我看烟的魅力，就是在你把一支雪白和崭新的烟卷从烟盒抽出来，性感地夹在唇间，点上，然后深深地将雾化了的、带着刺激性香味的烟丝吸入身体而略感精神一爽的那一刻。即抽第一口烟的那一刻。随后，便是这吸烟动作的不断重复。而烟的魅力在这不断重复的吸烟中消失。

其实，世界上大部分事物的魅力，都在这最初接触的那一刻。

我们总想去再感受一下那一刻，于是就有了瘾。所以说，烟瘾就是不断燃起的"抽上一口"——也就是第一口烟的欲求。这第一口之后再吸下去，就成了一种毫无意义的习惯性的行为。我的一位好友张贤亮深谙此理，所以他每次点上烟，抽上两三口，就把烟按死在烟缸里。有人说，他才是最懂得抽烟的。他抽烟一如赏烟。并说他是"最高品位的烟民"。

但也有人说，这第一口所受尼古丁的伤害最大，最具冲击性，所以笑称他是"自残意识最清醒的烟鬼"。但是，不管怎么样，烟最终留给我们的是发黄的牙和夹烟卷的手指，熏黑的肺，咳嗽和痰喘，还有难以谢绝的烟瘾本身。

父亲抽了一辈子烟。抽得够凶。他年轻时最爱抽英国老牌的"红光"，后来专抽"恒大"。"文革"时发给他的生活费只够吃饭，但他还是要挤出钱来，抽一种军绿色封皮的最廉价的"战斗牌"纸烟。如果偶尔得到一支"墨菊""牡丹"，便像今天中了彩那样，立刻眉开眼笑。这烟一直抽得他晚年患"肺气肿"，肺叶成了筒形，呼吸很费力，才把烟扔掉。

十多年前，我抽得也凶，尤其是写作中。我住在北京人民文学出版社写长篇时，四五个作家挤在一间屋里，连写作带睡觉。我们全抽烟，天天把小屋抽成一片云海。灰白色厚厚的云层静静地浮在屋子中间。烟民之间全是有福同享。一人有烟大家抽，抽完这人抽那人。全抽完了，就趴在地上找烟头。凑几个烟头，剥出烟丝，撕一条稿纸卷上，又一支烟。可有时晚上躺下来，忽然害怕桌上烟火未熄，犯起了神经质，爬起来查看查看，还不放心。索性把新写的稿纸拿到枕边，怕把自己的心血烧掉。

烟民做到这个份儿，后来戒烟的过程必然十分艰难。单用意志远远不够，还得使出各种办法对付自己。比方，一方面我在面前故意摆一盒烟，用激将法来捶打自己的意志；一方面在烟瘾上来时，又不得不把一支不装烟丝的空烟斗叼在嘴上。好像在戒奶的孩子的嘴里塞上一个奶嘴，致使来访的朋友们哈哈大笑。

只有在戒烟的时候，才会感受到烟的厉害。

最厉害的事物是一种看不见的习惯。当你与一种有害的习惯诀别之后，又找不到新的事物并成为一种习惯时，最容易出现的便是返回去。从生活习惯到思想习惯全是如此。这一点也是我在小说《三寸金莲》中"放足"那部分着意写的。

如今我已经戒烟十年有余。屋内烟消云散，一片清明，空气里只有观音竹细密的小叶散出的优雅而高逸的气息。至于架上的书，历史的界线更显分明：凡是发黄的书脊，全是我吸烟时代就立在书架上的；此后来者，则一律鲜明夺目，毫无污染。今天，写作时不再吸烟，思维一样灵动如水，活泼而光亮。往往看到电视片中出现一位奋笔写作的作家，一边皱眉深思，一边吞云吐雾，我会哑然失笑，并庆幸自己已然和这种糟糕的样子永久地告别了。

一个边儿磨毛的皮烟盒，一个老式的有机玻璃烟嘴，陈放在我的玻璃柜里。这是我生命的文物。但在它们成为文物之后，所证实的不仅仅是我做过烟民的履历，它还会忽然鲜活地把昨天生活的某一个画面唤醒，就像我上边描述的那种种的细节和种种的滋味。

去年，我去北欧。在爱尔兰首都都柏林的一个小烟摊前，忽然一个圆形红色的形象跳到眼中。我马上认出这是父亲半个世纪前常抽的那种英国名牌烟"红光"。一种十分特别和久违的亲切感拥到我的身上。我马上买了一盒。回津后，在父亲祭日那天，用一束淡雅的花衬托着，将它放在父亲的墓前。这一瞬竟叫我感到了父亲在世一般的音容，很生动，很贴近。这真是奇妙的事！虽然我明明知道这烟曾经有害于父亲的身体，在父亲活着的时候，我希望彻底撇掉它。但在父亲离去后，我为什么又把它十分珍惜地自万里之外捧了回来？

我明白了，这烟其实早已经是父亲生命的一部分。

从属于生命的事物，一定会永远地记忆着生命的内容，特别是在生命消失之后。我这句话是广义的。

物本无情，物皆有情，这两句话中间的道理便是本文深在的主题。

（2001.2 天津）

黄山绝壁松

黄山以石奇云奇松奇闻名天下。然而登上黄山，给我以震动的是黄山松。

黄山之松布满黄山。由深深的山谷至大大小小的山顶，无处无松。可是我说的松只是山上的松。

山上有名气的松树颇多。如迎客松、望客松、黑虎松、连理松等等，都是游客们争相拍照的对象。但我说的不是这些名松，而是那些生在极顶和绝壁上不知名的野松。

黄山全是石峰。裸露的巨石侧立千仞，光秃秃没有土壤，尤其那些极高的地方，天寒风疾，草木不生，苍鹰也不去那里，一棵棵松树却破石而出，伸展着优美而碧绿的长臂，显示其独具的气质。世人赞叹它们独绝的姿容，很少去想在终年的烈日下或寒飙中，它们是怎样存活和生长的。

一位本地人告诉我，这些生长在石缝里的松树，根部能够分泌一种酸性的物质，腐蚀石头的表面，使其化为养分被自己吸收。为了从石头里寻觅生机，也为了牢牢抓住绝壁，以抵抗不期而至的狂风的撕扯与摧折，它们的根日日夜夜与石头搏斗着，最终不可思议地穿入坚如钢铁的石体。细心便能看到，这些松根在生长和壮大时常常把石头从中挣裂！还有什么树木有如此顽强的生命力？

我在迎客松后边的山崖上仰望一处绝壁，看到一条长长的石缝里生着一株幼小的松树。它高不及一米，却旺盛而又有活力。显然曾有一颗松籽飞落到这里，在这冰冷的石缝间，什么养料也没有，它却奇迹般生根发芽，生长起来。如此幼小的树也能这般顽强？这力量是来自物种本身，还是在一代代松树坎坷的命运中磨砺出来的？我想，一定是后者。我发现，山上之松与山下之松绝不一样。那些密密实实拥挤在温暖的山谷中的松树，干直枝肥，针叶鲜碧，慵懒而富态；而这些山顶上的绝壁松却是枝干瘦硬，树叶黑绿，矫健又强悍。这绝壁之松是被恶劣与凶险的环境强化出来的。它遒劲和富于弹性的树干，是长期与风雨搏斗的结果；它远远地伸出的枝叶是为了更多地吸取阳光……这一代代艰辛的生存记忆，已经化为一种个性的基因，潜入绝壁松的骨头里。为此，它们才有着如此非凡的性格与精神。

它们站立在所有人迹罕至的地方。那些荒峰野岭的极顶，那些下临万丈的悬崖峭壁，那些凶险莫测的绝境，常常可以看到三两棵甚至只有一棵孤松，十分夺目地立在那里。它们彼此姿态各异，也神情各异，或英武，或肃穆，或孤傲，或寂寞。远远望着它们，会心生敬意；但它们——只有站在这些高不可攀的地方，才能真正看到天地的浩荡与博大。

于是，在大雪纷飞中，在夕阳残照里，在风狂雨骤间，在云烟明灭时，这些绝壁松都像一个个活着的人：像站立在船头镇定又从容地与激浪搏斗的艄公，战场上永不倒下的英雄，沉静的思想者，超逸又具风骨的文人……在一片光亮晴空的映衬下，它们的身影就如同用浓墨画上去的一样。

但是，别以为它们全像画中的松树那么漂亮。有的枝干被飓风吹折，暴露着断枝残干，但另一些枝叶仍很苍郁；有的被酷热与冰寒打败，只剩下赤裸的枯骸，却依旧尊严地挺立在绝壁之上。于是，一个强者应当有的品质——刚强、坚韧、适应、忍耐、奋取与自信，它全都具备。

现在可以说了，在黄山这些名绝天下的奇石奇云奇松中，石是山的体魄，云是山的情感，而松——绝壁之松是黄山的灵魂。

（2006 新年首篇）

绵山奇观记

凡是名山，必有奇观。何谓奇观，天下罕见之神奇者也。那么，深藏在三晋腹地的绵山呢？

绵山以寒食清明节的发源地闻名于世。也许是寒食清明的名气太大，遮掩了它种种的神奇。今年清明时节，去到绵山拜谒大情大义的介子推墓，进山一看，吃了一惊，绵山竟藏龙卧虎有此绝世的奇观！

归来与友人侃一侃绵山的见闻。友人便给我出了一道题："你能给绵山的神奇起个名目吗？"我说："至少三大奇观。"友人说："说说看，哪三样奇观？不过，每一样必能称奇于天下，方可谓之奇观。"我听罢笑而道来——

第一样是宗教奇观：包骨真身。

早听说古代高僧修成正果，圆寂之后，身体不坏，僧人们便请来彩塑工匠，以泥土包其身，依其容塑其形，人称包骨真身像。佛教中，高僧尸体火化后米粒状的凝结物，称作舍利，被视作勤修得来功德的成果与标志。而这种圆寂后身体不坏的高僧更具同样的意义，因有全身舍利一说。全身舍利十分罕见，佛教有把全身舍利制成造像来供奉的习俗。此地人称之为包骨真身像。一般的佛像都是用泥土草木塑造的，而把全身舍利置于其中的包骨真身像则蕴藏着高僧们的追求与精神，自然对敬奉者有一种震撼力和影响力。要有怎样坚定的意志和信念，才能成就这样的正果？

所有包骨真身都是古代留下来的。如今不再有了，故极其珍罕。然而，谁会想到绵山上竟还有十六尊之多！大都完好地保存在山中。

在古代绵山，修炼一生的高僧，自知大限将至，便由一根铁索攀至山顶，或通过一个临时搭架的木梯爬到悬崖绝壁上天然的洞穴里，停食净身，结跏趺坐，瞑目凝神，安然真寂。据说只有真正修成的高僧才能肉身不腐。其中还有四位道士，也是同样的苦修而成者。由于躯体风干后抽缩，体量显得比常人略小，其神气却栩栩如生。三晋彩塑艺人的技术真是高超绝伦，居然把每一位"包塑真容"者的个性都传达出来。有的仁慈和善，有的忧患悲悯，有的明彻空灵，有的沉静淡定。他们大多是唐宋金元几代的高僧与道人，至今最少也有七八百年甚至上千年！岁月太长，泥皮破裂，里边露出衣袍；那位唐代高僧师显的手指甲和脚筋也能清晰地看到呢！历史赤裸裸和千真万确地呈现在眼前。一种坚韧追求的精神得到见证，令人敬佩。当今世上有几个地方还能见到这样宗教的奇观？

再一样是山水的奇观。

先说山。绵山以石为骨骼，土为血肉，树为衣衫。山多巨岩，往往直立百丈，巍然博大，颇为壮观。最奇特的是这些巨岩的半腰或下部，常常向内深凹进去，有如大汉吸腹，深邃如洞。里边既宁静又安全，无风无雨，冬暖夏凉。绵山里这种内凹的岩洞随处可见，最大的要算是云峰寺山的抱腹岩，中间竟然凹进去五六十米，高五六十米，宽竟达二百米！我此次到绵山已是春暖花开，岩腹内冬天里冻结的冰竟然依旧坚硬不化。古人早就看上这大自然神奇的恩赐，便在这巨大而幽深的岩腹里建庙筑寺。自三国以降，历代修建的庙宇层层叠叠，高低错落，优美异常。年年逢到庙会，来朝拜的香客多达万人。一时香烟缭绕，溢满岩腹。这样的奇观何处有？

绵山的山奇水亦奇。

原以为绵山多石，水必定少。山里的人却告诉我一句不可思议的话："绵山山有多高，水有多高。"待我山上山下留心察看，竟然真的如此。不单溪水在谷底奔流，就连近两千米的龙脊岭和李姑岩的极顶也可以见到泉水从石缝里涓涓冒出。奇怪的是，这些水好似从石头里溢出来的。有的像雨水一样滴滴答答落下来，有的汇成细流沿着石壁蜿蜒而下，有的从岩石里渗到表面，湿漉漉地洇成一片。难道绵山的石头里都是水——就像古人所说，好的石头都是"负土胎泉"？

绵山最神奇的水莫过于圣乳泉。

圣乳泉在一块巨大的石壁上，但不是挂在石壁之上，而是从岩石的裂缝或洞眼里一点点淌出来的。时间太久，渐成石乳，饱满地隆起在岩壁上。这泉水便沿着圆圆的石乳头亮晶晶地滴下。

关于圣乳泉的传说，与寒食节有关。据说那位春秋时晋国大臣介子推搀扶母亲避火来到这里，一时口渴难忍，正巧绵山的五龙圣母路经此地，解开衣襟以乳水相救。但是火太大了，把圣母的双乳烧成石乳，五龙圣母就把石乳留在这里，以帮助山中口渴的人。人们感激圣母，称之为圣乳泉或母奶泉。据说这圣乳慈爱有灵，每一百年会再生出一对石乳来。从春秋至今两千五百年，岩壁上大大小小的石乳已生出二十五对。大的如枕头，小的似南瓜，而且全都是对对成双，酷似妇女的双乳。如果饮一口这圣乳滴下的泉水，还真的甘甜清冽、沁人心脾！

传说的圣乳是一种理想，现实的石乳却更奇异。所有石乳都长满厚厚的生气盈盈的绿苔，好似毛茸茸翠绿色的乳罩。有时上边还生出一种紫色小花，娇艳可爱。

这美丽而神奇的圣乳不是绵山独有的奇观吗？

更加惊心动魄的绵山奇观是——挂祥铃。这原本在唐代是一种祈雨谢佛的法事活动，渐渐已演化为绵山一带的民间习俗。

绵山的挂祥铃在抱腹岩的空王寺。人们在寺中拜求空王佛许愿或还愿之后，便请专事挂铃的艺人上山，将一只水罐大小的铜铃挂在岩腹上方陡峭的岩壁上。

挂铃之举十分惊险。艺人先要爬到山顶，将一条绳索系在松树上，然后扯住绳索一点点降落下来，直至岩腹上方，遂以绳荡身，直到贴附岩壁，再把铜铃牢牢挂在洞口上方的岩壁上。整个过程令人心惊胆战。艺人只身悬吊，下临无地，全凭一根绳索，需要非凡的胆量与技能，是不是非此不能表达对佛的虔敬？故而，每每将铜铃挂好，随即燃放红鞭一挂，以庆事成，亦报吉祥。

挂祥铃这个古俗为绵山人所喜爱，千年不绝。如今抱腹岩洞口挂着铜铃密密麻麻一片，山风吹来，铃声叮当，清脆悠远，与下边寺庙中的钟鼓和梵乐合奏成乐，悦耳亦悦心。此情此景此民俗，何处还有？

友人听我讲到这里，已然目瞪口呆。他的眼神似在问我还有什么奇观？

我说，山里的人们陪我登上龙脊岭时，遥指远处叫我看。只见起伏的山影宛如蓝色波涛，重重叠叠；其中几个峰巅，似有小屋。他们说，那山顶上近一处叫草庵，远一处叫茅庵，都是古庙，由于山高路远，没人去过。那儿有何奇人奇物奇事奇观，尚不可知。我所见到的绵山奇观，不过是厚厚的一本书前边的几十页而已。

（2008.8.21）

结婚纪念日

我的妻子同昭从来不把每年的 12 月 31 日作为我们的结婚纪念日，她要挪到转一天，改为 1 月 1 日——元旦。她想从生命里切去这一天，或者跨过这一天。

1966 年，我们的结婚筹备像是一种地下工作。秘密、悄然、不声不响地进行。"狗崽子"结婚弄不好会招事，何况我们的新房正好就在一个"红卫兵总部"的楼上。这间房子是同昭家临时借给我们结婚用的，不足十平米。

当时我俩两手空空，任何家具没有，可是那天把房子打扫干净，再用拖布把地板拖过，站在空屋中间，闻着清水擦过的木地板的气味，心中忽冒出一种新生活即将从这里开始的兴奋来，我俩相互露出笑容。但是兴奋也不能出声，因为楼下住着红卫兵。四个月前五大道抄家时，这里曾是红卫兵的临时指挥部，后来一些被抄户住进楼中，它更像一个看守所。然而此时红卫兵大多外出串联去了，主战场已不在这里，人也少了，我们反过来要加倍警惕他们，不能叫他们得到任何风声。

我从自己家里搬来两件家具，一是小时候使用的书桌，书桌的一角在抄家时被斧子砍去，桌面还有几道挺深的剁痕，把它放在我们的小小的新房内，大小刚好；再一件是租界时代的遗物——躺柜，柜门已被砸烂。我便把柜子立起来，用木板钉个柜门装上合页，成了一个别致的小立柜。床是用抄家扔下的烂木头架起来的；没有窗帘，便用半透明的硫酸纸糊在窗户上。同昭买了一盆文竹放在改制的小立柜的上边，婆娑的绿叶斜垂下来，这惹起了我们对"新生活"的幻想，跟着便兴致勃勃去到商场，给自己的新房添置了两件真正的家庭物品。同昭是生活的唯美主义者，这两件物品都是她用心挑选的。一台是造型别致、漆成天蓝色的浪琴牌木匣收音机，另一个是小小的夜明钟。于是，一个在废墟上构筑的小巢就这么温馨地出现了。这台收音机还能收短波，但我不敢去拧。我知道，只要短波的电台一响，叫人听见，就会让我立刻送命。我们要分外留心把自己的小巢藏在自己的身后，对谁也不说。

那时，我母亲躲在家中不敢出门，她只有不多一点钱，她交给我二十块钱，叫我给同昭做件红裤子。同昭哪敢穿红的，就买块蓝雪花呢的布料做了件棉袄的罩褂，母亲见了就哭了，说哪有新娘子不穿件红的又拿出二十块执意叫同昭再买块红色的。这样母亲手里可就没多少钱了。同昭执意不要，我却接过钱来，又拉着同昭去买了块深洋红的雪花呢，再做件罩褂，穿了去给母亲看。依从母亲，叫她顺心。那时候所有的事都是戗着，只有自己能叫自己的心气儿顺着。

结婚那天晚上，同昭的父亲在劝业场附近惠中路上的红叶饭店请我们吃饭。那是一条窄街上一家很小的饭店，店门不过五尺宽，三层小楼，但这里专营的四川菜却做得有滋有味，记得那天"婚宴"的菜有一碟鱼香肉丝，炒得很香，后来只要一吃鱼香肉丝就自然会想起"结婚"二字。当时同昭的母亲住在北京，她弟弟妹妹都来参加我们的"新婚晚宴"。她父亲举起盛着葡萄酒的酒杯轻轻说了一句："祝贺！祝贺！"跟着六七个酒杯叮叮一响，她父亲送给我们一小束淡粉色、很优雅的康乃馨花——那是同昭最喜欢的花，这就是我们的新婚了。我们一边吃，一边不时扭头看看是否有人发现我们，好像我们在偷着干什么事。这感觉至今犹然清晰地记得。

在我离开家来赴"晚宴"时，母亲给了我一个布包。里边有一套秋衣秋裤，还有内衣和袜子。我出门把这布包夹在自行车后衣架上，跨上车。一心去往"晚宴"，饭后骑车到新房，忽然发现布包没了，掉了吗？那可是我带到新房的全部家当！是掉了。因此我说我人生的新阶段是真正从零开始的。

新婚之夜是每个人心中的一个美梦，但对我来说，却是一个更残酷的现实。

我们从外边回家、锁车、上楼、开门都是小心翼翼，几乎没有出任何声音。进屋开了灯不一会儿，外边忽然响起喇叭声，吓了我一跳。声音很大，好像就在窗跟前，再听原来声音出自外边院里，跟着有人喊："狗崽子，你们干什么呢？"是红卫兵！他们知道了？我们突然感到极度紧张。被发现了吗？我们没出一点声音啊！难道走漏了消息？反正是糟了。

跟着，一群红卫兵站在院里又吹喇叭，又喊又叫，又唱革命歌曲，又喊口号。同昭吓得赶紧把灯关上。他们反闹得更欢，夜里静，声音显得分外响分外清晰。喇叭声像火车笛那样震耳。不一会儿，他们想出更具侵犯性的法子——用手电筒往窗子里照。我们没有窗帘，电光就直接照在屋顶上，手电晃来晃去，许多条雪白的光就在屋顶上乱划，好像夜间空袭的探照灯。那种紧张感难以表达。我们哪敢再去生炉子，只能穿着棉袄坐在床上。我紧紧搂着她，感到她在发抖，我知道她更怕的是突然的砸门声和一群人破门而入。

还好，他们没有上楼来，只是在院里闹，闹了一阵，尽了兴，便回去了。冬日外边毕竟很冷，然而隔一段时间他们又来了兴致，就会再跑到院里吹喇叭、喊口号、用手电的强光朝着我们的"新房"攻击一阵。整整一夜我们就是这么度过的。到了后半夜，他们大概也累了，没劲儿了，睡了？反正没动静了。我们便穿着棉衣卧在床上。屋内没有炉火，太冷，又怕他们突然袭击，闯进来，我感到同昭一直在打颤。我悄悄地吻了吻她的脸颊，她的脸像冷凉的玻璃罐儿。她是木然的，毫无反应也无感觉。

后来，我们也睡着，睁开眼时天已亮了。没有窗帘的屋子亮得早，其实这时还不到七点钟。我第一眼就看到桌上那几支插在玻璃杯里的康乃馨，却感觉不到它优雅的美。它精致的花瓣，漠然开放在冻人的晨寒中，这就是我们的"新婚之夜"了。

五十年来，我一直把自己这个遭遇视作我的一个人生财富，一生都不会丢掉。

（2016.2）

母亲百岁记

　　留在昔时中国人记忆里的，总有一个挂在脖子上小小而好看的长命锁。那是长辈请人用纯银打制的，锁下边坠着一些精巧的小铃，锁上边刻着四个字：长命百岁。这四个字是世世代代以来对一个新生儿最美好的祝福，一种极致的吉祥话语，一种遥不可及的人间向往，然而从来没想到它能在我亲人的身上实现。天竟赐我这样的鸿福！

　　天下有多少人能活到三位数？谁能叫自己的生命装进去整整一个世纪的岁久年长？

　　我骄傲地说——我的母亲！

　　过去，我不曾有过母亲百岁的奢望。但是在母亲过九十岁生日的时候，我萌生出这种浪漫的痴望。太美好的想法总是伴随着隐隐的担忧。我和家人们嘴里全不说，却都分外用心照料她，心照不宣地为她的百岁目标使劲了。我的兄弟姐妹多，大家各尽其心，又都彼此合力，第三代的孙男娣女也加入进来。特别是母亲患病时，那是我们必须一起迎接的挑战。每逢此时我们就像一支训练有素的球队，凭着默契的配合和倾力倾情，赢下一场场"赛事"。

母亲经多磨难，父亲离去后，更加多愁善感，多年来为母亲消解心结已是我们每个人都擅长的事。我无法知道这些年为了母亲的快乐与健康，我们手足之间反反复复通了多少电话。

然而近年来，每当母亲生日我们笑呵呵聚在一起时，也都是满头花发。小弟已七十，大姐都八十了。可是在母亲面前，我们永远是孩子。人只有到了岁数大了，才会知道做孩子的感觉多珍贵、多温馨。谁能像我这样，七十五岁了还是儿子；还有身在一棵大树下的感觉，有故乡故土和家的感觉；还能闻到只有母亲身上才有的深挚的气息。

人生很奇特。你小时候，母亲照料你保护你，每当有外人敲门，母亲便会起身去开门，决不会叫你去。可是等到你成长起来，母亲老了，再有外人敲门时，去开门的一定是你；该轮到你来呵护母亲了，人间的角色自然而然地发生转变，这就是美好的人伦与人伦的美好。母亲从九十一、九十二、九十三……一步步向前走。一种奇异的感觉出现了，我似乎觉得母亲愈来愈像我的女儿，我要把她放在手心里，我要保护她，叫她实现自古以来人间最瑰丽的梦想——长命百岁！

母亲住在弟弟的家。我每周二、五下班之后一定要去看她，雷打不动。母亲知我忙，怕我担心她的身体，这一天她都会提前洗脸擦油，拢拢头发，提起精神来，给我看。母亲兴趣多多，喜欢我带来的天南地北的消息，我笑她"心怀天下"。她还是个微信老手，天天将亲友们发给她的美丽的图片和有趣的视频转发他人。有时我在外地开会时，会忽然收到她的微信："儿子，你累吗？"可是，我在与她一边聊天时，还是要多方"刺探"她身体存在哪些小问题和小不适，我要尽快为她消除。我明白，保障她的身体健康是我首要的事。就这样，那个浪漫又遥远的百岁的目标渐渐进入眼帘了。

到了去年，母亲九十九周岁。她身体很好，身体也有力量，想象力依然活跃，我开始设想来年如何为她庆寿时，她忽说："我明年不过生日了，后年我过一百零一岁。"我先是不解，后来才明白，"百岁"这个日子确实太辉煌，她把它看成一道高高的门槛了，就像跳高运动员面对的横杆。我知道，这是她本能地对生命的一种畏惧，又是一种渴望。于是我与兄弟姐妹们说好，不再对她说百岁生日，不给她压力，等到了百岁那天来到自然就要庆贺了。可是我自己的心里也生出了一种担心——怕她在生日前生病。

然而，担心变成了现实，就在她生日前的两个月突然丹毒袭体，来势极猛，发冷发烧，小腿红肿得发亮，这便赶紧送进医院，打针输液，病情刚刚好转，旋又复发，再次入院，直到生日前三日才出院，虽然病魔赶走，然而一连五十天输液吃药，伤了胃口，变得体弱神衰，无法庆贺寿辰。于是兄弟姐妹大家商定，百岁这天，轮流去向她祝贺生日，说说话，稍坐即离，不叫她劳累。午餐时，只由我和爱人、弟弟，陪她吃寿面。我们相约依照传统，待到母亲身体康复后，一家老小再为她好好补寿。

尽管在这百年难逢的日子里，这样做尴尬又难堪，不能尽大喜之兴，不能让这人间盛事如花般盛开，但是今天——

母亲已经站在这里——站在生命长途上一个用金子搭成的驿站上了。一百年漫长又崎岖的路已然记载在她生命的行程里。她真了不起，一步跨进了自己的新世纪。此时此刻我却仍然觉得像是在一种神奇和发光的梦里。

故而，我们没有华庭盛筵，没有四世同堂，只有一张小桌，几个适合母亲口味的家常小菜，一碗用木耳、面筋、鸡蛋和少许嫩肉烧成的拌卤，一点点红酒，无限温馨地为母亲举杯祝贺。母亲今天没有梳妆，不能拍照留念，我只能把眼前如此珍贵的画面记在心里。母亲还是有些衰弱，只吃了七八根面条，一点绿色的菠菜，饮小半口酒。但能与母亲长久相伴下去就是儿辈莫大的幸福了。我相信世间很多人内心深处都有这句话。

此刻，我愿意把此情此景告诉给我所有的朋友与熟人，这才是一件可以和朋友们共享的人间的幸福。

（2017.9.23）

第二辑

千面人生

挑山工

一

你见过泰山的挑山工吗？这是种很奇特的人！

不知别处对这种运货上山的民夫怎样称呼。这儿习惯叫作挑山工。单从"挑山"二字，就可以体会出这种工作非凡的艰辛。肩挑着百十斤的重物，从山下直挑到烟云缭绕、鸟儿都难飞得上去的山顶，谁敢一试？更何况，这被誉为"五岳之首"的泰山，自有其巍巍而不可征服的威势。从山根直至极顶处，一条道儿，全是高高的石头台阶，简直就是一架直上直下的万丈天梯。在通向南天门的十八盘道上，那些游山来的健壮的男儿，也不免气喘吁吁；一般人更是精疲力竭，抓着道旁的铁栏，把身子一点点往上移。每爬上十来磴台阶，就要停下来歇一歇。只有这时，你碰到一个挑山工——他给重重的挑儿压塌了腰，汗水湿透衣衫，两条腿上的肌条筋缕都清晰地凸现在外，默不作声，一步一步，吃力又坚韧地走过你身旁，登了上去。你那才算是约略知道"挑山"二字的滋味……

挑山工，大概自古就有。山头那些千年古刹所用的一切建筑材料，都是从山下运上来的。你瞧着这些构造宏伟的古建筑上巨大的梁柱础石、沉重的铜砖铁瓦，再低头俯望一条灰白的山路，如同一根细绳，蜿蜒曲折，没入茫茫的谷底。你就会联想到，当年为了建造这些庙宇寺观，为了这壮观的美，挑山工们付出了怎样艰巨和惊人的劳动！

我少时来游泰山，山顶上还有三四十户人家，家中的男人大多是挑山工，给山上的国营招待所运送食品货物以为生计。清早，他们拿了扁担绳索，带着晨风晓露下山去，后晌随着一片暮云夕阳，把货物挑上山来。星光烁烁时，家家都开夜店，留宿打算转天早起观瞻日出而在山头住一夜的游人，收费却比国营招待所低廉。他们的屋子是石头垒的。山上风大，小屋都横竖卧在山道两旁的凹处，屋顶与道面一般平。屋里边简陋得几乎什么也没有，用来招待客人的，只有一条脏被和热开水。为了招待主顾，各家门首还挂着一个小幌牌，写着店名。有的叫"棒槌店"，就在木牌两边挂一对小木棒槌；有的叫"勺儿店"，便挂一对乌黑的小生铁勺儿，下边拴些红布穗子，随风摇摆，叮当轻响。不过，你在这店里睡不好觉。劳累了一天的挑山工和客人们睡在一张炕上。他们要整整打上一夜松涛般呼呼作响的鼾声……

在这些小石屋中间，摆着一件非常稀罕的东西。远看一人多高，颜色发黑，又圆又粗，两个人才能合抱过来。上边缀满繁密而细碎的光点，熠熠闪烁。好像一块巨型的金星石。近处一看，原来是一口特大的水缸，缸身满是裂缝，那些光点竟是数不清的连合破缝的锔子，估计总有一两千个。颇令人诧异。我问过山民，才知道，山顶没有泉眼，缺水吃，山民们用这口缸储存雨水。为什么打了这么多锔子呢？据说，三百多年前，山上住着一百多户人家。每天人们要到半山间去取水，很辛苦。一年，从这些人家中，长足了八个膀大腰圆、力气十足的小伙子。大家合计一下，在山下的泰安城里买了这口大缸。由这八个小伙子出力，整整用了七七四十九天，才把大缸抬到山顶。以后，山上人家愈来愈少，再也不能凑齐那样八个健儿，抬一口新缸来。每次缸裂了，便到山下请上来一位锔缸的工匠，锔上裂缝。天长日久，就成了这样子。

听了这故事，你就不会再抱怨山顶饭菜价钱的昂贵。山上烧饭用的煤，也是一块块挑上来的呀！

二

在泰山上，随处都可以碰到挑山工。他们肩上架一根光溜溜的扁担，两端翘起处，垂下几根绳子，拴挂着沉甸甸的物品。登山时，他们的一条胳膊搭在扁担上，另一条胳膊垂着，伴随登踏的步子有节奏地一甩一甩，以保持身体平衡。他们的路线是折尺形的——先从台阶的一端起步，斜行向上，登上七八级台阶，就到了台阶的另一端；便转过身子，反方向斜行，到一端再转回来，一曲一折向上登。每次转身，扁担都要换一次肩，这样才能使垂挂在扁担前头的东西不碰在台阶的边沿上，也为了省力。担了重物，照一般登山那样直上直下，膝头是受不住的。但路线曲折，就使路程加长。挑山工登一次山，大约多于游人们路程的一倍！

你来游山。一路上观赏着山道两旁的奇峰异石、巉岩绝壁、参天古木、飞烟流泉，心情喜悦，步子兴冲冲。可是当你走过这些肩挑重物的挑山工的身旁时，你会禁不住用一种同情的目光，注视他们一眼。你会因为自己身无负载而倍觉轻松，反过来，又为他们感到吃力和劳苦，心中生出一种负疚似的情感……而他们呢？默默的，不动声色，也不同游人搭话——除非向你问问时间。一步步慢吞吞地走自己的路。任你怎样嬉叫闹喊，也不会惊动他们。他们却总用一种缓慢又平均的速度向上登，很少停歇。脚底板在石阶上发出坚实有力的嚓嚓声。在他们走过之处，常常会留下零零落落的汗水的滴痕……

奇怪的是，挑山工的速度并不比你慢。你从他们身边轻快地超越过去，自觉把他们甩在后边很远。可是，你在什么地方饱览四外雄美的山色，或在道边诵读与抄录凿刻在石壁上的爬满青苔的古人题句，或在喧闹的溪流前洗脸濯足，他们就会在你身旁慢吞吞、不声不响地走过去。悄悄地超过了你。等你发现他走在你的前头时，会吃一惊，茫然不解，以为他们是像仙人那样腾云驾雾赶上来的。

有一次，我同几个画友去泰山写生，就遇到过这种情况。我们在山下的斗姥宫前买登山用的青竹杖时，遇到一个挑山工。矮个子，脸儿黑生生，眉毛很浓，大约四十来岁；敞开的白土布褂子中间露出鲜红的背心。他扁担一头拴着几张黄木凳子，另一头捆着五六个青皮西瓜。我们很快就越过他去。可是到了回马岭那条陡直的山道前，我们累了，舒开身子，躺在一块平平的被山风吹得干干净净的大石头上歇歇脚，这当儿，竟发现那挑山工就坐在对面的草茵上抽着烟。随后，我们差不多同时起程，很快就把他甩在身后，直到看不见。但当我爬上半山的五松亭时，却见他正在那株姿态奇特的古松下整理他的挑儿。褂子脱掉，现出黑黝黝、健美的肌肉和红背心。我颇感惊异。走过去假装问道，让支烟，跟着便没话找话，和他攀谈起来。这山民倒不拘束，挺爱说话。他告诉我，他家住在山脚下，天天挑货上山。一年四季，一天一个来回。他干了近二十年。然后他说："您看俺个子小吗？干挑山工的，长年给扁担压得长不高，都是矮粗。像您这样的高个儿干了不这种活儿。走起来，晃晃悠悠哪！"

他逗趣似的一抬浓眉，咧开嘴笑了，露出皓白的牙齿。山民们喝泉水，牙齿都很白。

这么一来，谈话更随便些，我便把心中那个不解之谜说出来：

"我看你们走得很慢，怎么反而常常跑到我们前边来了呢？你们有什么近道儿吗？"

他听了，黑生生的脸上显出一丝得意之色。他吸一口烟，吐出来，好像做了一点思考，才说：

"俺们哪里有近道，还不和你们是一条道？你们是走得快，可你们在路上东看西看，玩玩闹闹，总停下来呗！俺们跟你们不一样。不能像你们在路上那么随便，高兴怎么就怎么。一步踩不实不行，停停住住更不行。那样，两天也到不了山顶。就得一个劲儿总往前走。别看俺们慢，走长了就跑到你们前边去了。瞧，是不是这个理儿？"

我笑吟吟，心悦诚服地点着头。我感到这山民的几句话里，似乎包蕴着一种意味深长的哲理，一种切实而朴素的思想。我来不及细细嚼味，做些引申，他就担起挑儿起程了。在前边的山道上，在我流连山色之时，他还是悄悄超过了我，提前到达山顶。我在极顶的小卖部门前碰见他，他正在那里交货。我们的目光相遇时，他略表相识地点头一笑，好像对我说：

"瞧，俺可又跑到你的前头来了！"

我自泰山返回家后，就画了一幅画——在陡直而似乎没有尽头的山道上，一个穿红背心的挑山工给肩头的重物压弯了腰，却一步步、不声不响、坚韧地向上登攀。多年来，这幅画一直挂在我的书桌前，不肯换掉，因为我需要它……

（1980.2）

逛娘娘宫

一

那时，像我们这些生长在天津的男孩子，只要听大人们一提到娘娘宫，心里仿佛有只小手抓得怪痒痒的。尤其大年前夕，娘娘宫一带是本地的年货市场，千家万户预备过年用的什么炮儿啦、灯儿啦、画儿啦、糕儿啦等，差不多都是从那里买到的。我猜想这些东西在那里准堆成一座座花花绿绿的小山似的。我多么盼望能去娘娘宫玩一玩！但一直没人带我去，大概那时我家好歹算个富户，不便出没于这种平民百姓的集聚之地。我有个姑表哥，他爸爸早殁，妈妈有疯病，日子穷窘；他是个独眼——别看他独眼，他反而挺自在。他那仅剩下单独一只的、又小又细、用来看世界的右眼，却比我的一双黑黑的、正常的大眼睛视野更广，福气更大，行动也更自由——像什么钓鱼逮蟹、到鸟市上听说书、捅棋、买小摊上便宜又好玩的糖稀吃等等，他样样能做，我却不能。对于世上的快乐与苦恼，大人和孩子的标准往往不同。大人们是属于社会的，孩子们则属于大自然，这些话不必多说，就说我这独眼表哥吧！他不止一次去过娘娘宫，听他描绘娘娘宫的情景，看耍猴呀，抖空竹呀，逛炮市呀等，再加上他口沫横飞、洋洋得意的神气，我都真有私逃出家、随他去一趟的念头。此刻饭菜不香，糖不甜，手边的玩具顷刻变得索然无味了。我妈妈立刻猜到我的心事，笑眯眯对我说："又惦着逛娘娘宫了吧！"

说也怪，我任何心事她都知道。

二

我的妈妈是我的奶妈。

我娘生下我时，没有奶，便坐着胶皮车到估衣街的老妈店去找奶妈。我这奶妈是武清县落堡人，刚生过孩子，乡下连年闹灾荒没钱花，她就撇下自己正吃奶的孩子，下到天津卫来做奶妈。我娘一眼就瞧上了她，因为她在一群待用的奶妈中十分惹眼，个子高大，人又壮实，一双大脚，黑里透红、亮光光的一张脸，看上去"像个男人"，很健康——这些情形都是后来听大人们说的。据说她的奶很足，我今天能长成个一米九〇的大汉，大概就是受了她奶汁育养之故。

她姓赵。我小名叫"大弟"。依照天津此地的习惯，人们都叫她"大弟妈"。我叫她"妈妈"。

在我依稀还记得的童年的那些往事中，不知为什么，对她的印象要算最深了。几乎一闭眼，她那样子就能穿过厚厚的岁月的浓雾，清晰地显现在眼前。她是个尖头顶、扁长的大嘴、一头又黑又密的头发的女人，每天早上都对着一面又小又圆的水银镜子，把头发放开，蓖过之后，涂上好闻的刨花油，再重新绾到后颈，卷成一个乌黑油亮、像个大烧饼似的大抓髻，外边套上黑线网；只在两鬓各留一绺头发，垂在耳前。这是河北武清那边妇女习惯的发型。她的脸可真黑，嘴唇发白，而且在脸色的对比下显得分外的白。大概这是她爱喝醋的缘故。人们都说醋吃多了，就会脸黑唇白。她可真能喝醋！每吃饭，必喝一大碗醋，有时菜也不吃，一碗饭加一碗醋，吃得又香又快。她为什么这样爱喝醋呢？有一次，我见她吃喝正香，嘴唇咂咂直响，不觉嘴里发馋，非向她要醋喝不可，她把醋碗递给我，叫我抿一小口，我却像她那样喝了一大口。天哪！真是酸死我了。从此，我一看她吃饭，听到她吮咂着唇上醋汁的声音，立即觉得两腮都收紧了。

再有，便是她上楼的脚步异乎寻常地轻快。她带着我住在三楼的顶间，每天楼上楼下不知要跑多少趟，很少歇憩，似有无穷精力。如果她下楼去拿点什么，几乎一转眼就回到楼上。直到现在，我还没有遇见过第二个人把上下楼全然不当做一回事呢。

那时，我并不常见自己的父母。他们整天忙于应酬，常常在外串门吃饭。只是在晚间回来时，偶尔招呼她把我抱下楼看看，逗逗，玩玩，再给她抱上楼。我自生来日日夜夜都是跟随着她。据说，本来她打算我断了奶，就回乡下去。但她一直没有回去，只是年年秋后回去看看，住上十天半个月就回来。每次回来都给我带一些使我醉心的东西，像装在草棍编的小笼子里的蝈蝈啦，金黄色的小葫芦啦，村上卖的花脸和用麻秆做柄的大刀啦……她一走，我就哭，整天想她；她呢？每次都是提前赶回来，好像她的家不在乡下，而在我家这里。在我那冥顽无知稚气的脑袋里，哪里想得到她留在我家，全然是为了我。

我在家排行第三，上边是两个姐姐。我却算作长子。每当我和姐姐们发生争执，她总是明显地、气啾啾地偏袒于我。有人说她"以为照看人家的长子就神气了！"或者说她这样做是"为了巴结主户"。她不以为然，我更不懂得这种家庭间无聊的闲话。我是在她怀抱里长大的。她把我当作自己亲生孩子那样疼爱，甚至溺爱；我从她身上感受到的气息反比自己的生母更为亲切。

每每夏日夜晚，她就斜卧在我身旁，脱了外边的褂子，露出一个大红布的绣着彩色的花朵和叶子的三角形兜肚儿，上端有一条银亮的链子挂在颈上。这时她便给我讲起故事来，像什么《傻子学话》《狼吃小孩》《烧火丫头杨排风》，等等。这些故事不知讲了多少遍，不知为什么每听起来依然津津有味。她一边讲，一边慢慢摇着一把大蒲扇，把风儿一下一下地凉凉快快扇在我身上。伏天里，她常常这样扇一夜，直到我早晨醒来，见她眼睛困倦难张，手里攥着蒲扇，下意识地，一歪一斜地、停停住住地摇着……

如果没有下边的事，对于一个八岁的孩子，所能记下的某一个人的事情也只能这些了。但下边的事使我记得更清楚，始终忘不了。

一年的年根底下，厨房一角的灶王龛里早就点亮香烛，供上又甜又脆、粘着绿色蜡纸叶子的糖瓜。这时，大年穿戴的新装全都试过，房子也打扫过了，玻璃擦得好像都看不见了。里里外外，亮亮堂堂。大门口贴上一副印着披甲戴盔、横眉立目的古代大将的画纸。妈妈告诉我那是"门神"，有他俩把住大门，大鬼小鬼进不来。楼里所有的门板上贴上"福"字，连垃圾箱和水缸也都贴了，不过是倒着贴的，借着"到"和"倒"的谐音，以示"福气到了"之意。这期间，楼梯底下摆一口大缸，我和姐姐偷偷掀开盖儿一看，全是白面的馒头、糖三角、豆馅包和枣卷儿，上边用大料蘸着品红色点个花儿，再有便是左邻右舍用大锅烧炖年菜的香味，不知从哪里一阵阵悄悄飞来，钻入鼻孔；还有些性急的孩子等不及大年来到，就提早放起鞭炮来。一年一度迷人的年意，使人又一次深深地又畅快地感到了。

独眼表哥来了。他刚去过娘娘宫，带来一包俗名叫"地耗子"的土烟火送给我。这种"地耗子"只要点着，就"刺刺"地满地飞转，弄不好会钻进袖筒里去。他告诉我这"地耗子"在娘娘宫的炮市上不过是寻常之物，据说那儿的鞭炮烟火至少有上百种。我听了，再也止不住要去娘娘宫一看的愿望，便去磨我的妈妈。

我推开门，谁料她正撩起衣角抹泪。她每次回乡下之前都这样抹泪，难道她要回乡下去？不对，她每次总是大秋过后才回去呀！

她一看见我，忙用手背抹干眼角，抽抽鼻子，露出笑容，说：

"大弟，我告诉你一件你高兴的事。"

"什么事？"

"明儿一早，我带你去逛娘娘宫！"

"真的？！"心里渴望的事突然来到眼前，反叫我吃惊地倒退两步，"我娘叫我去吗？"

"叫你去！"她眯着笑眼说，"我刚对你娘打了保票，保险丢不了你，你娘答应了。"

我一下子扑进她的怀抱。这怀抱里有股多么温暖、多么熟悉的气息呵！就像我家当院的几株老槐树的气味，无论在外边跑了多么久，多么远，只要一闻到它的气味，就立即感到自己回到最亲切的家中来了。

可这时，我感到有什么东西"啪、啪"落在我背上，还有一滴落在我后颈上，像大雨点儿，却是热的。我惊奇地仰起面孔，但见她泪湿满面。她哭了！她干吗要哭？我一问，她哭得更厉害了。

"孩子，妈今年不能跟你过年了。妈妈乡下有个爷儿们，你懂吗？就像你爸和你娘一样。他害了眼病，快瞎了，我得回去。明儿早晌咱去娘娘宫，后晌我就走了。"

我仿佛头一次知道她乡下还有一些与她亲近的人。

"瞎了眼，不就像独眼表哥了？"我问。

"傻孩子，要是那样，他还有一只好眼呢！就怕两眼全瞎了。妈就……"她的话说不下去了。

我也哭起来。我这次哭，比她每次回乡下前哭得都凶，好像敏感到她此去就不再来了。

我哭得那么伤心、委屈、难过，同时忽又想到明儿要去逛娘娘宫，心里又翻出一个甜甜的小浪头。谁知我此时此刻心里是股子什么滋味？

三

我们一进娘娘宫以北的宫北大街，就像两只小船被卷入来来往往的、颇有劲势的人流里，只能看见无数人的前胸和后背。我心里有点紧张，怕被挤散，才要拉紧妈妈的手，却感到自己的小手被她的大手紧紧握着了。人声嘈杂得很，各种声音分辨不清，只有小贩们富于诱惑的吆喝声，像鸟儿叫一样，一声声高出众人嗡嗡杂乱的声音之上，从大街两旁传来：

"易德元的吊钱呵，眼看要抢完了，还有五张！"

"哪位要皇历，今年的皇历可是套片精印的，整本道林纸。哎，看看节气，找个黄道吉日，家家缺不了它呵！"

"哎、哎、哎，买大枣，一口一个吃不了……"

但什么也瞧不见，人们都是前胸贴着后背，偶有人缝，便花花绿绿闪一下，逗得我眼睛发亮。忽然，迎面一人手里提着一个五彩缤纷的盒子，盒子上印着两个胖胖的人儿，笑嘻嘻挤在一起，煞是有趣，可是没等我细瞧，那人却往斜刺里去了。跟着听到一声粗鲁的喝叫："瞧着！"我便撞在一个软软的、热乎乎的、鼓鼓囊囊的东西上。原来是一个人的大肚子。这人袒敞着棉袄，肚子鼓得好大，以致我抬头看不见他的脸。这时，只听到妈妈的怨怪声：

"你这么大人，怎么瞧不见孩子呢，快，别挤着孩子呀！"

那人嘟囔几声什么。说也好笑，我几乎在他肚子下边，他怎么看得见我？这时，只觉得这人在我前面左挪右挪，大肚子热烘烘蹭着我的鼻尖，随后像一个软软的大肉桶，从我右边滑过去了。我感到一阵轻松畅快，就在这一瞬，对面又来了一个老头，把一个大金鱼灯举过头顶；这是条大鲤鱼，通身鲜红透明，尾巴翘起，伸着须，眼睛是两个亮晃晃、又圆又鼓的大金球儿……

"妈妈，你看……"我叫着。

妈妈扭头，大金鱼灯却不见了。

又是无数人的前胸和后背。

我真担心娘娘宫里也是如此，那就什么也看不见了。

"妈妈，我要看，我什么也瞧不见哪！"

"好！我抱你到上边瞧！"

妈妈说着，把我抱起来往横处挤了几步，撂在一个高高的地方。呀！我真又惊又喜，还有点傻了！好像突然给举到云端，看见了一个无法形容的、灿烂辉煌、热闹非凡的世界。我首先看到的是身前不远的地方有两根旗杆，高大无比，尖头简直碰到天。我对面是一座戏台，上边正在敲锣打鼓，唱戏的人正起劲儿地叫着，台下一片人头攒动。我再扭身一看，身后竟是一座美丽的大庙。在这中间，满是罩棚、满是小摊、满是人。各种新奇的东西和新奇的景象，一下子闯进眼帘，我好像什么也看不清了。在这之后，我才明白自己站在庙前一个石头砌的高台上……

"妈妈，妈，这就是娘娘宫吗？"我叫着。

"可不是吗？"妈妈笑眯眯地说。每逢我高兴之时，她总是这样心花怒放地笑着。她说："大弟，你能在这儿站着别动吗？妈到对面买点东西。那儿太挤，你不能去。你可千万别离开这儿。

妈去去就来。"

我再三答应后，她才去。我看着她挤进一家绒花店。

这时，我才得以看清宫门前的全貌。从我们走来的宫北大街，经过这庙前，直奔宫南大街，千千万万小脑袋蠕动着，街的两旁全是店铺，张灯结彩，悬挂着五色大旗，写着"大年减价""新年连市"等等字样，一直歪歪斜斜、蜿蜒地伸向锅店街那边而去，好像一条巨大的鳞光闪闪的巨蟒，在地上，慢慢摇动它笨拙的身躯，真是好看极了。我禁不住双腿一蹦一蹦，拍起手来。

"当心掉下来！"有人说着并抓住我的腰。

原来妈妈来了，她喜笑颜开，手里拿着一个方方的花纸盒，鬓上插着一朵红绒花。这花儿如此艳丽，映着她的脸，使她显得喜气洋洋，我感到她从来没有像今天这样好看。

"妈，你好看极了！"

"胡说！"妈羞笑着说，"快下来，咱们到娘娘宫里去看看。"

我随她跨进了多年梦思夜想的娘娘宫。心里还掠过一种自豪与得意之情，心想，回头我也能像独眼表哥那样对别人讲讲娘娘宫的事了。而我的姐姐们还没有我今天这种好福气呢！

庙里好热闹，楼宇一处连一处，香烟缭绕，到处是棚摊。这宫院里和外边一样，也成了年货集市。小贩、香客、游人挤成一团，各色各样的神仙图画挂满院墙，连几株老树上也挂得满满的。

一束束红蓝黄绿的气球高过人头，在些许的微风里摇颤着，仿佛要摆脱线的牵扯，飞上碧空……宫院左边是卖金鱼的，右边的摊上多卖空竹。内中有一个胖子，五十多岁，很大一顶灰兔皮帽扣在头上。四四方方一张红脸，秤砣鼻子，鼻毛全支出来，好像废井中长出的荒草。他上身穿一件紧身元黑罩衫，显出胖大结实的身形，正中一行黄布裹成的疙瘩扣，排得很密，像一条大蜈蚣爬在他当胸上。下边是肥大黑裤，青布缠腿，云字样的靴头。他挽着袖管，抖着一个脸盆大小的空竹。如此大的空竹真是世所罕见。别看他身胖，动作却不迟笨，胳膊一甩，把那奇大的空竹抖得精熟，并且顺着绳子，一忽儿滚到左胳膊上，一忽儿滚到右胳膊上，一忽儿猫腰俯背，让转动的空竹滚背而过，一忽儿又把这沉重的家伙抛上半空，然后用手里的绳子接住。这时他面色十分神气。那空竹发出的声音也如牛吼一般。他的货摊上悬着一个朱红漆牌，写着三个金字："空竹王"。旁边有行小字"乾隆老样"。摊上的空竹所贴的红签上，也都印着这些字样，并有"认清牌号，谨防假冒"八个字。他的货摊在同行中显得很阔绰，大大小小的空竹，式样不一，琳琅满目，使得左右的邻摊显得寒碜、冷落和可怜。他一边抖着空竹，一边嘴里叨叨不绝，说他的空竹是祖传的。他家历来不但精于制作，又善于表演空竹。他祖宗曾进过宫，给乾隆爷表演过，乾隆爷看得"龙颜大悦"，赐给他祖宗黄金百两、白银一千，外加黄马褂一件，据说那是他祖祖祖祖爷爷的事。后来他家有人又进宫给慈禧太后表演空竹，便是他祖祖爷爷的事了。祖辈的那黄马褂没有留下，却传下这只巨型的空竹……说到这儿，他把空竹用力抖两下，嘴里的话锋一转，来了生意经，开始夸耀自家空竹的种种优长，直说得嘴角溢出白沫。本来他的空竹不错，抖得也蛮好，不知为什么，这样滔滔不绝的自夸和炫耀，尤其他那股剽悍和霸气劲儿反叫人生厌。这时，他大叫一声，猛一用力，把空竹再次抛上半空，随着脑袋后仰过猛，头上那顶大兔皮帽被抛掉身后，露出一个青皮头顶，见棱见角，并汗津津冒着热气，好似一只没有上锅的青光光的蟹盖儿，大家忍不住笑了。我妈妈笑了一下，便领我到邻处小摊上，买了一个小号的空竹给我。那摊贩对妈妈十分客气，似有感激之意。妈妈为什么不买"空竹王"那里漂亮的空竹，而偏偏买这小摊上不大起眼的东西？这事一直像个谜存在我心里，直到我入了社会，经事多了，才打开这积存已久的谜。

四

大庙里的气氛真是神秘、奇异、可怖。那气氛是只有庙堂里才有的。到处黑洞洞的，到处又闪着辉煌的亮光；到处是人，到处是神。一处处庙堂，一尊尊佛像，有的像活人，有的像假人，有的逗人发笑，有的瞪眼吓人，有的莫名其妙。妈妈在我耳边轻轻告诉我，哪个是娘娘，哪个是四大门神，哪个是关帝，还有雷公、火神、疙瘩刘爷、傻哥和张仙爷。给我印象最突出的要算这张仙爷了。他身穿蓝袍，长须飘拂，张弓搭箭，斜向屋角，既威武又洒脱。妈妈告诉我，民人住宅常有天狗从烟囱钻进来，兴妖作怪，残害幼儿。张仙爷专除天狗，见了天狗钻进民宅就将弓箭射去，以保护孩童。故此，人都称他为"射天狗的张仙爷"……

在我不自觉地望着这护佑儿童们的泥神时，妈妈向一个人问了几句话，就领着我穿过两重热闹闹的小院，走到一座庙堂前。她在门口花了几个小钱买了一把香，便走进去。里边一团漆黑，烟雾弥漫，香的气味极浓。除去到处亮着的忽闪忽闪的烛火，别的什么都看不见。我才要向前迈步，妈妈忽把我拉住，我才发现眼前有几个人跪伏着，随后脑袋一抬，上身直立；跟着又俯身叩首做拜伏状。这些人身前是张条案，案上供具陈列，一尊乌黑的生铁香炉插满香，香灰撒落四边，四座烛台都快给烛油包上了……就在这时，从条案后的黑黝黝的空间里，透现出一个胖胖的、端庄的、安详的妇女的面孔。珠冠绣衣，粉面朱唇，艳美极了。缭绕的烟缕使她的面孔忽隐忽现，跳动的烛光似乎使她的表情不断变化着，忽而严肃，忽而慈爱，忽而冷峻，忽而微笑。她是谁？如何这样妄自尊崇，接受众人的叩拜？我想到这儿时，已然发现她也是一尊泥塑彩画的神像。为什么许多人要给这泥人烧香叩头呢？我拉拉妈妈的衣袖，想对她说话，她却不搭理我。我抬头看她时，只见妈妈脸上郑重又虔诚，一双眼呆呆的，散发出一种迟缓又顺从的光来。我真不懂妈妈何以做出如此怪异的神情。但不知为什么，我忽然不敢出声，不敢随意动作，一股庄重不阿的气氛牢牢束缚住我。心里升起一种从未有过的敬畏的感觉，不觉悄悄躲到妈妈的身后。

在条案一旁，立着一个老头，松形鹤骨，神情肃穆，穿黄袍子。我一直以为也是个泥人。此刻他却走到妈妈身前，把妈妈手里的香接过去，引烛火点着，插在香炉内。这时妈妈也像左右的人那样屈腿伏身，叩头作揖。只剩下我直僵僵地站着。这当儿，一个新发现竟使我吓得缩起脖子：原来条案后那泥神身上满是眼睛，总有几十只，只只眼睛都比鞋子还大，眼白极白，眼球乌黑，横横竖竖，好像都在瞧着我。我一惊之下，忙蹲下来，躲在妈妈背后，双手捂住了脸。后来妈妈起了身，拉着我走出这吓人的庙堂。我便问：

"妈妈，那泥人怎么浑身都是眼睛呀！"

"哎哟，别胡扯，那是千眼娘娘，专管人得眼病的。"

我听了依然莫解，但想到妈妈给她叩头，是为了她丈夫的病吧！我又想发问，却没问出来，因为她那满是浅细皱纹的眼皮中间似乎含着泪水。我之所以没再问她，是因为不愿意勾起她心中的烦恼和忧愁，还是怕她眼里含着的泪流出来，现在很难再回想得清楚，谁能弄清楚自己儿时的心理？

五

在宫南大街，我们又卷在喧闹的人流中。声音愈吵，人们就愈要提高嗓门，声音反倒愈响。其实如果大家都安静下来，小声讲话，便能节省许多气力，但此时、此刻、此地谁又能压抑年意在心头上猛烈的骚动？

宫南大街比宫北大街更繁华，店铺挨着店铺，罩棚连着罩棚，五行八作，无所不有。最有趣的是年画店，画儿贴满四壁，标上号码，五彩缤纷，简直看不过来。还有一家画店，在门前放着一张桌，桌面上码着几尺高的年画，有两个人，把这些画儿一样样地拿给人们看，一边还说些为了招徕主顾而逗人发笑的话，更叫人好笑的是这两个人，一般高，穿着一样的青布棉袍，驼色毡帽，只是一胖一瘦，一个难看，一个顺眼，很像一对说相声的。我爱看的《一百单八将》《百子闹学》《屎壳郎堆粪球》等等这里都有。

由此再往南去，行人渐少，地势也见宽阔。沿街多是些小摊，更有可怜的，只在地上放一块方形的布，摆着一些吊钱、窗花、财神图、全神图、彩蛋、花糕模子、八宝糖盒等零碎小物。这些东西我早都从妈妈嘴里听到过，因此我都能认得。还有些小货车，放着日用的小百货，什么镜儿、膏儿、粉儿、油儿的。上边都横竖几根杆子，拴着女孩子们扎辫子用的彩带子，随风飘摇，很是好看；还有的竖立一棵粗粗的麻秆儿，上面插满各样的绒花，围在这小车边的多是些妇女和姑娘们。在这中间，有一个卖字的老人的表演使我入了迷。一张小木桌，桌上一块大紫石砚，一把旧笔，一捆红纸，还立着一块小木牌，写着"鬻字"。这老人瘦如干柴，穿一件土黄棉袍，皱皱巴巴，活像一棵老人参。天冷人老，他捏着一支大笔，翘起的小拇指微微颤抖。但笔道横平竖直，宛如刀切一般。四边闲着的人都怔着，没人要买。老人忽然左手也抓起一支大笔，蘸了墨，两手竟然同时写一副对联。两手写的字却各不相同。字儿虽然没有单手写得好，观者反而惊呼起来，争相购买。

看过之后，我伸手一拉妈妈：

"走！"

她却摆胳膊。

"走——"我又一拉她。

"哎，你这孩子怎么总拉人哪？！"

一个陌生的爱挑剔的女人尖厉的声音传来。我抬头一看，原来是一位矮小的黄脸女人，怀里抱着一篓鲜果。她不是妈妈！我认错人了！妈妈在哪儿？我慌忙四下一看，到处都是生人，竟然不见她了！我忙往回走。

"妈妈，妈妈……"我急急慌慌地喊，却听不见回答，只觉得自己喉咙哽咽，喊不出声来，急得要哭了。

就在这当口，忽听"大弟"一声。这声简直是肝肠欲裂、失魂落魄的呼喊。随后，从左边人群中钻出一人来，正是妈妈。她张大嘴，睁大眼，鬓边那两绺头发直条条耷拉着，显出狼狈与惊恐的神色。她一看见我，却站住了，双腿微微弯曲下来，仿佛要跌在地上。手里那绒花盒儿也捏瘪了。然后，她一下子扑上来把我紧紧抱住，仿佛从五脏里呼出一声：

"我的爷爷，你是不想叫我活了！"

这声音，我现在回想起来还那样清晰。

我终于看见了炮市，它在宫南大街横着的一条胡同里。胡同中有几十个摊儿，这摊儿简直是一个个炮堆。"双响"都是一百个盘成一盘。最大的五百个一盘，像个圆桌面一般大。单说此地人最熟悉的烟火——金人儿，就有十来种。大多是鼓脑门、穿袍挂杖的老寿星，药捻儿在脑顶上。这里的金人高可齐腰，小如拇指。这些炮摊的幌子都是用长长的竹竿挑得高高的一挂挂鞭炮。其中一个大摊，用一根杯口粗的竹竿挑着一挂雷子鞭，这挂大鞭约有七八尺，下端几乎擦地，把那竹竿压成弓形。上边粘着一张红纸条，写了"足数万头"四个大字。这是我至今见到的最威风的一挂鞭。不知怎样的人家才能买得起这挂鞭。

为了防止火灾，炮市上绝对不准放炮。故此，这里反而比较清静，再加上这条胡同是南北方向，冬日的朔风呼呼吹过，顿感身凉。像我这样大小的男孩子们见了炮都会像中了魔一样，何况面对着如此壮观的鞭炮的世界，即使冻成冰棍也不肯看几眼就离开的。

"掌柜的，就给我们拿一把'双响'吧！"妈妈和那卖炮的说起话来，"多少钱？"

妈妈给我买炮了。我多么高兴！

我只见她从怀里摸出一个旧手巾包，打开这包儿，又是一个小手绢包儿，手绢包儿里还有一个快要磨破了的毛头纸包儿，再打开，便是不多的几张票子，几枚铜币。她从这可怜巴巴的一点钱中拿出一部分，交给那卖炮的，冷风吹得她的鬓发扑扑地飘。当她把那把"双响"买来塞到我手中时，我感到这把炮像铁制的一般沉重。

"好吗？孩子！"她笑眯着眼对我说，似乎在等着我高兴地表示。

本来我应该是高兴的，此刻却是另一种硬装出来的高兴。但我看得出，我这高兴地表示使她得到了多么大的满足啊！

六

　　我就是这样有生以来第一次、令人难忘地逛过了娘娘宫。那天回到家，急着向娘、姐姐和家中其他人，一遍又一遍讲述在娘娘宫的见闻，直说得嘴巴酸疼，待吃过饭，精神就支撑不住，歪在床上，手里抱着妈妈给买的那把"双响"和空竹香香甜甜地睡了。懵懵懂懂间觉得有人拍我的肩头，擦眼一看，妈妈站在床前，头发梳得光光，身上穿一件平日用屁股压得平平的新蓝布罩衫，臂肘间挎着一个印花的土布小包袱，她的眼睛通红，好像刚哭过，此刻却笑眯着眼看我。原来她要走了！

　　屋里的光线已经变暗了。我这一觉睡得好长啊，几乎错过了与她告别的时刻。

　　我扯着她的衣襟，送她到了当院。她就要去了，我心里好像塞着一团委屈似的，待她一要走，我就像大河决口一般，索性大哭出来。家里人都来劝我，一边向妈妈打手势，叫她乘机快走，妈妈却抽抽噎噎地对我说：

　　"妈妈给你买的'双响'呢？你拿一个来，妈妈给你放一个；崩崩邪气，过个好年……"

　　我拿一个"双响"给她。她把这"双响"放在地上。然后从怀里摸出一盒火柴划着火去点药捻。

　　院里风大，火柴一着就灭，她便划着火柴，双手拢着火苗，凑上前，猫下腰去点药捻。哪知这药捻着得这么快。不知是谁叫了一声"当心！"这话音才落，通！通！连着两响，烟腾火苗间，妈妈不及躲闪,炮就打在她脸上。她双手紧紧捂住脸。大家吓坏了,以为她炸了眼睛。她慢慢直起身,放下双手,所幸的是没炸坏眼,却把前额崩得一大块黑。我哭了起来。

妈妈拿出块帕子抹抹前额,黑烟抹净,却已鼓出一个栗子大小的硬疙瘩。家里人忙拿来"万金油"给她涂在疙瘩处,那疙瘩便愈发显得亮而明显了。妈妈眯着笑眼对我说:

"别哭,孩子,这一下,妈妈身上的晦气也给崩跑了!"

我看得出这是一种勉强的、苦味的笑。

她就这样去了。挎着那小土布包袱、顶着那栗子大小的鼓鼓的疙瘩去了。多年来,这疙瘩一直留在我心上,一想就心疼,挖也挖不掉。

她说她"过了年就回来",但这一去就没再来。

听说她丈夫瞎了双眼,她再不能出来做事了。从此,一面也不得见,音讯也渐渐寥寥。

我十五岁那年,正是大年三十,外边鞭炮正响得热闹,屋里却到处能闻到火药燃烧后的香味。

家里人忽叫我到院里看一件东西。我打着灯笼去看,挨着院墙根放着一个荆条编的小箩筐。

家里人告诉我,这是我妈妈托人从乡下捎给我的。我听了,心儿陡然地跳快了,忙打开筐盖,用灯一照,原来是个又白又肥的大猪头,两扇大耳,粗粗的鼻子,脑门上点了一个枣儿大的红点儿,可爱极了⋯⋯看到这里,我不觉抬起头来,仰望着在万家灯火的辉映中反而显得黯淡了的寒空,心儿好像一下子从身上飞走，飞啊，飞啊，飞到我那遥远的乡下的老妈妈的身边，扑在她那温暖的怀中，叫着：

"妈妈，妈妈，你可好吗？"

（1981.4.25 天津）

快手刘

　　人人在童年都是时间的富翁，胡乱挥霍也使不尽。有时待在家里闷得慌，或者父亲嫌我太闹，打发我出去玩玩儿，我就不免要到离家很近的那个街口，去看快手刘变戏法。

　　快手刘是个撂地摆摊卖糖的胖大汉子。他有个随身背着的漆成绿色的小木箱，在哪儿摆摊就把木箱放在哪儿。箱上架一条满是洞眼的横木板，洞眼插着一排排廉价而赤黄的棒糖。他变戏法是为吸引孩子们来买糖。戏法十分简单，俗称"小碗扣球"。一块绢子似的黄布铺在地上，两个白瓷小茶碗，四个滴溜溜的大红玻璃球儿，就这再普通不过的三样道具，却叫他变得神出鬼没。他两只手各拿一个茶碗，你明明看见每个碗下边扣着两个红球儿，你连眼皮都没眨动一下，嘿！四个球儿竟然全都跑到一个茶碗下边去了，难道这球儿是从地下钻过去的？他就这样把两只碗翻来翻去，一边叫天喊地，东指一下手，西吹一口气，好像真有什么看不见的神灵做他的助手，四个小球儿忽来忽去，根本猜不到它们在哪里。这种戏法比舞台上的魔术难变，舞台只一边对着观众；街头上的土戏法，前后左右围着一圈人，人们的视线从四面八方射来，容易看出破绽。有一次，我亲眼瞧见他手指飞快地一动，把一个球儿塞在碗下边扣住，便禁不住大叫：

"在右边那个碗底下哪，我看见了！"

"你看见了？"快手刘明亮的大眼珠子朝我惊奇地一闪，跟着换了一种正经的神气对我说："不会吧！你可得说准了。猜错就得买我的糖。"

"行！我说准了！"我亲眼所见，所以一口咬定。自信使我的声音非常响亮。

谁知快手刘哈哈一笑，突然把右边的茶碗翻过来。

"瞧吧，在哪儿呢？"

咦，碗下边怎么什么也没有呢？只有碗口压在黄布上一道圆圆的印子。难道球儿穿过黄布钻进左边那个碗下边去了？快手刘好像知道我怎么猜想，伸手又把左边的茶碗掀开，同样什么也没有！球儿都飞了？只见他将两只空碗对口合在一起，举在头顶上，口呼一声："来！"双手一摇茶碗，里面竟然哗哗响，打开碗一看，四个球儿居然又都出现在碗里边。怪，怪，怪！

四边围看的人发出一阵惊讶不已的唏嘘之声。

"怎么样？你输了吧！不过在我这儿输了决不罚钱，买块糖吃就行了。这糖是纯糖稀熬的，单吃糖也不吃亏。"

我臊得脸皮发烫，在众人的笑声里买了块棒糖，站在人圈后边去。从此我只站在后边看了，再不敢挤到前边去多嘴多舌。他的戏法，在我眼里真是无比神奇了。这也是我童年真正钦佩的一个人。

他那时不过四十多岁吧，正当年壮，精饱神足，肉重肌沉，皓齿红唇，乌黑的眉毛像用毛笔画上去的。他蹲在那里活像一只站着的大白象。一边变戏法，一边卖糖，发亮而外凸的眸子四处流盼，照应八方；满口不住说着逗人的笑话。一双胖胖的手，指肚滚圆，却转动灵活，那四个小球就在这双手里忽隐忽现。我当时有种奇想，他的手好像是双层的，小球时时藏在夹层里。唉唉，孩提时代的念头，现在不会再有了。

这双异常敏捷的手，大概就是他绰号"快手刘"的来历。他也这样称呼自己，以致在我们居住那一带无人不知他的大名。我童年的许多时光，就是在这最最简单又百看不厌的土戏法里，在这一直也不曾解开的迷阵中，在他这双神奇莫测、令人痴想不已的快手之间消磨的。他给了我多少好奇的快乐呢？

那些伴随着童年的种种人和事，总要随着童年的消逝而远去。我上中学以后就不常见到快手刘了。只是路过那路口时，偶尔碰见他。他依旧那样兴冲冲地变"小碗扣球"，身旁摆着插满棒糖的小绿木箱。此时我已经是懂事的大孩子了，不再会把他的手想象成双层的，却依然看不出半点破绽，身不由己地站在那里，饶有兴致地看了一阵子。我敢说，世界上再好的剧目，哪怕是易卜生和莎士比亚，也不能像我这样成百上千次看个不够。

我上高中是在外地。人一走，留在家乡的童年和少年就像合上的书。往昔美好的故事，亲切的人物，甜醉的情景，就像鲜活的花瓣夹在书页里，再翻开都变成了干枯了的回忆。谁能使过去的一切复活？那去世的外婆，不知去向的挚友，妈妈乌黑的卷发，久已遗失的那些美丽的书，那跑丢了的绿眼睛的小白猫……还有快手刘。

高中二年级的暑期，我回家度假。一天，在离家不远的街口看见十多个孩子围着什么又喊又叫。走近一看，心中怦然一动，竟是快手刘！他依旧卖糖和变戏法，但人已经大变样子。几年不见，好像过了许久。模样接近了老汉。单是身旁摆着的那只木箱，就带些凄然的样子。它破损不堪，黑乎乎，黏腻腻，看不出一点先前那悦目的绿色。横板上插糖的洞孔，多年来给棒糖的竹棍捅大了，插在上边的棒糖东倒西歪。再看他，那肩上、背上、肚子上、臂上的肉都到哪儿去了呢？饱满的曲线没了，衣服下处处凸出尖尖的骨形来；脸盘仿佛小了一圈，眸子无光，更没有当初左顾右盼、流光四射的精神。这双手尤其使我动心——他分明换了一双手！手背上青筋缕缕，污黑的指头上绕着一圈圈皱纹，好像吐尽了丝而皱缩下去的老蚕……于是，当年一切神秘的气氛和绝世的本领都从这双手上消失了。他抓着两只碗口已经碰得破破烂烂的茶碗，笨拙地翻来翻去，那四个小球儿，一会儿没头没脑地撞在碗边上，一会儿从手里掉下来。他的手不灵了！孩子们叫起来："球在那儿呢！""在手里哪！""指头中间夹着哪！"在这喊声里，他一慌张，手就愈不灵，抖抖索索搞得他自己也不知道球儿都在哪里了。无怪乎四周的看客只是寥寥一些孩子。

"在他手心里，没错！决没在碗底下！"有个光脑袋的胖小子叫道。

我也清楚地看到，在快手刘扣过茶碗的时候，把地上的球儿取在手中。这动作缓慢迟钝，失误就十分明显。孩子们吵着闹着叫快手刘张开手，快手刘的手却攥得紧紧的，朝孩子们尴尬地掬出笑容。这一笑，满脸皱纹都挤在一起，好像一个皱纸团。他几乎用请求的口气说：

"是在碗里呢！我手里边什么也没有……"

当年神气十足的快手刘哪会用这种口气说话？这些稚气又认真的孩子们偏偏不依不饶，非叫快手刘张开手不可。他哪能张手，手一张开，一切都完了。我真不愿意看见快手刘这一副狼狈的、惶惑的、无措的窘态。多么希望他像当年那次——由于我自作聪明，揭他老底，迫使他亮出一个捉摸不透的绝招。小球突然不翼而飞，呼之即来。如果他再使一下那个绝招，叫这些不知轻重的孩子们领略一下名副其实的快手刘而瞠目结舌多好！但他老了，不再会有那花好月圆的岁月年华了。

我走进孩子们中间，手一指快手刘身旁的木箱说：

"你们都说错了，球儿在这箱子上呢！"

孩子们给我这突如其来的话弄得莫名其妙，都瞅那木箱，就在这时，我眼角瞥见快手刘用一种尽可能的快速度把手里的小球塞到碗下边。

"球在哪儿呢？"孩子们问我。

快手刘笑呵呵翻开地上的茶碗说：

"瞧，就在这儿哪！怎么样？你们说错了吧，买块糖吧，这糖是纯糖稀熬的，单吃糖也不吃亏。"

孩子们给骗住了，再不喊闹。一两个孩子掏钱买糖，其余的一哄而散。随后只剩下我和从窘境中脱出身来的快手刘，我一扭头，他正瞧我。他肯定不认识我。他皱着花白的眉毛，饱经风霜的脸和灰蒙蒙的眸子里充满疑问，显然他不明白，我这个陌生的青年何以要帮他一下。

（1982.11.16）

长衫老者

我幼时，家对门有条胡同，又窄又长，九曲八折，望进去深邃莫测。隔街是店铺集中的闹市，过往行人都以为这胡同通向那边闹市，是条难得的近道，便一头扎进去，弯弯转转，直走到头，再一拐，迎面竟是一堵墙壁，墙内有户人家。原来这是条死胡同！好晦气！凡是走到这儿来的，都恨不得把这面堵得死死的墙蹾倒！

怎么办？只有认倒霉，掉头走出来。可是这么一往一返，不但没抄了近道，反而白跑了长长一段冤枉路。正像俗话说的：贪便宜者必吃亏。那时，只要看见一个人满脸丧气地从胡同里走出来，哈，一准知道是撞上死胡同了！

走进这死胡同的，不仅仅是行人，还有一些小商小贩。为了省脚力，推车挑担串进来，这就热闹了。本来狭窄的道儿常常拥塞；叫车轱辘碰伤孩子的事也不时发生。没人打扫它，打扫也没用，整天土尘蓬蓬。人们气急就叫："把胡同顶头那家房子扒了！"房子扒不了，只好忍耐；忍耐久了，渐渐习惯。就这样，乱乱哄哄，好像它天经地义就该如此。

一天，来了一位老者，个子矮小，干净爽利，一件灰布长衫，红颜白须，目光清朗，胳肢窝夹个小布包包，看样子像教书先生。他走进胡同，一直往里，可过不久就返回来。嘿，又是一个撞上死胡同的！

这位长衫老者却不同常人。他走出来时，面无懊丧，而是目光闪闪，似在思索，然后站在胡同口，向左右两边光秃秃的墙壁望了望，跟着蹲下身，打开那布包，包里面有铜墨盒、毛笔、书纸和一个圆圆的带盖的小饭盆。他取笔展纸，写了端端正正、清清楚楚四个大字：此路不通。又从小盆里捏出几颗饭粒，代做糨糊，把这张纸贴在胡同口的墙壁上，看了两眼便飘然而去。

咦，谁料到这张纸一出，立刻出现奇迹。过路人若要抄近道扎进胡同，一见纸上的字，就转身走掉；小商贩们即使不识字，见这里进出人少，疑惑是死胡同，自然不敢贸然进去。胡同陡然清静多了。过些日子，这纸条给风吹雨打，残破了，胡同里的住家便想到用一块木板，仿照这四个字写在上边，牢牢钉在墙上，这样就长久地保留下来了。

胡同自此大变样子。

它出现了从来没见过的情景：有人打扫，有人种花，有孩童玩耍；鸟雀也敢在地面上站一站。逢到一夜大雪过后，犹如一条蜿蜒洁白的带子，渐渐才给早起散步的老人们，踩上一串深深的雪窝窝。这些饱受市井喧嚣的人家，开始享受起幽居的静谧和安宁来了。

于是，我挺奇怪，本来这么简单的一举，为什么许多年里不曾有人想到？我因此愈加敬重那矮小、不知姓名、肯思索、更肯动手来做的长衫老者了……

（1984.2.8《文汇报》首发）

歪　儿

那个暑假，天刚擦黑，晚饭吃了一半，我的心就飞出去了。因为我又听到歪儿那尖细的召唤声："来玩踢罐电报呀——"

"踢罐电报"是那时男孩子们最喜欢的游戏。它不单需要快速、机敏，还带着挺刺激的冒险滋味。它的玩法又简单易学，谁都可以参加。先是在街中央用白粉粗粗画一个圈儿，将一个空洋铁罐儿摆在圈里，然后大家聚拢一起"手心手背"分批淘汰，最后剩下一个人坐庄。坐庄可不易，他必须极快地把伙伴们踢得远远的罐儿拾回来，放到原处，再去捉住一个乘机躲藏的孩子顶替他，才能下庄；可是就在他四处去捉住那些藏身的孩子时，冷不防从什么地方会蹿出一人，"叭"地将罐儿叮里当啷踢得老远，倒霉，又得重新开始……一边要捉人，一边还得防备罐儿再次被踢跑，这真是个苦差事，然而最苦的还要算是歪儿！

歪儿站在街中央，寻着空铁罐左盼右盼，活像一个蒸熟了的小红薯。他细小，软绵绵，歪歪扭扭；眼睛总像睁不开，薄薄的嘴唇有点斜，更奇怪的是他的耳朵，明显的一大一小，像是父子俩。他母亲是苏州人，四十岁才生下这个有点畸形的儿子，取名叫"弯儿"。我们天天都能听到她用苏州腔呼唤儿子的声音，却把"弯儿"错听成"歪儿"。也许这"歪儿"更像他的模样。由于他身子歪，跑起来就打斜，玩踢罐电报便十分吃亏。可是他太热爱这种游戏了，他宁愿坐庄，宁愿徒自奔跑，宁愿一直累得跌跌撞撞……大家玩的罐儿还是他家的呢！

只有他家才有这装芦笋的长长的铁罐，立在地上很得踢，如果要没有这宝贝罐儿，说不定大家嫌他累赘，不带他玩了呢！

我家刚搬到这条街上来，我就加入了踢罐电报的行列，很快成了佼佼者。这游戏简直就是为我发明的——我的个子比同龄的孩子高一头，腿也几乎长一截，跑起来真像骑摩托送电报的邮差那样风驰电掣，谁也甭想逃脱我的追逐。尤其我踢罐儿那一脚，"叭"的一声过后，只能在远处朦胧的暮色里去听它叮里当啷的声音了，要找到它可费点劲呢！这时，最让大家兴奋的是瞅着歪儿去追罐儿那样子，他一忽儿斜向左，一忽儿斜向右，像个脱了轨而瞎撞的破车，逗得大家捂着肚子笑。当歪儿正要发现一个藏身的孩子时，我又会闪电般冒出来，一脚把罐儿踢到视线之外，可笑的场面便再次出现……就这样，我成了当然的英雄，得意非凡；歪儿怕我，见到我总是一脸懊丧。天天黄昏，这条小街上充满着我的迅猛威风和歪儿的疲于奔命。终于有一天，歪儿一屁股坐在白粉圈里，怏怏无奈地痛哭不止……他妈妈跑出来，操着纯粹的苏州腔朝他叫着骂着，扯他胳膊回家。这愤怒的声音里似乎含着对我们的谴责。我们都感觉自己做了什么不好的事，默默站了一会儿才散。

歪儿不来玩踢罐电报了。他不来，罐儿自然也变了，我从家里拿来一种装草莓酱的小铁罐，短粗，又轻，不但踢不远，有时还踢不上，游戏的快乐便减色许多。那么失去快乐的歪儿呢？我望着他家二楼那扇黑黑的玻璃窗，心想他正在窗后边眼巴巴瞧着我们玩吧！这时忽见窗子一点点开启，跟着一个东西扔下来。这东西掉在地上的声音那么熟悉、那么悦耳、那么刺激，原来正是歪儿那长长的罐儿。我的心头第一次感到被一种内疚深深地刺痛了。我迫不及待地朝他招手，叫他来玩儿。

　　歪儿回到了我们中间。

　　一切都奇妙又美好地发生了变化。大家并没有商定什么，却不约而同，齐心合力地等待着这位小伙伴了。大家尽力不叫他坐庄；有时他"手心手背"输了，也很快有人情愿被他捉住，好顶替他。大家相互配合，心领神会，作假成真。一次，我看见歪儿躲在一棵大槐树后边正要被发现，便飞身上去，一脚把罐儿踢得好远好远，解救了歪儿，又过去拉着他，急忙藏进一家院内的杂物堆里。我俩蜷缩在一张破桌案下边，紧紧挤在一起，屏住呼吸，却互相能感到对方的胸脯急促起伏，这紧张充满异常的快乐呵！我忽然见他那双眯缝的小眼睛竟然睁得很大，目光兴奋、亲热、满足，并像晨星一样光亮！原来他有这样一双又美又动人的眼睛。是不是每个人都有这样一双眼睛，就看我们能不能把它点亮。

（1995.7.4. 天津）

记韦君宜

我不知道为什么，对一个人深入的回忆，非要到他逝去之后。难道回忆是被痛苦带来的吗？

一九七七年春天我认识了韦君宜。我真幸运，那时我刚刚把一只脚怯生生踏在文学之路上。我对自己毫无把握。我想，如果我没有遇到韦君宜，我以后的文学可能完全是另一个样子。我认识她几乎是一种命运。

但是这之前的十年把我和她的历史全然隔开。我第一次见到她时，并不清楚她是谁，这便使我相当尴尬。

当时，李定兴和我把我们的长篇处女作《义和拳》的书稿寄到人民文学出版社。尽管我脑袋里有许多天真的幻想，但书稿一寄走便觉得希望落空。这因为人民文学出版社是公认的国家文学出版社。面对这块牌子谁会有太多的奢望？可是没过多久，小说北组（当时出版社负责长江以北的作者书稿的编辑室）的组长李景峰便表示出对这部书稿的热情与主动，这一下使我和定兴差点成了一对范进。跟着出版社就把书稿打印成厚厚的上下两册征求意见本，分别在京津两地召开征求意见的座谈会。那时的座谈常常是在作品出版之前，绝不是当下流行的一种炒作或造声势，而是为了尽量提高作品的出版质量。于是，李景峰来到天津，还带来一个身材很矮的女同志，他说她是"社领导"。当李景峰对我说出她的姓名时，那神气似乎等待我的一番惊喜，但我却只是陌生又迟疑地朝她点头。我当时脸上的笑容肯定也很窘。后来我才知道她在文坛上的名气，并恨自己的无知。

座谈会上我有些紧张，倒不是因为她是"社领导"，而是她几乎一言不发。我不知该怎么跟她说话。会后，我请他们去吃饭——这顿饭的"规格"在今天看来简直难以想象！一九七六年的大地震毁掉我的家，我全家躲到朋友家的一间小屋里避难。在我的眼里，劝业场后门那家卖锅巴菜的街头小铺就是名店了。这家店一向屋小人多，很难争到一个凳子。我请韦君宜和李景峰占一个稍松快的角落，守住小半张空桌子，然后去买牌，排队，自取饭食。这饭食无非是带汤的锅巴、热烧饼和酱牛肉。待我把这些东西端回来时，却见一位中年妇女正朝着韦君宜大喊大叫。原来韦君宜没留意坐在她占有的一张凳子上。这中年妇女很凶，叫喊时龇着长牙，青筋在太阳穴上直跳，韦君宜躲在一边不言不语，可她还是盛怒不息。韦君宜也不解释，睁着圆圆一双小眼睛瞧着她，样子有点窝囊。有个汉子朝这不依不饶的女人说："你的凳子干吗不拿着，放在那里谁不坐？"这店的规矩是只要把凳子弄到手，排队取饭时便用手提着凳子或顶在脑袋上。多亏这汉子的几句话，一碗水似的把这女人的火气压住。我赶紧张罗着换个地方，依然没有凳子坐，站着把东西吃完，他们就要回北京了。这时韦君宜对我说了一句话："还叫你花了钱。"这话虽短，甚至有点吞吞吐吐，却含着一种很恳切的谢意。她分明是那种羞于表达、不善言谈的人吧！这就使我更加尴尬和不安。多少天里一直埋怨自己，为什么把他们领到这种拥挤的小店铺吃东西。使我最不忍的是她远远跑来，站着吃一顿饭，无端端受了那女人的训斥和恶气，还反过来对我诚恳地道谢。

不久我被人民文学出版社借去修改这部书稿。住在北京朝内大街一百六十六号那幢灰色而陈旧的办公大楼的顶层。出版社从全国各地借调来改稿的业余作者，每四个人挤在一间小屋，各自拥抱着一张办公桌，抽烟、喝水、写作；并把自己独有的烟味和身体气息浓浓地混在这小小空间里，有时从外边走进来，气味真有点噎人。我每改过一个章节便交到李景峰那里，他处理过再交到韦君宜处。韦君宜是我的终审，我却很少见到她，人都是经由李景峰间接听到韦君宜的意见。李景峰是个高个子、朴实的东北人，编辑功力很深，不善于开会发言，但爱聊天，话说到高兴时喜欢把裤腿往上一捋，手拍着白白的腿，笑嘻嘻地对我说："老太太（人们对韦君宜背后的称呼）又夸你了，说你有灵气，贼聪明。"李景峰总是死死守护在他的作者一边，同忧同喜，这样的编辑已经不多见了。我完全感觉得到，只要他在韦君宜那里听到什么好话，便恨不得马上跑来告诉我。他每次说完准又要加上一句："别翘尾巴呀，你这家伙！"我呢，就这样地接受和感受着这位责编美好又执着的情感。然而，我每逢见到韦君宜，她却最多朝我点点头，与我擦肩而过，好像她并没有看过我的书稿。她走路时总是很快，嘴巴总是自言自语那样嗫嚅着，即使迎面是熟人也很少打招呼。可是有一次，她忽然把我叫去。她坐在那堆满书籍和稿件的书桌前——她天天肯定是从这些书稿中"挖"出一块桌面来工作的。这次她一反常态，滔滔不绝；她与我谈起对聂士成和马玉昆的看法，再谈我们这部小说人物的结局，人物的相互关系，史料的应用与虚构，还有我的一些语病。她令我惊讶不已，原来她对我们这部五十五万字的书稿每个细节都看得入木三分。然后，她从满桌书稿中间的盆地似的空间里仰起脸来对我说："除去那些语病必改，其余凡是你认为对的，都可以不改。"这时我第一次看见了她的笑容，一种温和的、满意的、欣赏的笑容。

这是我永远不会忘记的一个笑容。随后，她把书桌上一个白瓷笔筒底儿朝天地翻过来，笔筒里的东西"哗"的全翻在桌上。有铅笔头、圆珠笔芯、图钉、曲别针、牙签、发卡、眼药水等，她从这乱七八糟的东西间找到一个铁夹子——她大概从来都是这样找东西。她把几页附加的纸夹在书稿上，叫我把书稿抱回去看。我回到五楼一看便惊呆了。这书稿上密密麻麻竟然写满她修改的字迹，有的地方用蓝色圆珠笔改过，再用红色圆珠笔改，然后用黑圆珠笔又改一遍。想想，谁能为你的稿子付出这样的心血？

我那时工资很低。还要分出一部分钱放在家里。每天抽一包劣质而辣嘴的"战斗牌"烟卷，近两角钱，剩下的钱只能在出版社食堂里买那种五分钱一碗的炒菠菜。往往这种日子的一些细节刀刻一般记在心里。比如那位已故的、曾与我同住一起的新疆作家沈凯，一天晚上他举着一个剥好的煮鸡蛋给我送来，上边还撒了一点盐，为了使我有劲熬夜。再比如朱春雨一次去"赴宴"，没忘了给我带回一块猪排骨，他用稿纸画了一个方碟子，下面写上"冯骥才的晚餐"，把猪排骨放在上边。至今我仍然保存这张纸，上面还留着那块猪排骨的油渍。有一天，李景峰跑来对我说："从今天起出版社给你一个月十五块钱的饭费补助。"每天五角钱！怎么会有这样天大的好事？李景峰笑道："这是老太太特批的，怕饿垮了你这大个子！"当时说的一句笑话，今天想起来，我却认真地认为，我那时没被那几十万字累垮，肯定就有韦君宜的帮助与爱护了。

我不止一次听到出版社的编辑们说，韦君宜在全社大会上说我是个"人才"，要"重视和支持"。然而，我遇到她，她却依然若无其事，对我点点头，嘴里自言自语似的喏嚅着，匆匆擦肩而过。可是我似乎已经习惯了这种没有交流的接触方式。她不和我说话，但我知道我在她心里的位置；她是不是也知道，我虽然没有任何表示，在我心里她却有个很神圣的位置？

在我的第二部长篇小说《神灯前传》出版时，我去找她，请她为我写一篇序。我做好被回绝的准备。谁知她一听，眼睛明显地一亮，点头应了，嘴巴又喏动几下，不知说些什么。我请她写序完全是为了一种纪念，纪念她在我文字中所付出的母亲般的心血，还有那极其特别的从不交流却实实在在的情感。我想，我的书打开时，首先应该是她的名字。于是《神灯前传》这本书出版后，第一页便是韦君宜写的序言《祝红灯》。在这篇序中依然是她惯常的对我的方式，朴素得近于平淡，没有着意的褒奖与过分的赞誉，更没有现在流行的广告式的语言，最多只是"可见用功很勤""表现作者运用史料的能力和历史的观点都前进了"，还有文尾处那句"我祝愿他多方面的才能都能得到发挥"。可是语言有时却奇特无比，别看这几句寻常话语，现在只要再读，必定叫我一下子找回昨日那种默默又深深的感动……

韦君宜并不仅仅是伸手把我拉上文学之路。此后"伤痕文学"崛起时，我那部中篇小说《铺花的歧路》的书稿在人民文学出版社内部引起争议。一九七八年冬天在和平宾馆召开的"中篇小说座谈会"上，韦君宜有意安排我在茅盾先生在场时讲述这部小说，赢得了茅公的支持。于是，阻碍被扫除，我便被推入了"伤痕文学"激荡的洪流中……

此后许多年里，我与她很少见面。以前没有私人交往，后来也没有。但每当想起那段写作生涯，那种美好的感觉依然如初。我与她的联系方式却只是新年时寄一张贺卡，每有新书便寄一册，看上去更像学生对老师的一种含着谢意的汇报。她也不回信，我只是能够一本本收到她所有的新作。然而我非但不会觉得这种交流过于疏淡，反而很喜欢这种绵长与含蓄的方式——一切尽在不言之中。人间的情感无须营造，存在的方式各不相同。灼热的激发未必能够持久，疏淡的方式往往使醇厚的内涵更加意味无穷。

大前年秋天，王蒙打来电话说，京都文坛的一些朋友想聚会一下为老太太祝寿。但韦君宜本人因病住院，不能来了。王蒙说他知道韦君宜曾经厚待于我，便通知我。王蒙也是个怀旧的人。我好像受到某种触动，忽然激动起来，在电话里大声说，是呀、是呀，一口气说出许多往事。王蒙则用他惯常的玩笑话认真地说："你是不是写几句话传过来，表个态，我替你宣读。"我便立即写了一些话用传真传给王蒙。于是我第一次直露地把我对她的感情写出来，我满以为老太太总该明白我这份情意了。但事后我知道老太太由于几次脑血管病发作，头脑已经不十分清楚了。瞧瞧，等到我想对她直接表达的时候，事情又起了变化，依然是无法沟通！但转念又想，人生的事，说明白也好，不说明白也好，只要真真切切地在心里就好。

尽管老太太走了。这些情景却仍然——并永远地真真切切保存在我心里。人的一生中，能如此珍藏在心里的故人故事能有多少？于是我忽然发现，回忆不是痛苦的，而是寂寥人间一种暖意的安慰。

（1998.4.7）

日 历

我喜欢用日历，不用月历。为什么？

厚厚一本日历是整整一年的日子。每扯下一页，它新的一页——光亮而开阔的一天便笑嘻嘻地等着我去填满。我喜欢日历每一页后边的"明天"的未知，还隐含着一种希望。"明天"乃是人生中最富魅力的字眼儿。生命的定义就是拥有明天。它不像"未来"那么过于遥远与空洞。它就守候在门外。走出了今天便进入了全新的明天。白天和黑夜的界线是灯光，明天与今天的界线还是灯光。每一个明天都是从灯光熄灭时开始的。那么明天会怎样呢？当然，多半还要看你自己的。你快乐它就是快乐的一天，你无聊它就是无聊的一天，你匆忙它就是匆忙的一天；如果你静下心来就会发现，你不能改变昨天，但你可以决定明天。有时看起来你很被动，你被生活所选择，其实你也在选择生活，是不是？

每年元月元日，我都把一本新日历挂在墙上。随手一翻，光溜溜的纸页花花绿绿滑过手心，散发着油墨的芬芳。这一刹那我心头十分快活。我居然有这么大把大把的日子！我可以做多少事情！前边的日子就像一个个空间，生机勃勃，宽阔无边，迎面而来。我发现时间也是一种空间。历史不是一种空间吗？人的一生不是一个漫长又巨大的空间吗？一个个明天，不就像是一间间空屋子吗？那就要看你把什么东西搬进来。可是，时间的空间是无形的，触摸不到的。凡是使用过的日子，立即就会消失，抓也抓不住，而且了无痕迹。也许正是这样，我们便会感受到岁月的匆匆与虚无。

有一次，一位著名的表演艺术家对我讲她和她丈夫的一件事。她唱戏，丈夫拉弦。他们很敬业。天天忙着上妆上台，下台下妆，谁也顾不上认真看对方一眼，几十年就这样过去了。一天老伴忽然惊讶地对她说："哎哟，你怎么老了呢！你什么时候老的呀？我一直都在你身边怎么也没发现哪！"她受不了老伴脸上那种伤感的神情。她就去做了美容，除了皱，还除去眼袋。但老伴一看，竟然流下泪来。时针是从来不会逆转的。倒行逆施的只有人类自己的社会与历史。于是，光阴岁月，就像一阵阵呼呼的风或是闪闪烁烁的流光，它最终留给你的只有是无奈而频生的白发和消耗中日见衰弱的身躯。为此，你每扯去一页用过的日历时，是不是觉得有点像扯掉一个生命的页码？

我不能天天都从容地扯下一页。特别是忙碌起来，或者从什么地方开会、活动、考察、访问归来，看见几页或十几页过往的日子挂在那里，黯淡、沉寂和没用。被时间掀过的日历好似废纸。可是当我把这一叠用过的日子扯下来，往往不忍丢掉，而把它们塞在书架的缝隙或夹在画册中间。就像从地上拾起的落叶。它们是我生命的落叶！

别忘了，我们的每一天都曾经生活在这一页一页的日历上。

记得一九七六年唐山大地震那天，我住在长沙路思治里十二号那个顶层上的亭子间被彻底摇散，震毁。我一家三口像老鼠那样找一个洞爬了出来。当我双腿血淋淋地站在洞外，那感觉真像从死神的指缝里侥幸地逃脱出来。转过两天，我向朋友借了一架方形铁盒子般的海鸥牌相机，爬上我那座狼咬狗啃废墟般的破楼，钻进我的房间——实际上已经没有屋顶。我将自己命运所遭遇的惨状拍摄下来，我要记下这一切。我清楚地知道这是我个人独有的经历。这时，突然发现一堵残墙上居然还挂着日历——那蒙满灰土的日历的日子正是地震那一天：1976 年 7 月 28 日，星期三，丙辰年七月初二。我伸手把它小心地扯下来。如今，它和我当时拍下的照片，已经成了我个人生命史刻骨铭心的珍藏了。

由此，我懂得了日历的意义。它原是我们生命忠实的记录。从"隐形写作"的含义上说，日历是一本日记。它无形地记载我每一天遭遇的、面临的、经受的，以及我本人应对与所作所为，还有改变我的和被我改变的。

然而人生的大部分日子是重复的——重复的工作与人际，重复的事物与相同的事物都很难被记忆。所以我们的日历大多页码都是黯淡无光。过后想起来，好似空洞无物。于是，我们就碰到一个非常重要的关于人本的话题——记忆。人因为记忆而厚重、智慧和理智。更重要的是，记忆使人变得独特。因为记忆排斥平庸。记忆的事物都是纯粹而深刻个人化的。所有个人都是一个独特的"个案"。记忆很像艺术家，潜在心中，专事刻画我们自己的独特性。你是否把自己这个"独特"看得很重要？广义地说，精神事物的真正价值正是它的独特性。无论是一个人，还是一种文化。记忆依靠载体。一个城市的记忆留在它历史的街区与建筑上，一个人的记忆在他的照片上、物品里、老歌老曲中，也在日历上。

然而，人不能只是被动地被记忆，我们还要用行为去创造记忆。我们要用情感、忠诚、爱心、责任感，以及创造性的劳动去书写每一天的日历。把这一天深深嵌入记忆里。我们不是有能力使自己的人生丰富、充实以及具有深度和分量吗？

所以我写过：

"生活就是创造每一天。"

我还在一次艺术家的聚会中说：

"我们今天为之努力的，都是为了明天的回忆。"

为此，每每到了一年最后的几天，我都是不肯再去扯日历。我总把这最后儿页保存下来。这可能出于生命的本能。我不愿意把日子花得精光。你一定会笑我，并问我这样就能保存住日子吗？我便把自己在今年日历的最后一页上写的四句诗拿给你看：

岁月何其速，

哎呀又一年，

花叶全无迹，

存世唯诗篇。

正像保存葡萄最好的方式是把葡萄变为酒，保存岁月最好的方式是致力于把岁月变为永存的诗篇或画卷。

　　现在我来回答文章开始时那个问题：为什么我喜欢日历？因为日历具有生命感。或者说日历叫我随时感知自己的生命，并叫我思考如何珍惜它。

（2002.12.28）

怀念老陆

近些天常常想起老陆来。想起往日往事的那些难忘的片段，还有他那张始终是温和与宁静的脸，一如江南的水乡。

老陆是我对他的称呼。国文和王蒙则称他文夫。他们是一代人。世人分辈，文坛分代。世上一辈二十岁，文坛一代是十年。我视上一代文友有如兄长。老陆是我对他一种亲热的尊称。

我和老陆一南一北很少往来，偶然在京因会议而邂逅，大家聚餐一处，老陆身坐其中，话不多，但有了他便多一份亲切。他是那种人——多年不见也不会感到半点陌生和隔膜。他不声不响坐在那里，看着从维熙逞强好胜地教导我，或是张贤亮吹嘘他的西部影城如何举世无双，从不插话，只是面含微笑地旁听。我喜欢他这种无言的笑。温和、宽厚、理解，他对这些个性大相径庭的朋友们总是抱之以一种欣赏——甚至是享受。

这不能被简单地解释为"与世无争"。没有一个作家会在思想原则上做和事佬。凡是读过他的《围墙》乃至《美食家》的，都会感受到他的笔尖里的针芒。只不过他常常是绵里藏针。我想这既源自他的天性，也来自他的小说观。他属于那种艺术性的作家，他把小说当作一种文本的和文字的艺术。高晓声和汪曾祺都是这样。他们非常讲究技巧，但不是技术的，而是艺术的和审美的。

一次我到无锡开会，就近去苏州拜访他。他陪我游拙政、网师诸园。一边在园中游赏，一边听他讲苏州的园林。他说，苏州园林的最高妙之处，不是玲珑剔透，极尽精美，而是曲曲折折，没有穷尽。每条曲径与回廊都不会走到头。有时你以为走到了头，但那里准有一扇小门或小窗。推开望去，又一番风景。说到此处，他目光一闪说："就像短篇小说，一层包着一层。"我接着说："还像吃桃子，吃去桃肉，里边有个核儿，敲开核儿，又一个又白又亮又香的桃仁。"老陆听了很高兴，禁不住说："大冯，你算懂小说的。"

此时，眼前出现一座水边的厅堂。那里四边怪石相拥，竹树环合，水光花影投射厅内，厅中央陈放着待客的桌椅，还有一口天青色素釉的瓷缸，缸里插着一些长长短短的书轴画卷。乃是每有友人来访，本园主人便邀客人在此欣赏书画。厅前悬挂一匾，写着"听松读画堂"。老陆问我，为什么写"读画"不写"看画"，画能读吗？我说，这大概与中国画讲究文学性有关。

古人常说的"诗画相生"或"诗是无形画，画是有形诗"。这些诗意与文学性藏在画中，不能只用眼看，还要靠读才能理解到其中的意味。老陆说，其实园林也要读。苏州园林真正的奥妙是这里边有诗文，有文学。我听到的能对苏州园林做出如此彻悟只有二位：一是园林大师陈从周——他说苏州园林有书卷气；另一位便是老陆，他一字道出欣赏苏州园林乃至中国园林的要诀：读。

读，就是从文学、从诗的角度去体会园林内在的意蕴。

记得那天傍晚，老陆在得月楼设宴招待我。入席时我心中暗想，今儿要领略一下这位美食家的真本领究竟在哪里。席间每一道菜都是精品，色香味俱佳，却看不出美食家有何超人的讲究。饭菜用罢，最后上来一道汤，看上去并非琼汁玉液，入口却是又清爽又鲜美，直喝得胃肠舒畅，口舌愉悦，顿时把这顿美席提升到一个至高境界。大家连连呼好。老陆微笑着说："一桌好餐关键是最后的汤。汤不好，把前边的菜味全遮了；汤好，余味无穷。"然后目光又是一闪，好似来了灵感，他瞅着我说："就像小说的结尾。"

我笑道："老陆，你的一切全和小说有关。"

于是我更明白老陆的小说缘何那般精致、透彻、含蓄和隽永。他不但善于从生活中获得写作的灵感，还长于从各种意味深长的事物里找到小说艺术的玄机。

然而生活中的老陆并不精明，甚至有点"迂"。我听到过一个关于他"迂"到极致的笑话。那是二十世纪八十年代中期，老陆当选中国作协副主席。据说苏州当地政府不知他这职务是什么"级别"，应该按什么"规格"对待。电话打到北京，回答很模糊，只说"相当于副省级"。这却惊动了地方，苏州还没有这么大的官儿，很快就分一座两层小楼给他，还配给他一辆小车。老陆第一次在新居接待外宾就出了笑话。那天，他用车亲自把外宾接到家来。但楼门口地界窄，车子靠边，只能由一边下人。老陆坐在外边，应当先下车。但老陆出于礼貌，让客人先下车，客人在里边出不来，老陆却执意谦让，最后这位国际友人只好说声"对不起"，然后伸着长腿跨过老陆跳下车。

后来见到老陆，我向他核实这则文坛逸闻的真伪。老陆摆摆手，什么也不说，只是笑。不知这摆手，是否定这个瞎诌的玩笑，还是羞于再提那次的傻实在。

说起这摆手，我永远会记着另一件事。那是1991年冬天，我在上海美术馆开画展。租了一辆卡车，运满满一车画框由天津出发，车子走了一天，凌晨四时途径苏州时，司机打盹，一头扎进道边的水沟里，许多画框玻璃粉粉碎。当时我不知道这件事，身在苏州的陆文夫却听到消息。据说在他的关照下，用拖车把我的车拉出沟，并拉到苏州一家车厂修理，还把镜框的玻璃全部配齐。这便使我三天后在上海的画展得以顺利开幕，否则便误了大事。事后我打电话给老陆，几次都没找到他。不久在北京遇到他，当面谢他。他也是伸出那瘦瘦的手摆了摆，笑了笑，什么也没说。

他的义气，他的友情，他的真切，都在这摆摆手之间了。这一摆手，把人间的客套全都挥去，只留下一片真心真意。由此我深刻地感受到他的气质。这气质正像本文开头所说的一如江南水乡的宁静、平和、清淡与透彻，还有韵味。

作家比其他艺术家更具有生养自己的地域的气质。作家往往是那一块土地的精灵。比如老舍和北京，鲁迅和绍兴，巴尔扎克和巴黎。他们的心时时感受着那块土地的欢乐与痛苦。他们的生命与土地的生命渐渐地融为一体——从精神到形象。这便使我们一想起老陆，总会在眼前晃过苏州独有的景象。于是，老陆去世那些天，提笔作画，不觉间一连画了三四幅水墨的江南水乡。妻子看了，说你这几幅江南水乡意境很特别，静得出奇，却很灵动，似乎有一种绵绵的情味。我听了一怔，再一想，我明白了，我怀念老陆了。

（2005.8.8）

在雅典的戴先生

这两天太忙，各种没头绪的事扰在一起。可即便忙得不可开交时，也会觉得一个不舒服的东西堵在心头；稍有空闲便明白：是戴先生永别我们而去了。于是种种片段的往事就纷纷跑到眼前。

戴先生是大家对戴爱莲的尊称。戴先生对中国当代舞蹈的贡献世人皆知，因此二十年前初识她时，深深折下腰来，向她恭敬地鞠一个躬。戴先生的个子不高，见我这六尺大汉行此大礼，不禁哈哈大笑。其实个子再高的人，心中对她也一定是"仰视"的。

平日很少能见到戴先生，偶尔在会议上才能碰到她，谁料一次竟有十天的时间与她独处。那是1996年。我赴希腊参加IOV（国际民间艺术组织）举办的"民间文化展望国际研讨会"。与会者来自世界各地，我被裹在许多金发碧眼和卷发黑肤中间，正巴望着出现一位同胞，有人竟在背后用中文叫我："冯骥才，是你吗？"我扭身一看，一位略矮而轻盈的老太太，通身黑衣，满头银发，肩上很随意地披一条暗红的披肩，高雅又自然。我马上认出是戴先生。让我认出她来的，不只是她清新的容貌和总那样弯弯的笑眼，更是一种独特的艺术家的气质。我不禁说："戴先生，您真的很美。"

她显得很高兴。她说她是 IOV 的执委，从伦敦过来参加会。她也希望碰到一个中国人，没想到这个人会是我。

我与她之间一直有一种亲切感。这可能由于她与我母亲同岁。再一个原因很特别，便是她的汉语远不如英语来得容易。她的发音像一个学汉语的老外，而且汉语的词汇量非常有限。然而，语言能力愈有限，表达起来就愈直率。我喜欢和她这样用不多的语汇，像两个小孩子那样说话，真率又开心。是不是因此使我感觉与她在一起很亲切？

她喜欢抽烟，顺手让给我一支。我已经戒烟很久，为了让她高兴，接过来便抽。我曾经是抽烟的老手，姿势老到，使她完全看不出我戒烟的历史。烟可以助兴，笑声便在烟里跳动。在雅典那个漫长的会议中，她时不时从座位上站起来，在离开会场时朝我歪一下头，我神会其意，起身出来，与她坐在走廊的沙发上一人一支烟，胜似活神仙。

此后在戴先生从艺八十周年纪念会上，我致辞时提起这事，并对她开玩笑说："戴先生差点把我的烟瘾重新勾起来。"

戴先生听了竟然张大眼，吃惊地说："我犯罪了，真的犯罪了。"她说得愈认真，我们笑得愈厉害。

在雅典，我可真正领略到这位大师的舞蹈天才。那天，主人邀请我们去市郊一家歌舞厅玩。雅典这种歌舞厅没有灯红酒绿的商业色彩，全然是本地一种地道的传统生活。大厅中央用粗木头搭造一个巨型高台，粗犷又原始。上边有乐器、歌手，中间是舞池。下边摆满桌椅，坐满了人，多半是本地人，也有一些来感受雅典风情的游客。一些穿着土布坎肩的漂亮的服务员手托食品，不断地送上此地偏爱的烤肉、甜果、啤酒。这里吸烟自由，所以戴先生和我一直口吐云烟。在我们刚坐下的时候，台上只唱歌，歌手们唱得都很动情。这些通俗歌曲，混合了希腊人的民歌，听起来味道很独特，很新鲜。

此时，我发现戴先生已经陷入歌曲的感受里，她显得很痴迷。渐渐歌儿唱得愈来愈起劲，所选择的曲目也愈来愈热烈。台下的人受到感染，一男一女手拉手带头跑上舞池，在音乐的节奏里跳起希腊人的民间舞。这时的戴先生轻轻地晃肩摆腰，有一点手舞足蹈了。随后，一对对年轻人登上舞池，而且愈来愈多，很快就排成队，形成人圈，绕着舞池跳起来。他们的舞步很特别，尤其是行进中有节奏地停顿一下，奇妙、轻快又优美。戴先生对我说："这是四步半。"大厅里人声鼎沸，她的声音像喊。然后她问我："我们上去跳吗？"她的眼睛烁烁闪光，很兴奋。我是舞盲，如果我当众跳舞干脆就是献丑。我对她摇着头笑道："我怕踩着您的脚。"

戴先生也笑了，但她的艺术激情已经不能克制，居然自己走上去。她一进入那支"队伍"，立即踏上那种节拍，好像这美妙的节拍早就在她的双腿上。待到舞入高潮，她的腿抬得很高，情绪随之飞扬。别忘了，她那年八十岁！大概她的舞感动了台下一位希腊的男青年，这小伙子跳上去给戴先生伴舞。很多人为戴先生鼓掌，掌声随同舞曲的节拍，为这位心儿年轻的东方的艺术家鼓劲。与我们同来的 IOV 的秘书长法格尔手指着戴先生对我说：

"她是最棒的。"

她那次也把一个笑话留给了我。

一天，戴先生要我陪她去挑选一件纪念品。在一家纪念品商店里，戴先生手指着一套小小的陶瓷盘问我："好看吗？"

我看了一怔。浓黑的底釉，赤红色古老的图案，画面是古希腊传说中的英雄们，然而全是一丝不挂的男性裸体。她不在乎这些裸体吗？是不是她在西方久了，观念上深受西方影响，对裸体毫不介意？但我还是反问她一句：

"您喜欢吗？"

她高兴地说："我喜欢。"

我说："好，那就买吧。"

她掏钱买下了。

谁想回国后的一天，她忽来电话问我："我买的是什么糟糕的东西！我眼睛不好，没戴眼镜，所以请你做军师，你怎么叫我买这样的东西，太难看了，我要把这些糟糕东西都给你。"

我笑道："难道我失职了吗？记得我问您是不是喜欢，您可是说喜欢的。如果您不想要就送给我吧。"

她叫起来："快别说我喜欢，这么糟糕的东西我怎么能说喜欢，羞死我了，真的羞死我了。"

她天真得像一个女孩子那样。八十岁的老人也能有这样的童心？

不久，我收到这套瓷盘，还有一个信封，里边装着她半个世纪前在西南地区收集到的六首少数民族的舞曲。她说这些舞曲已经失传，交给我保存。她还说，她赞成我所做的抢救民间文化的事情。我明白，这位从中华大地上整理出《狮子舞》《红绸舞》《西藏舞》和《剑舞》的舞蹈大师，必定深知真正的舞蹈艺术的生命基因是在广大的田野里。

她是我的知己。她以此表示对我的支持。

由此忽然明白，她与我之间的一种忘年的情谊，原是来自对艺术和文化纯粹的挚爱。我便怀着这种感受，打算在什么时候与戴先生再碰上，好好聊一聊。但人生给人的机缘常常吝啬得只有一次。也许唯有一次才珍贵，也许这一次已经把什么都告诉你了，就像在雅典碰上可敬又可爱的戴先生。

（2006.2.16）

第三辑

文艺触感

画枝条说

　　是日，做纯理性思考。思考乃一奇妙的境界。各种思维线索，有如大地江河，往来奔突，纵横交错，看上去如同乱网，实则源流有序，泾渭分明。于是一时思得心头大畅，抬手由笔筒取长锋羊毫一枝，正巧砚池有墨，案桌有纸，遂将笔锋饱浸墨汁。笔随手，手随心，心无所想，更无形象，落纸却长长抒展出一根枝条来。这好似春风吹树，生机勃发，转瞬就又软又韧伸出这好长好鲜的一条呵！

　　一枝既出，复一枝顺势而来。由何而来，我且不管。反正腕下如行云流水，漫泻轻飏，无所阻碍。枝枝不绝，铺向满纸。不知不觉，已浸入并尽享一种自我的丰富之中了。

　　然而行笔之间，渐渐有种异样的感觉。这一条条运行在纸上的墨线，多么像刚才那思维的轨迹？

　　有时，一条线飘逸流泻，空游无依，自由自在，真好比一种神思在随意发挥；有时，笔生艰涩，腕中较劲，线条顿挫有力，蹿枝拔节，酷似思维的层层深入；有时，笔锋疾转，陡生意外，莫不是心中腾起新的灵感？于是，真如树分两枝，一条线化成两条线，各自扬长而去，纸上的境界为之一变。

这枝条居然都成了我思维的显影。

一大片修长的枝条好似向阳生长，朝着斜上方拥去；那里却有几条劲枝逆向而下，带着一股生气与锐意，把这片丰繁而弥漫的枝丫席卷回来。思维的世界本无定势，就看哪股力量更具生命的本质。往往一枝夺目出现，顿时满树没入迷茫。而常常又在一团参差交错、乱无头绪的枝丫中，会发现一个空洞似的空间，从中隐隐透着蒙蒙的微明。这可不是一处空白，仔细看去，那里边已经有了淡淡的优雅的一枝，它多么像一声清明又鲜活的召唤！

我明白了，原来这满纸枝条，本来就是我此刻思维的图像。我第一次看见了自己的理性世界。在这往复穿插、层层叠叠的立体空间里，无数优美的思维轨迹，无数勇气的涉入与艰涩的进取，无数灵性的神来之笔，无数深邃幽远的间隙，无比的丰富、神奇、迷人！这原来都是我们的思维创造的。理性世界原来并不完全是逻辑的、界定的、归纳的、简化的；它原来比生命天地更充溢着强者的对抗，新旧的更替，生动的兴衰与枯荣；它还比感情世界更加变化无穷，流动不已，灿烂多姿和充满了创造。

我停住笔，惊讶于自己画了这样一幅没有感情色彩却使自己深深感动的画。原来人类的理性思考才是一个至美的境界。此外，大千万象，人间万物，谁能比之？

（1997.11 天津）

看望老柴

对于身边的艺术界的朋友，我从不关心他们的隐私；但对于
已故的艺术大师，我最关切的却是他们的私密。我知道那里埋藏
着他的艺术之源，是他深刻的灵魂之所在。

从莫斯科到彼得堡有两条路。我放弃了从一条路去瞻仰普希
金家族的领地米哈伊洛夫斯克村，甚至谢绝了那里为欢迎我而准
备好的一些活动，是因为我要经过另一条路去到克林看望老柴。

老柴就是俄罗斯伟大的音乐家柴可夫斯基。中国人亲切地称
他为"老柴"。

我读过英国人杰拉德·亚伯拉罕写的《柴可夫斯基传》。他
说柴可夫斯基人生中最后一个居所——在克林的房子二战中被德
国人炸毁。但我到了俄罗斯却听说那座房子完好如故。我就一定
要去。因为柴可夫斯基生命最后的一年半住在这座房子里。在这
一年半中，他已经完全失去了资助人梅克夫人的支持，并且在感
情上遭到惨重的打击。他到底是怎样生活的，是穷困潦倒、心灰
意冷吗？

给人间留下无数绝妙之音的老柴，本人的人生并不幸福。首

先他的精神超乎寻常的敏感，心情不定，心理异常，情感上似乎有些病态。他每次出国旅行，哪怕很短的时间，也会深深地陷入思乡之疼，无以自拔。他看到别人自杀，夜间自己会抱头痛哭。他几次患上严重的精神官能症，他惧怕听一切声音，有可怕的幻觉与濒死感。当然，每一次他都是在精神错乱的边缘上又奇迹般地恢复过来。

在常人的眼中，老柴个性孤僻。他喜欢独居，在 37 岁以前一直未婚。他害怕一个"未知的美人"闯进他的生活。他只和两个双胞胎的弟弟莫迪斯特和阿纳托里亲密地来往着。在世俗的人间，他被种种说三道四的闲话攻击着，甚至被形容为同性恋者。为了瓦解这种流言的包围，他几次想结婚，但似乎不知如何开始。

1877 年，他几乎同时碰到两个女人，但都是不可思议的。

第一位是安东尼娜。她比他小九岁。她是他的狂恋者，而且是突然闯进他的生活来的。在老柴决定与她订婚之前，任何人——包括他的两个弟弟都对这位年轻貌美的姑娘一无所知。据老柴自己说，如果他拒绝她就如同杀掉一条生命。到底是他被这个执着的追求者打动了，还是真的担心一旦回绝就会使她绝望致死？于是，他们婚姻的全过程如同一场飓风。订婚一个月后随即结婚。而结婚如同结束。脱掉婚纱的安东尼娜在老柴的眼里完全是陌生的、无法信任的，甚至是一个"妖魔"。她竟然对老柴的音乐一无所知。原来这个女子是一位精神病态的追求者，这比盲目的追求者还要可怕！老柴差一点自杀。他从家中逃走，还大病一场。

他们的婚姻以悲剧告终。这个悲剧却成了他一生的阴影。他从此再没有结婚。

第二位是富有的寡妇娜捷日达·冯·梅克夫人。她比他大九岁。是老柴的一位铁杆崇拜者。梅克夫人写信给老柴说："你越使我着迷，我就越怕同你来往。我更喜欢在远处思念你，在你的音乐中听你谈话，并通过音乐分享你的感情。"老柴回信给她说："你不想同我来往，是因为你怕在我的人格中找不到那种理想化的品质，就此而言，你是对的。"于是他们保持着一种柏拉图式的纯精神的情感。互相不断地通信，信中的情感热切又真诚；梅克夫人慷慨地给老柴一笔又一笔丰厚的资助，并付给他每年6000卢布的年金。这个支持是老柴音乐殿堂一个必要的而实在的支柱。

然而过了十四年（1890年9月）之后，梅克夫人突然以自己将要破产为理由中断了老柴的年金。后来，老柴获知梅克夫人根本没有破产，而且还拒绝给老柴回信。此中的原因至今谁也不知。但老柴本人却感受到极大的伤害。他觉得往日珍贵的人间情谊都变得庸俗不堪。好像自己不过靠着一个贵妇人的恩赐活着罢了，而且人家只要不想搭理他，就会断然中止。他从哪里收回这失去的尊严？

正是在这样的背景下，老柴搬进了克林镇的这座房子。我对一百多年前老柴真正的状态一无所知，只能从这座故居求得回答。

进入柴可夫斯基故居纪念馆临街的办公小楼，便被工作人员引着出了后门，穿过一条布满树荫的小径，是一座带花园的两层木楼。楼梯很平缓也很宽大。老柴的工作室和卧室都在楼上。一走进去，就被一种静谧的、优雅、舒适的气氛所笼罩。老柴已经走了一百多年，室内的一切几乎没有人动过。只是在1941年11月德国人来到之前，苏联政府把老柴的遗物全部运走，保存起来，战后又按原先的样子摆好。完璧归赵，一样不缺——

工作室的中央摆着一架德国人在彼得堡制造的黑色的"白伊克尔"牌钢琴。一边是书桌，桌上的文房器具并不规正，好像等待老柴回来自己再收拾一番。高顶的礼帽、白皮手套、出国时提在手中的旅行箱、外衣等，有的挂在衣架上，有的搭在椅背上，有的摆在墙角，都很生活化。老柴喜欢抽烟斗，他的一位善于雕刻的男佣给他刻了很多烟斗，摆在房子的各个地方，随时都可以拿起来抽。书柜里有许多格林卡的作品和莫扎特整整一套72册的全集，这两位前辈音乐家是他的偶像。书柜里的叔本华、斯宾诺莎的著作都是他经常读的。精神过敏的老柴在思维上却有着严谨与认真的一面。他在读列夫·托尔斯泰、屠格涅夫和契诃夫等作家的作品时，几乎每一页都有批注。

老柴身高1.72米，所以他的床很小。他那双摆在床前的睡鞋很像中国的出品，绿色的绸面上绣着一双彩色小鸟。他每天清晨在楼上的小餐室里吃早点，看报纸；午餐在楼下；晚餐还在楼上，但只吃些小点心。小餐室位于工作室的东边。只有三平米见方，三面有窗，外边的树影斑斑驳驳投照在屋中。现在，餐桌上摆着一台录音机，轻轻地播放着一首钢琴曲。这首曲子正是1893年他在这座房里写的。这叫我们生动地感受到老柴的灵魂依然在这个空间里。所以我在这博物馆留言簿写道：

在这里我感觉到柴可夫斯基的呼吸，还听到他音乐之外的一切响动。真是奇妙之极！

在略带伤感的音乐中，我看着他挂满四壁的照片。这些照片是老柴亲手挂在这里的。这之中，有演出他各种作品的音乐会，有他的老师鲁宾斯基，以及他一生最亲密的伙伴——家人、父母、姐妹和弟弟，还有他最宠爱的外甥瓦洛佳。这些照片构成了他最珍爱的生活。他多么向往人生的美好与温馨！然而，如果我们去想一想此时的老柴，他破碎的人生，情感的挫折，生活的困窘，我们绝不会相信居住在这里的老柴的灵魂是安宁的！去听吧，老柴最后一部交响曲——第六交响曲正是在这里写成的。它的标题叫《悲怆》！那些又甜又苦的旋律，带着泪水的微笑，无边的绝境和无声的轰鸣！它才是真正的此时此地的老柴！

老柴的房子矮，窗子也矮，夕照在贴近地平线之时，把它最后的余晖射进窗来。屋内的事物一些变成黑影，一些金红夺目。我已经看不清它们到底是些什么了，只觉得在音乐的流动里，这些黑块与亮块来回转换。它们给我以感染与启发。忽然，我想到一句话：

"艺术家就像上帝那样，把个人的苦难变成世界的光明。"

我真想把这句话写在老柴的碑前。

（2002.7）

精神的殿堂

人死了，便住进一个永久的地方——墓地。生前的亲朋好友，如果对他思之过切，便来到墓地，隔着一层冰冷的墓室的石板"看望"他。扫墓的全是亲人。

然而，世上还有一种墓地属于例外。去到那里的人，非亲非故，全是来自异国他乡的陌生人。有的相距千山万水，有的相隔数代。就像我们，千里迢迢去到法国。当地的朋友问我们想看谁。我们说出卢梭、雨果、巴尔扎克、莫奈、德彪西等一大串名字。

朋友笑着说："好好，应该，应该！"

他知道去哪里可以找到这些人，于是他先把我们领到先贤祠。

先贤祠就在我们居住的拉丁区。有时走在路上，远远就能看到它颇似伦敦保罗教堂的石绿色的圆顶。我一直以为是一座教堂。其实，我猜想得并不错，它最初确是教堂。可是在法国大革命期间，曾用来安葬故去的伟人，因此它就有了荣誉性的纪念意义。到了1885年，它被正式确定为安葬已故伟人的处所。从而，这地方就由上帝的天国转变为人间的圣殿。人们再来到这里，便不是聆听神的旨意，而是重温先贤的思想精神来了。

重新改建的建筑的入口处，刻意使用古希腊神庙的样式。宽展的高台阶，一排耸立的石柱，还有被石柱高高举起来的三角形楣饰，庄重肃穆，表达着一种至高无上的历史精神。大维·德安在楣饰上制作的古典主义的浮雕，象征着祖国、历史和自由。上边还有一句话："献给伟人们，祖国感谢他们！"

这句话显示这座建筑的内涵，神圣又崇高，超过了巴黎任何建筑。

我要见的维克多·雨果就在这里。他和所有这里的伟人一样，都安放在地下。因为地下才意味着埋葬。但这里的地下是可以参观与瞻仰的。一条条走道，一间间石室。所有棺木全都摆在非常考究和精致的大理石台子上。雨果与另一位法国的文豪左拉同在一室，一左一右，分列两边。每人的雪白大理石的石棺上面，都放着一片很大的美丽的铜棕榈。

我注意到，展示着他们生平的"说明牌"上，文字不多，表述的内容却自有其独特的角度。比如对于雨果，特别强调由于反对拿破仑政变，坚持自己的政见，遭到迫害，因而到英国与比利时逃亡十九年。1870年回国后，他还拒绝拿破仑第三的特赦。再比如左拉，特意提到他为受到法国军方陷害的犹太血统的军官德雷福斯鸣冤、因而被判徒刑那个重大的挫折。显然，这里所注重的不是这些伟人的累累硕果，而是他们非凡的思想历程与个性精神。

比起雨果和左拉，更早地成为这里"居民"的作家是卢梭和伏尔泰。他们是十八世纪的古典主义的巨人，生前都有很高声望，死后葬礼也都惊动一时。1778 年伏尔泰送葬的队伍曾在巴黎大街上走了八个小时。卢梭比伏尔泰多活了三十四天。在他死后的第十六年（1794 年），法兰西共和国举行一个隆重又盛大的仪式，把他迁到先贤祠来。

将卢梭和伏尔泰安葬此处，是一种象征，一种民族精神的象征。这两位作家的文学作品都是思想大于形象。他们的巨大价值，是对法兰西精神和思想方面做出的伟大贡献。在这里的卢梭的生平说明上写到，法兰西的"自由、平等、博爱"就是由他奠定的。

卢梭的棺木很美，雕刻非常精细。正面雕了一扇门，门儿微启，伸出一只手，送出一枝花来。世上如此浪漫的棺木大概唯有卢梭了！再一想，他不是一直在把这样灿烂和芬芳的精神奉献给人类？从生到死，直到今天，再到永远。

于是，我明白了，为什么在先贤祠里，我始终没有找到巴尔扎克、司汤达、莫泊桑和缪塞，也找不到莫奈和德彪西。这里所安放的伟人们所奉献给世界的，不只是一种美，不只是具有永久的欣赏价值的杰出的艺术，而是一种思想和精神。他们是鲁迅式的人物，却不是朱自清。他们都是撑起民族精神大厦的一根根擎天的巨柱，不只是艺术殿堂的栋梁。因此我还明白，法国总统密特朗就任总统时，为什么特意要到这里来拜谒这些民族的先贤。

1955 年 4 月 20 日，居里夫人和皮埃尔的遗骨被移到此处安葬。显然，这样做的原由，不仅由于他们为人类科学做出的卓越的贡献，更是一种用毕生对磨难的承受来体现的崇高的科学精神。

读着这里每一位伟人的生平，便会知道他们中间没有一个世俗的幸运儿。他们全都是人间的受难者，在烧灼着自身肉体的烈火中去找寻真金般的真理。他们本人就是这种真理的化身。当我感受到他们的遗体就在面前时，我被深深打动着。真正打动人的是一种照亮世界的精神。故而，许多石棺上都堆满鲜花，红黄白紫，芬芳扑鼻。这些花是来自世界各地的人天天献上的。它们总是新鲜的。有的是一小支红玫瑰，有的是一大束盛开的百合花。

这里，还有一些"伟人"，并非名人。比如一面墙上雕刻着许多人的姓名。它是两次世界大战中为国捐躯的作家的名单。第一次世界大战共五百六十名，第二次世界大战共一百九十七名。我想，两次大战中的烈士成千上万，为什么这里只是作家？大概法国人一直把作家看作是"个体的思想者"。他们更能够象征一种对个人思想的实践吧！虽然他们的作品不被人所知，他们的精神却被后人镌刻在这民族的圣殿中了。

一位叫作安东尼奥·圣修伯利的充满勇气浪漫派诗人也安葬在这里。除去写诗，他还是第一个驾驶飞机飞越大西洋、开辟往非洲航邮的功臣。1943 年他到英国参加戴高乐将军的"自由法国"抵抗运动，在地中海的一次空战中不幸牺牲，尸骨落入大海，无处寻觅。但人们把他机上的螺旋桨找到了，放在这里，作为纪念。他生前不是伟人，死后却得到伟人般的待遇。因为，先贤祠所敬奉的是一种无上崇高的纯粹的精神。

对于巴黎，我是个外国人，但我认为，巴黎真正的象征不是埃菲尔铁塔，不是卢浮宫，而是先贤祠。它是巴黎乃至整个法国的灵魂。只有来到先贤祠，我们才会真正触摸到法兰西的民族性，她的气质，她的根本，以及她内在的美。

我还想，先贤祠的"祠"字一定是中国人翻译出来的。祠乃中国人祭拜祖先的地方。人入祠堂，为的是表达对祖先的一种敬意、崇拜、纪念、感谢，还有延续下去并发扬光大的精神。这一切意义，都与法国人这个"先贤祠"的本意极其契合。这译者真是十分的高明。想到这里，转而自问：我们中国人自己的先贤、先烈、先祖的祠堂如今在哪里呢？

（2001.6）

最后的凡·高

（1888 年 2 月 21 日—1890 年 7 月 29 日）

我在广岛的原子弹灾害纪念馆中，见到一个很大的石件，上边清晰地印着一个人的身影。据说这个人当时正坐在广场纪念碑前的台阶上小憩。在原子弹爆炸的瞬间，一道无比巨大的强光将他的影像投射在这石头上，并深深印进石头里边。这个人肯定随着核爆炸灰飞烟灭，然而毁灭的同时却意外地留下一个匪夷所思的奇观。

毁灭往往会创造出奇迹。这在大地震后的唐山、火山埋没的庞贝城，以及奥斯威辛与毛特豪森集中营里我们都已经见过。这些奇迹全是悲剧性的，充满着惨烈乃至恐怖的气息。可是为什么凡·高却是一个空前绝后的例外，他偏偏在毁灭之中闪耀出无可比拟的辉煌？

法国有两个不起眼的小地方，一直令我迷惑又神往。一个是巴黎远郊瓦涅河边的奥维尔，一个是远在南部普罗旺斯地区的阿尔，它们是凡·高近乎荒诞人生的最后两个驿站。阿尔是凡·高神经病发作的地方，奥维尔则是他疾病难捺、最后开枪自杀之处。

但使人莫解的是，凡·高于1888年2月21日到达阿尔，12月发病，转年5月住进精神病院，一年后出院前往奥维尔，两个月后自杀。这前前后后只有两年！然而他一生中最杰出的作品却差不多都在这最后两年、最后两个地方，甚至是在精神病反反复复发作中画的。为什么？

于是，我把这两个地方"两点一线"串联起来。先去普罗旺斯的阿尔去找他那个"黄色小屋"，还有圣雷米精神病院；再回到巴黎北部的奥维尔，去看他画过的那里的原野，以及他的故居、教堂和最终葬身的墓地。我要在法国的大地上来来回回跑一千多公里，去追究一下这个在艺术史上最不可思议的灵魂。我要弄个明白。

在凡·高来到阿尔之前，精神系统里已经潜伏着发生错乱和分裂的可能。这位有着来自母亲家族的神经病基因的荷兰画家，孤僻的个性中包藏着脆性的敏感与烈性的张力。他绝对不能与社会及群体相融，耽于放纵的思索，孤军奋战那样地在一己的世界中为所欲为。然而，没有人会关心这个在当时还毫无名气的画家的精神问题。

在世人的眼里，一半生活在想象天地里的艺术家们，本来就是一群"疯子"。故此，不会有人把他的喜怒无常、易于激动、抑郁寡言看作是一种精神疾病早期的作怪。他的一位画家朋友纪约曼回忆他突然激动起来的情景时说："他为了迫不及待地解释自己的看法，竟脱掉衣服，跪在地上，无论怎样也无法使他平静下来。"

这便是巴黎时期的凡·高。最起码他已经是非常的神经质了。

凡·高于 1881 年 11 月在莫弗的指导下画成第一幅画。但是此前此后，他都没有接受过任何系统性的绘画训练。1886 年 2 月他为了绘画来到巴黎。这时他还没有确定的画风。他崇拜德拉克洛瓦、米勒、罗梭，着迷于正在巴黎走红的点彩派的修拉，还有日本版画。这期间他的画中几乎谁的成分都有。如果非要说出他的画有哪些特征是属于自己的，那便是一种粗犷的精神与强劲的生命感。而这时，他的精神疾病就已经开始显露出端倪——

1886 年他刚来到巴黎时，大大赞美巴黎让他头脑清晰，心情舒服无比。经他做画商的弟弟迪奥介绍，他加入了一个艺术团体，其中有印象派画家莫奈、德加、毕沙罗、高更等，也有小说家左拉和莫泊桑。这使他大开眼界。但一年后，他便厌烦了巴黎的声音，对周围的画家感到恶心，对身边的朋友愤怒难忍。随后他觉得一切都混乱不堪，根本无法作画，他甚至感觉巴黎要把他变成"无可救药的野兽"。于是他决定"逃出巴黎"，去南部的阿尔！

1888 年 2 月他从巴黎的里昂车站踏上了南下的火车。火车上没有一个人知道他的名字，更不会有人知道这个人不久就精神分裂，并在同时竟会成为世界美术史上的巨人。

我从马赛出发的时间接近中午。当车子纵入原野，我忽然明白了一百年前——初到阿尔的凡·高那种"空前的喜悦"由何而来。普罗旺斯的太阳又大又圆，在世界任何地方都见不到这样大的太阳。它距离大地很近，阳光直射，不但照亮也照透了世上的一切，也使凡·高一下子看到了万物的本质——一种通透的、灿烂的、蓬勃的生命本质。他不曾感受到生命如此的热烈与有力！他在给弟弟迪奥的信中，上百次地描述太阳带给他的激动与灵感。而且他找到了一种既属于阳光也属于他自己的颜色——夺目的黄色。他说："铬黄的天空，明亮得几乎像太阳。太阳本身是一号铬黄加白。天空的其他部分是一号和二号铬黄的混合色。它们黄极了！"这黄色立刻改变了凡·高的画，也确立了他的画风！

　　大太阳的普罗旺斯使他升华了。他兴奋至极。于是，他马上想到把他的好朋友高更拉来。他急渴渴要与高更一起建立起一间"未来画室"。他幻想着他们共同和永远地使用这间画室，并把这间画室留给后代，留给将来的"继承者们"。他心中充满一种壮美的事业感。他真的租了一间房子，买了几件家具，还用他心中的黄色将房子的外墙漆了一遍。此外又画了一组十几幅《向日葵》挂在墙上，欢迎他所期待的朋友的到来。这种吸满阳光而苗壮开放的粗大花朵，这种"大地的太阳"，正是一种含着象征意味的他自己。

　　在高更没有到来之前，凡·高生活在一种浪漫的理想里。他被这种理想弄得发狂。这是他一生最灿烂的几个月。他的精神快活，情绪亢奋。他甚至喜欢上阿尔的一切：男女老少，人人都好。他为很多人画了肖像，甚至还用高更的笔法画了一幅《阿尔的女人》。凡·高在和他的理想恋爱。于是这期间，他的画——比如《繁花盛开的果园》《沙滩上的小船》《朗卢桥》《圣玛丽的农舍》

《罗纳河畔的星夜》等，全都出奇地宁静、明媚与柔和。对于凡·高本人的历史，这是极其短暂又特殊的一个时期。

其实从骨子里说，所有的艺术家都是一种理想主义者，或者说理想才是艺术的本质。但危险的是，他把另一个同样极有个性的画家——高更，当作了自己理想的支柱。

在去往阿尔的路上，我们被糊里糊涂的当地人指东指西地误导，待找到拉马丁广场，已经完全天黑。这广场很大，圆形的，外边是环形街道，再外边是一圈矮矮的小房子。黑黑的，但全都亮着灯。几个开阔的路口，通往四外各处。我们四下去打听拉马丁广场二号——凡·高的那个黄色的小楼。但这里的人好像还是一百年前的阿尔人，全都说不清那个叫什么凡·高的人的房子究竟在哪里。最后问到一个老人，那老人苦笑一下，指了指远处一个路口便走了。

我们跑到那里，空荡荡一无所有。仔细找了找，却见一个牌子立着。呀，上边竟然印着凡·高的那幅名作《在阿尔的房子》——正是那座黄色的小楼！然而牌子上的文字却说这座小楼早在二战期间毁于战火。我们脚下的土地就是黄色小楼的遗址。这一瞬，我感到一阵空茫。我脑子里迅速掠过 1888 年冬天这里发生过的事——高更终于来到这里。但现实总是破坏理想的。把两个个性极强的艺术家放在一起，就像把两匹烈马放在一起。两人很快就意见相左，跟着从生活方式到思想见解全面发生矛盾，于是天天争吵，时时酝酿着冲突，并发展到水火不容的境地。于是理想崩溃了。那个梦幻般的"未来画室"彻底破灭。潜藏在凡·高身上的精神病终于发作。他要杀高更。在无法自制的狂乱中，他割下自己的耳朵。随后是高更返回巴黎，凡·高陷入精神病中无以自拔。他的世界就像现在我眼前的阿尔，一片深黑与陌生。

我同来的朋友问："还去看圣雷米修道院里的那个精神病院吗？不过现在太黑，去了恐怕什么也看不见。"

我说："不去了。"我已经知道，那座将凡·高像囚徒般关闭了一年的医院，究竟是什么气息了。

在凡·高一生写给弟弟迪奥的八百封信件里，使我读起来感到最难受的内容，便是他与迪奥谈钱。迪奥是他唯一的知音和支持者。他十年的无望的绘画生涯全靠着迪奥在经济上的支撑。迪奥是个小画商，手头并不宽裕，尽管每月给凡·高的钱非常有限，却始终不弃地来做这位用生命祭奠艺术的兄长的后援。这就使凡·高终生被一种歉疚折磨着。他在信中总是不停地向迪奥讲述自己怎样花钱和怎样节省，解释生活中哪些开支必不可少，报告他口袋里可怜巴巴的钱数。他还不断地做出保证，绝不会轻易糟蹋掉迪奥用辛苦换来的每一个法郎。如果迪奥寄给他的钱迟了，他会非常为难地诉说自己的窘境。说自己怎样在用一杯又一杯的咖啡，灌满一连空了几天的肚子；说自己连一尺画布也没有了，只能用纸来画速写或水彩。当他被贫困逼到绝境的时候，他会恳求地说："我的好兄弟，快寄钱来吧！"

但每每这个时候，他总要告诉迪奥，尽管他还没有成功，眼下他的画还毫不值钱，但将来一定有一天，他的画可以卖到二百法郎一幅。他说那时"我就不会对吃喝感到过分耻辱，好像有吃喝的权利了"。

他向迪奥保证他会愈画愈好。他不断地把新作寄给迪奥来作为一种"抵债"。他说将来这些画可以使迪奥获得一万法郎。他用这些话鼓舞弟弟，他害怕失去支持，当然他也在给自己打气。因为整个世界没有一个人看上他的画。但今天——特别是商业化的今天，为什么凡·高每一个纸片反倒成了"全人类的财富"？难道商业社会对于文化不是充满了无知与虚伪吗？

故此在他心中，苦苦煎熬着的是一种自我的怀疑。他对自己"去世之后，作品能否被后人欣赏"毫无把握，他甚至否认成功的价值乃至绘画的意义。好像只有否定成功的意义，才能使失落的自己获得一点虚幻的平衡。自我怀疑，乃是一切没有成功的艺术家最深刻的痛苦。他承认自己"曾经给一种不可抗拒的力量挫败过"。在这种时候，他便对迪奥说："我宁愿放弃画画，不愿看着你为我赚钱而伤害自己的身体！"

他一直这样承受着精神与物质的双重摧残。

可是，在他"面对自然的时候，画画的欲望就会油然而生"。在阳光的照耀下，世界焕发出美丽而颤动的色彩，全都涌入他的眼睛；天地万物勃发的生命激情，令他震栗不已。这时他会不顾一切地投入绘画，直至挤尽每一支铅管里的油彩。

当他在绘画时，会充满自信，忘乎所以，为所欲为；当他走出绘画回到了现实，就立刻感到茫然，自我怀疑，自我否定。他终日在这两个世界中来来回回地往返。所以他的情绪大起大落。他在这起落中大喜大悲，忽喜忽悲。

从他这大量的"心灵的信件"中，我读到——

他最愿意相信的话是福楼拜说的："天才就是长期的忍耐。"

他最想喊叫出来的一句话是："我要作画的权利！"

他最现实的呼声是："如果我能喝到很浓的肉汤，我的身体马上会好起来！当然，我知道，这种想法很荒唐。"

如果着意地去寻找，会发现这些呼喊如今依旧还在凡·高的画里。

凡·高于1888年12月23日发病后，病情时好时坏，时重时轻，一次次住进医院。这期间他会忽然怀疑有人要毒死他，或者在同人聊天时，端起调颜色的松节油要喝下去，后来他发展到在作画的过程中疯病突然发作。1889年5月他被送进离阿尔一公里的圣雷米精神病院，成了彻头彻尾的精神病人。但就在这时，奇迹出现了。凡·高的绘画竟然突飞猛进，风格迅速形成。然而这奇迹的代价却是一个灵魂的自焚。

他的大脑弥漫着黑色的迷雾，时而露出清明，时而一片混沌。他病态的神经日趋脆弱，乱作一团的神经刚刚出现一点头绪，忽然整个神经系统全部爆裂，乱丝碎絮般漫天狂舞。在贫困、饥饿、孤独和失落之外，他又多了一个恶魔般的敌人——精神分裂。这个敌人巨大，无形，桀骜，骄横，来无影去无踪，更难于对付。

他只有抓住每一次发病后的"平静期"来作画。

在他生命最后一年多的时间，他被这种精神错乱折磨得痛不欲生，没有人能够理解。因为真正的理解只能来自自身的体验。癫痫、忧郁、幻觉、狂乱，还有垮掉了一般的深深的疲惫。他几次在"灰心到极点"时都想到了自杀。同时又一直否定自己真正有病来平定自己。后来他发现只有集中精力，在画布上解决种种艺术的问题时，他的精神才会舒服一些。他就拼命并专注地作画。他在阿尔患病期间作画的数量大得惊人。一年多，他画了二百多幅作品。但后来愈来愈频繁的发病，时时中断了他的工作。他在给迪奥的信中描述过：他在画杏花时发病了，但是病好转之后，杏花已经落光。精神病患者最大的痛苦是在清醒过来之后。他害怕再一次发作，害怕即将发作的那种感觉，更害怕失去作画的能力。他努力控制自己"不把狂乱的东西画进画中"。他还说，他已经感受到"生之恐怖"！这"生之恐怖"便是他心灵最早发出的自杀的信号！

然而与之相对的，却是他对艺术的爱！在面对不可遏止的疾病的焦灼中，他说："绘画到底有没有美，有没有用处，这实在令人怀疑。但是怎么办呢？有些人即使精神失常了，却仍然热爱着自然与生活，因为他是画家！""面对一种把我毁掉的、使我害怕的病，我的信仰仍然不会动摇！"

这便是一个神经错乱者最清醒的话。他甚至比我们健康人更清醒和更自觉。

凡·高的最后一年，他的精神世界已经完全破碎。一如大海，风暴时起，颠簸倾覆，没有多少平稳的陆地了。特别是他出现幻觉的症状之后（1889 年 2 月），眼中的物象开始扭曲、游走、变形。他的画变化得厉害。一种布满画面蜷曲的线条，都是天地万物运动不已的轮廓。飞舞的天云与树木，全是他内心的狂飙。这种独来独往的精神放纵，使他的画显示出强大的主观性，一下子，他就从印象派画家马奈、莫奈、德加、毕沙罗等所受的客观的和视觉的约束中解放出来。但这不是理性的自觉，而恰恰是精神病发作所致。奇怪的是，精神病带来的改变竟是一场艺术上的革命，印象主义一下子跨进它光芒四射的后期。这位精神病患者的画非但没有任何病态，反而迸发出巨大的生命热情与健康的力量。

对于凡·高这位来自社会底层的画家，他一生都在对米勒崇拜备至。米勒对大地耕耘者淳朴的颂歌，响彻了凡·高整个艺术生涯。他无数次地去画米勒《播种者》那个题材。因为这个题材最本质地揭示着大地生命的缘起。故此，燃起他艺术激情的事物，一直都是阳光里的大自然，朴素的风景，长满庄稼的田地，灿烂的野花，村舍，以及身边寻常和勤苦的百姓们。他一直呼吸着这生活的元气，并将自己的生命与这世界上最根本的生命元素融为一体。

当患病的凡·高的精神陷入极度的亢奋中，这些生命便在他眼前熊熊燃烧起来，飞腾起来，鲜艳夺目，咄咄逼人。这期间使他痴迷并一画再画的丝杉，多么像是一种从大地冒出来的巨大的生命火焰！这不正是他内心一种生命情感的象征么？精神病非但没有毁掉凡·高的艺术，反而将他心中全部能量一起爆发出来。

或者说，精神病毁掉了凡·高本人，却成就了他的艺术。这究竟是一种幸运，还是残酷的毁灭？

令人匪夷所思的是，这种精神病的程度"恰到好处"。他在神智上虽然颠三倒四，但色彩的法则却一点不乱。他对色彩的感觉甚至都是精确至极。这简直不可思议！就像双耳全聋的贝多芬，反而创作出博大、繁复、严谨、壮丽的《第九交响乐》。是谁创造了这种艺术史的奇迹和生命的奇迹？

倘若他病得再重一些，全部陷入疯狂，根本无法作画，美术史便绝不会诞生出凡·高来；倘若他病得轻一些，再清醒和理智一些呢？当然，也不会有现在这个在画布上电闪雷鸣的凡·高了。

它叫我们想起，大地震中心孤零零竖立的一根电杆，核爆炸废墟中唯一矗立的一幢房子。当他整个神经系统损毁了，唯有那根艺术的神经却依然故我。

这一切，到底是生命与艺术共同的偶然，还是天才的必然？

1890 年 5 月凡·高到达巴黎北郊的奥维尔。在他生命最后的两个月里，他贫病交加，一步步走向彻底的混乱与绝望。他在这期间所画的《奥维尔的教堂》《有杉树的道路》《蒙塞尔的茅屋》等，已经完全是神经病患者眼中的世界。一切都在裂变、躁动、飞旋与不宁。但这种听凭病魔的放肆，却使他的绘画达到绝对的主观和任性。我们健康人的思维总要受客观制约，神经病患者的思维则完全是主观的。于是他绝世的才华，刚劲与烈性的性格，艺术的天性，得到了最极致的宣泄。一切先贤偶像、艺术典范、惯性经验，全都不复存在。人类的一切创造都是对自己的约束。但现在没有了！面对画布，只有一个彻底的自由与本性的自己。看看《奥维尔乡村街道》的天空上那些蓝色的短促的笔触，还有《蓝天白云》那些浓烈的、厚厚的、挥霍着的油彩，就会知道，凡·高最后涂抹在画布上的全是生命的血肉。唯其如此，才能具有这样永恒的震撼。

这是一个真正的疯子的作品，也是旷古罕见的天才的杰作。

除了他，没有任何一个神经病患者能够这样健康地作画；除了他，没有任何一个艺术家能够拥有这样绝对的非常态的自由。

我们从他最后一幅油画《麦田群鸦》已经看到他的绝境。大地在乌云的倾压下，恐惧、压抑、惊栗，预示着灾难的风暴即将到来。三条道路伸往三个方向，道路的尽头全是一片迷茫与阴森。这是他生命最后一幅逼真而可怕的写照，也是他留给世人一份刺目的图像遗书。他给弟弟迪奥的最后一封信中说："我以生命为赌注作画。为了它，我已经丧失了正常人的理智。"在精疲力竭之后，他终于向狂乱的病魔垂下头来，放下了画笔。

1890 年 7 月 27 日他站在麦田中开枪自杀。被枪声惊起的"扑喇喇"的鸦群，就是他几天前画《麦田群鸦》时见过的那些黑黑的乌鸦。

随后，他在奥维尔的旅店内流血与疼痛，忍受了整整两天，29 日死去。离开了这个他疯狂热爱却无情抛弃了他的冷冰冰的世界。冰冷而空白的世界。

我先看了看他在奥维尔的那间住房。这是当年奥维尔最廉价的客房，每天租金只有三点五法郎。大约七平米。墙上的裂缝，锈蚀的门环，沉暗的漆墙，依然述说着当年的境况。从坡顶上的一扇天窗只能看到一块半张报纸大小的天空。但我忽然想到《哈姆雷特》中的一句台词："即使把我放在火柴盒里，我也是无限空间的主宰者。"

从这小旅舍走出，向南经过奥维尔教堂，再走五百米，便是他的墓地。这片墓地在一片开阔的原野上。使我想到凡·高画了一生的那种浑厚而浩瀚的大地，他至死仍旧守望着这一切生命的本土。墓地外只圈了一道很矮的围墙。三百年来，当奥维尔人的灵魂去往天国之时，都把躯体留在这里。凡·高的坟茔就在北墙的墙根。弟弟迪奥的坟墓与他并排。大小相同，墓碑也完全一样，都是一块方形的灰色的石板，顶端拱为半圆。上边极其简单地刻着他们的姓名与生卒年月。没有任何雕饰，一如生命本身。迪奥是在凡·高去世半年后死去的。他生前身后一直陪伴着这个兄长。他一定是担心他的兄长在天国也难于被理解，才匆匆跟随而去。

一片浓绿的常春藤像一块厚厚的毯子，把他俩的坟墓严严实实遮盖着。岁月已久，两块墓碑全都苔痕斑驳。唯一不同的是凡·高的碑前总会有一束麦子，或几朵鲜黄的向日葵。那是来自世界各地的人们献上去的。但没有人会捧来艳丽而名贵的花朵。凡·高的敬仰者们都知道他生命的特殊而非凡的含义，他生命的本质及其色彩。

凡·高的一生，充满世俗意义上的"失败"。他名利皆空，情爱亦无，贫困交加，受尽冷遇与摧残。在生命最后的两年，他与巨大而暴戾的病魔苦苦搏斗，拼死为人间换来了艺术的崇高与辉煌。

如果说凡·高的奇迹，是天才加上精神病，那么凡·高至高无上的价值，是他无与伦比的艺术和为艺术而殉道的伟大的一生。

真正的伟大的艺术，都是作品加上他全部的生命。

（2001.6.24）

绘画是文学的梦

　　我曾经使用这个题目做过一次演讲，是在美国旧金山我的画展期间。我相信那一次大多数人没有弄懂我这个题目里边非常特殊的内涵。因为多数听众只是单纯对我的绘画有兴趣，抑或是我的文学读者。只有极少的人是专业人士。

　　我这个话题的题目听起来美，但内容却很专业，范围又很偏狭。它置身在绘画与文学两个专业之间，既非绘画的中心，又非文学的腹地。我身在两个巨大高原中间一个深邃的峡谷里。站在高原上的人无法理解我独有的感受。但我偏偏时常在这个空间里自由自在地游弋；我很孤独，也满足。现在，我就来挖掘这个空间中深藏的意义。

　　我之所以说"绘画是文学的梦"，却不说"文学是绘画的梦"，正表示我是站在文学的立场上来谈绘画的。一句话，我是表达一个写作人（古代称文人）的绘画观。

一

文人在写作时，使用单一的黑墨水，没有色彩。色彩都包含在字里行间；而且，他们是通过抽象的文字符号来表达心中的想象与形象。这时，文字的使命是千方百计唤起读者形象的联想，唤起读者的画面感，设法叫读者"看见"作家所描述的一切，也就是契诃夫所说的"文学就是要立即生出形象"。但是这是件很难的事。怎么才能唤起读者心中的画面？这是一个大题目，我会另写一篇大文章，来描述不同作家文字的可视性。而此时此刻，另一种艺术一定令写作人十分地向往和崇尚——这就是绘画。

所以我说，人为了看见自己的内心才画画。

我相信古代文人大都为此才拿起画笔的。

但是，一旦拿起笔来，西方与东方却大不相同。

对于西方人来说，绘画与写作的工具从来不是一种。他们用钢笔和墨水写作，用油画颜料与棕毛笔作画。如果西方的写作人想画画，他起码先要学会把握工具性能的技术和方法。尽管普希金、歌德、萨克雷、雨果等都画得一手好画，但毕竟是凤毛麟角。在西方人眼中，他们属于跨专业的全才。

可是在古代东方，绘画与写作使用的同样是纸笔墨砚。对于一个东方的写作人，只要桌有块纸，砚中余墨，便可乘兴涂抹一番。自从宋代的苏轼、米芾、文同等几位大文人挥手作画之后，文人们的亦诗亦画成了一种文化时尚。乃至元代，文人们在画坛集体登场，幡然一改唐宋数百年来院体派和纯画家的面貌，展现出前所未有的文人画风光奇妙的全新景观。

我对明人董其昌、莫是龙、孙继儒等关于文人画和"南北宗"的理论没有兴趣，我最关心的是究竟文人画给绘画带来什么？如果从表面看，可能是令人耳目一新的笔墨情趣，技术效果，还有在院体派画家笔下绝对看不到的将文字大片大片写到画面上的形式感。但文人画的意义绝不止于这些！进而再看，可能是文学手段的使用。比如象征、比喻、夸张、拟人。应该说，正是由于从文学那里借用了这些手段，才确立了中国画高超的追求"神似"的造型原则。但文人画的意义也不止于此！

文人画的意义主要是两个方面：

一是意境的追求。意境这两个字非常值得琢磨。依我看，境就是绘画所创造的可视的空间，意就是深刻的意味，也就是文学性。意境——就是把深邃的文学的意味，放到可视的空间中去。意境二字，正是对绘画与文学相融合的高度概括。应该说，正是由于学养渊深的文人进入绘画，才为绘画带进去千般意味和万种情怀。

二是心灵的再现。由于写作人介入绘画，自然会对笔墨有了与文字一样的要求，就是自我的表现。所谓"喜气与兰，怒气与竹""逸笔草草，不求形似，聊发胸中之逸气耳"，都表明了写作人要用绘画直接表达他们主观的情感、心绪与性灵。于是个性化和心灵化便成了文人画的本质。

绘画的功能就穿过了视觉享受的层面，而进入丰富与敏感的心灵世界。

如果我们将马远、夏圭、范宽、许道宁、郭熙、刘松年这些院体派画家们放在一起，再把徐渭、梅清、倪瓒、金农、朱耷、石涛这些文人画家放在一起，相互对照和比较，就会对文人画的精神本质一目了然。前者相互的区别是风格，后者相互的区别是个性；前者是文本，后者是人本。

在中国绘画史上，文人画兴起不久，便很快就成为主流。这是西方所没有的。正为此，中国画最终形成了自己独有的艺术体系与文化体系。过去我们常用南北朝谢赫的"六法论"来表述中国画的特征，这其实是很荒谬的。在南北朝时期，中国画尚处在雏形阶段；中国画的真正成熟，是在文人画成为主流之后。

因为，文人画使中国画文人化。

文人化是中国画的本质。

在绘画之中，文人化致使文学与绘画的结合；在绘画之外，则是写作人与画家身份的合二而一。

西方的写作人作画，被看作一种跨专业的全才；中国文人的"琴棋书画，触类旁通"，则是理所当然的。因而中国人常把那种技术高而文化浅的画家贬为画匠。

这是中国画一个很重要的传统。

然而，这个传统在近百年却悄悄地瓦解了。其中最重要的原因，是书写工具的西方化。我们用钢笔代替了毛笔。这样一来，写作人就离开了原先的纸笔墨砚；绘画的世界与写作人渐渐脱离，日子一久竟有了天壤之别。当然，从深远的背景上说，西方的解析性思维一点点在代替着东方人包容性的思维。西方人明晰的社会分工方式，逐渐更换了东方人的兼容并蓄与触类旁通。于是，近百年的画坛景观是文人的撤离。不管这样是耶非耶，但这是一种被人忽略的画坛史实。这个史实使得近百年中国画的非文人化。

正因为非文人化的出现，才有近十年来颇为红火的"新文人画"运动。但新文人画并非是写作人重新返回画坛，而是纯画家们对古代文人画的一种形式上的向往。

二

我本人属于一个另类。

我在写作之前画了十五年的画。我的工作是摹制古画，主要是摹制宋代院体派的作品。恰恰不是文人画。

平山郁夫曾一语道出我有过"宋画的磨炼"，这说明他很有眼光。我的画里没有黄公望与石涛的基因，只有郭熙与马远的影子。正像我的小说没有昆德拉和赛林格，只有巴尔扎克、屠格涅夫、蒲松龄、冯梦龙、鲁迅，还间接有一点马尔克斯。

我自二十世纪七十年代末与绘画分手，走上文坛，成为第一批"伤痕文学"作家。在八十年代，我几乎把绘画忘掉。那时，我曾经在《文艺报》上发表过一篇文章叫作《命运的驱使》，写我如何受时代责任所迫而从画坛跨入文坛。但当时，人们都关心我的小说，没人关心我的画。我的脑袋里也拥满了那一代人千奇百怪的命运与形象。就这样，我无名指上那个常年被画笔的笔杆磨出的硬茧也不知不觉地消退了。

到了九十年代初期，我重新思考自己下一步的创作道路，陷入苦闷。在又困惑又焦灼的那一段时间里，无意中拿起画笔，只想回到久别的笔墨天地里走一走。忽然我惊呆了。我不是发现了久违的过去，而是发现了从未见过的世界。因为，我发现心灵竟然可以如此逼真并可视地呈现在自己的面前。

但是，现在来认识自己，我并没有什么重大突破和发现，我只不过又回到文人画的传统里罢了。

三

我与古代一般的文人不同的是，我写过大量的小说。每篇小说都有许多人物。小说家总是要进入他笔下每一个人物的心中。就像演员进入角色，体验不同情境中特定的情感与心境。我相信任何小说家的内心都是巨大的情感仓库。他们对情感的千差万别都有精确入微的感受。比如感伤，还有伤感、忧虑、忧郁、忧愁、愁闷、惆怅等，它们内涵、分量、给人的感觉，都是全然不同的。它们不是全可以化为画面吗？一旦转为画面，相互便会大相径庭。

我现在作画，已经与我二十年前作为一个纯画家作画完全不同了。以前我是站在纯画家的立场上作画；现在我是从写作人的立场出发来作画。

尽管现在，我作画中也有愉悦感，但我不是为自娱而画。绘画对于我，起码是一种情感方式或生命方式。我的感受告诉我，世界上有一些东西是只能写不能画的，还有一些东西是只能画不能写的。比如，我对"三寸金莲"的文化批判，无法以画为之；比如我在《思绪的层次》中对大脑的思辨中那种纵横交错、混沌又清明的无限美妙的状态，只有用画面才能呈现。

尽管我对画面上水墨的感觉，对肌理效果、对色彩关系的要求，也很严格甚至苛刻，但这一切都像我的文字，必须服从我的心灵，而不是为了水墨或肌理的本身。

我之所以这么注重心灵，还是写作人的观念。因为文学最高的职责是挖掘心灵。

四

关于绘画的文学性。我明确地不把诗作为追求目的。

绘画是静止的瞬间，是瞬间的静止与概括；诗用一滴海水来表现整个大海，诗是在"点"上深化与升华。所以诗与画最容易结合。在古人中，最早这样做的是王维。故此苏轼说"味摩诘之诗，诗中有画；观摩诘之画，画中有诗"。诗是中国绘画与文学的结合点与交融点。

但我不是诗人，我写散文。我的散文非常强烈地追求画面感，那么我也希望我的画散文化。尤其是对于现代人，更接近于散文而不是诗。

散文与诗的不同是，散文是一段一段，是线性的。但线性的描述可以一点点地深化情感和深化意境。同时使绘画的意境具有可叙述性。诗的意境是静止的。散文的意境是一个线性的过程。

但这不是我创造的，最初给我启发的是林风眠先生，林风眠先生的画就是散文化的，还有东山魁夷的画。

说到这里，我应该承认，我的画不是纯画家的画，我在当今应是一个"另类"。应该说，在写作人基本撤离出画坛的时代，我反方向地返回去，皈依文人画的传统。我愿意接受平山郁夫对我的评价，我是一种"现代文人画"。

五

现在我从梦里醒来，回到很现实的一个问题里。

今年一次在北京参加会议，忽然接到一个电话，声称是我的铁杆读者，心里憋口气，想骂骂我；为此他喝了两大杯酒。酒劲上头，乘兴把电话打来。我便笑道："你想说什么，尽管说吧。批评也好，骂也无妨，都没关系。"

他被酒扰昏了头，有的话来来回回说了好几遍。我却听明白，他说我亦文亦画，又投入城市文化保护，又搞民间文化遗产抢救工程。他说："你简直是浪费自己。除去写小说，那些事都不是你干的！不写小说还称得上什么作家！你对读者不负责！"他挺粗的呼吸通过电话线阵阵撞在我的耳膜上。我只支应着，笑着，一再表示接受他的意见。我没做任何表白，因为此时不是交流的时候。

我常常遇到这样的读者，他们对我不满。怎么办？

不久前，我为既是作家又是画家的雨果写了一篇文章，叫作

《神奇的左手》。里边有几句话，正是我想对我的读者说的：

"你看到过雨果、歌德、萨克雷等人的绘画吗？只有认真地读他们的书又读他们的画，你才能更整体和深刻地了解他们的心灵。我所说的了解，不是指他们的才能，而是他们的心灵。"

（2002.4.26）

我的书法生活

我有两间工作室。一间书房，一间画室，屋门对开。写作间偶有妙思，或是佳句，旋即出书房，入画室，展白宣，运长锋，一挥而就，书法生矣！

笔墨是我的心灵器具。我不为书法而写，只为心灵而书。我的书法亦我的写作。还有一半是对笔墨美的崇尚。

故而，我从不临帖，但我读帖。我把古人当作崇高的朋友。我在与他们的神交之中，细品他们的品格、气质与精神。我不会照猫画虎地去"克隆"他们的一招一式。我以被人看出我师从何处为羞。我的书法只听命于我的精神情感。

倘有朋友约我书法，我不会提笔就写，立等就取。心无美文，情无所至，不会动笔。故而只是记住此事，慢慢等待内心的潮汐。倘若潮水忽来，笔墨随之卷入，则必有一幅得意的书法赠予友人。

我把书法作为一己的心灵生活。故而，不喜欢别人的逼迫与勉强，不喜欢书写那种无关痛痒的名人留言，更不喜欢当众挥毫表演，那似有江湖卖艺的感觉。

我不会天天不停地写，甚至一连写上三幅就会感到厌倦。我喜欢与书法的关系是一种不期而遇的邂逅。那一瞬，我们彼此都会惊奇，充满新鲜与兴奋。笔与墨，一边让我熟悉，一边给我意外。只有此时，我才会感到笔墨也是有生命的。笔墨的性格是一半顺从，一半逆反；一半清醒，一半烂醉。我们的艺术创造，不是一半来自笔墨的自我发挥吗？

甲子之年，我写了一首诗，实际上是写了我的艺术观：

笔墨伴我一甲子，谁言劳心又劳神；

墨自含情也含爱，笔乃有骨亦有魂；

如烟岁月笔下挽，似水时光墨中存；

我书我画我文章，笔墨处处皆我人。

此诗写过，欲言尽之。

（2003.4）

行间笔墨

　　在终日四处的奔波中，常常不能拒绝的事便是应人家请求，提起毛笔写几句话。想想看，人家盛情陪同，尽其所能地招待和照顾，而这些景物本来又都是自己切切关心的，待到告别之时，人家备好纸笔墨砚，请你留下"墨宝"，怎好把脸一板推掉？故而这些行间的笔墨大多在来去匆匆之间，凭着的是一时的情意与兴致，很是即兴。

　　比方，在四川绵竹考察年画，被那里独有的"填水脚"所震惊。所谓"填水脚"，乃是每逢年根儿，画工们干完活要回去过年，顺手将颜料渣子混上水色，涂抹在印了线版的纸上。画工们人人都是才艺精绝，故而这些看似率意为之的几笔，很像中国画的大写意，立笔挥扫，神气飞扬。绵竹年画本来就像川剧，高亢辛辣，这"填水脚"更是将川地年画独有的地域气质发挥到极致。特别是绵竹年画博物馆中一对清代中期"填水脚"的门神，不过七八笔，人物跃然而生。我看得如醉如痴，不停地说："这简直是民间的八大！"

　　从博物馆出来，便被主人引入一间小室。桌上已摆上文房四宝。不用去想，心中已有两句话冒出来，挥笔先写道："土中大艺术"。这上一句写过，忽觉心中的下一句不甚好。下边一句应当更妙才是。此刻扭头看到窗台上有个剑南春的酒瓶。绵竹也是名酒剑南春的故乡。这一瞬，老天爷亲吻了我的脑门，妙语倏忽而至，接下去便写出来："纸上剑南春"。这一句叫主人高兴非常。

再一次更有趣的是在乐山。仰观大佛之后，在席间主人说："你总得留点纪念给我们。"我想，乐山大佛是天下佛窟中至美至上之宝。我已经是千里迢迢第二次来看大佛了，应当在这里留一幅字。有了这想法，却像得到神助那样，心中首先出现的两个大字"大佛"，倒过来便是"佛大"，由是而下，一佳句油然而生——"佛大大于大佛"。下边还应有一句，自然想到"乐山"和"山乐"等，于是两句绝妙好词装入胸中。待展纸书写之时，我对主人说，这幅字很难写。主人说为什么。我说其中两个字要重复两次，还有两个字要重复三次。便是：

佛大大于大佛
山乐乐似乐山

待写过这幅，放下笔一看，居然竖着读奇妙，横着读也通、也奇妙，更觉得这两句不是自己脑袋想出来的，好像谁告诉我的。此种乐趣，还有谁知？

这行间的笔墨并非总是灵感迭出，若有神助。有时人马劳顿，情思壅滞，而文人书法偏偏要"言必己出"，又不能落笔平庸，往往就被盛情的主人逼入绝境。逢到此时，只好请主人留下姓名地址，回去补写后再寄来，决不勉强自己。

即使是这样，也常常会留下遗憾。比如，前些天在如皋，参观水绘园。此园曾是文人学士汇集之所，又是明代名姬董小宛栖隐之处。园中景物相映，玲珑曲折，气息幽雅，世称文人图。游园时，因景生情，因情生句，待主人相邀题字时，捉笔便写了"园如书卷可捲，景似画轴当垂"两句。主人领首称好。可是自己心里总感觉有些不妥。题字，字比词更为重要。但是，词要思量，字须推敲，时间这样仓促，被人又请又拉，怎好从细斟酌？从水绘园出来后，坐在车上，把刚刚的题词放在心中来回一折腾，忽觉应该改两个字，应是：

园如书卷半捲
景似画轴长垂

这样才好，可惜已经晚了。那幅糟糕的字留在人家那里，自己却带着遗憾直至此刻此时。

再说两件得意的事。

一次在西南某地。一位主人为他的上级领导向我索字。这也是在各地常常碰到的事。但我的笔墨从不为人帮闲，遂写了一句：

心中百姓是神仙

我想此句如使他受用，当也使他受益。

再一次是在南通小狼山的广教寺。寺中方丈请我留下笔墨。小狼山为天下最小名山，虽然仅仅一百零八米，却有一座古庙和宋塔仁立峰尖。日日晨钟暮鼓，梵声散布万家。想到此处，因题道：

最小山头

顶大佛界

由于宣纸劲润，笔也凑手，写得水墨淋漓，极是酣畅。

方丈合掌行礼，表示满意与谢意。我却说，这句话也是为我自己写的。此我世间的追求是也。

因之可谓，行间笔墨，其乐无穷。

（2004.5.25）

我与《清明上河图》的故事

冥冥中我感觉《清明上河图》和我有一种缘分。这大约来自初识它时给我的震撼。一个画家敢于把一个城市画下来，我想古今中外唯有这位宋人张择端。而且它无比精确和传神，庞博和深厚，他连街头上发情的驴、打盹的人和犄角旮旯的茅厕也全都收入画中！当时我二十岁出头，气盛胆大，不知天高地厚，居然发誓要把它临摹下来。

临摹是学习中国画笔墨技术的一种传统。我的一位老师惠孝同先生是湖社的画师，也是位书画的大藏家，私藏中不少国宝，他住在北京王府井的大甜水井胡同。我上中学时逢到假期就跑到他家临摹古画。惠老师待我情同慈父，像郭熙的《寒林图》和王诜的《渔村小雪图》这些绝世珍品，都肯拿出来，叫我临摹真迹。临摹原作与印刷品是决然不同的，原作带着画家的生命气息，印刷品却平面呆板，徒具其形——此中的道理暂且不说。然而，临摹《清明上河图》是无法面对原作的，这幅画藏在故宫，只能一次次坐火车到北京故宫博物院的绘画馆去看，常常一看就是两三天，随即带着读画时新鲜的感受跑回来伏案临摹印刷品。然而故宫博物院也不是总展出这幅画。常常是一趟趟白跑腿，乘兴而去，败兴而归。

我初次临摹是失败的。我自以为习画从宋人院体派入手，《清明上河图》上的山石树木和城池楼阁都是我熟悉的画法，但动手临摹才知道画中大量的民居、人物、舟车、店铺、家具、风俗杂物和生活百器的画法，在别人画里不曾见过。它既是写意，也是工笔，洗练又精准，活脱脱活灵活现，这全是张择端独自的笔法。画家的个性愈强，愈难临摹，而且张择端用的笔是秃锋，行笔时还有些"战笔"，苍劲生动，又有韵致，仿效起来却十分之难。偏偏在临摹时，我选择从画中最复杂的一段虹桥入手，以为拿下这一环节，便可包揽全卷。谁料这不足两尺的画面上竟拥挤着上百个人物。各人各态，小不及寸，手脚如同米粒。相互交错，彼此遮翳，倘若错位，哪怕差之分毫，也会乱了一片。这一切只有经过临摹，才明白其中无比的高超。于是画过了虹桥这一段，我便搁下笔，一时真有放弃的念头。

我被这幅画打败！

重新燃起临摹《清明上河图》的决心，是在"文革"期间。一是因为那时候除去政治斗争，别无他事，天天有大把的时间。二是我已做好充分准备。先自制一个玻璃台面的小桌，下置台灯。把用硫酸纸勾描下来的白描全图铺在玻璃上，上边敷绢，电灯一开，画面清晰地照在绢上，这样再对照印刷品临摹就不会错位了。至于秃笔，我琢磨出一个好办法，用火柴吹灭后的余烬烧去锋毫的虚尖，这种人造秃笔画出来的线条，竟然像历时久矣的老笔一样苍劲。同时对《清明上河图》的技法悉心揣摩，直到有了把握，才拉开阵势，再次临摹。从卷尾始，由左向右，一路下来，愈画愈顺，感觉自己的画笔随同张择端穿街入巷，游逛百店，待走出城门，自由自在地徜徉在那些人群中……看来完成这幅巨画的临摹应无问题。可是忽然出了件意外的事。

一天，我的邻居引来一位美籍华人说要看画。据说这位来访者是位作家。我当时还没有从事文学，对作家心怀神秘和景仰，遂将临摹中的《清明上河图》抻开给她看。画幅太长，画面低垂，我正想放在桌上，谁料她突然跪下来看，那种虔诚之态，如面对上帝，使我大吃一惊。像我这样的在计划经济中长大的人，根本不知市场生活的种种作秀。当她说如果她有这样一幅画就会什么也不要，我被深深打动，以为真的遇到艺术上的知己和知音了，当即说我给你画一幅吧。她听了，那表情，好似到了天堂。

艺术的动力常常是被感动。于是我放下手中画了一小半的《清明上河图》，第二天就去买绢和裁绢，用红茶兑上胶矾，一遍遍把绢染黄染旧，再在屋中架起竹竿，系上麻绳，那条五米多长的金黄的长绢，便折来折去晾在我小小房间的半空中。我由于对这幅画临摹得正是得心应手，画起来很流畅，对自己也很满意。天天白日上班，夜里临摹，直至更深夜半。嘴里嚼着馒头咸菜，却把心里的劲儿全给了这幅画。那年我三十二岁，精力充沛，一口气干下去，到了完成那日，便和妻子买了一瓶通化的红葡萄酒庆祝一番，掐指一算居然用了一年零三个月！

此间，那位美籍华人不断来信，说尽好话，尤其那句"恨不得一步就跨到中国来"，叫我依然感动，期待着尽快把画给她。但不久唐山大地震来了，我家被毁，墙倒屋塌，一家人差点被埋在里边。人爬出来后，心里犹然惦着那画。地震后的几天，我钻进废墟寻找衣服和被褥时，冒险将它挖出来。所幸的是我一直把它放在一个细长的装饼干的铁筒里，又搁在书桌抽屉最下一层，故而完好无损。这画随我又一起逃过一劫。这画与我是一般寻常关系吗？

此后，一些朋友看了这幅无比繁复的巨画，劝我不要给那位美籍华人。我执意说："答应人家了，哪能说了不算？"

待到一九七八年，那美籍华人来到中国，从我手中拿过这幅画的一瞬，我真有点舍不得。我觉得她是从我心里拿走的。她大概看出我的感受，说她一定请专业摄影师拍一套照片给我。此后，她来信说这幅画已镶在她家纽约曼哈顿第五大街客厅的墙上，还是请华盛顿一家博物馆制作的镜框呢。信中夹了几张这幅画的照片，却是用傻瓜机拍的，光线很暗，而且也不完整。

一九八五年我赴美参加爱荷华国际笔会，中间抽暇去纽约，去看她，也看我的画。我的画的确堂而皇之被镶在一个巨大又讲究的镜框里，内装暗灯，柔和的光照在画中那神态各异的五百多个人物的身上。每个人物我都熟悉，好似"熟人"。虽是临摹，却觉得像是自己画的。我对她说别忘了给一套照片做纪念。但她说这幅画被固定在镜框内，无法再取下拍照了。属于她的，她全有了；属于我的，一点也没有。那时，中国的画家还不懂得画可以卖钱，无论求画与送画，全凭情意。一时我有被掠夺的感觉，而且被掠得空空荡荡。它毕竟是我年轻生命中整整的一年换来的！

现在我手里还有小半卷未完成的《清明上河图》，在我中断这幅而去画了那幅之后，已经没有力量再继续这幅画了。我天性不喜欢重复，而临摹这幅画又是太浩大、太累人的工程。况且此时我已走上文坛，我心中的血都化为文字了。

写到这里，一定有人说，你很笨，叫人弄走这样一幅大画！

我想说，受骗多半源自一种信任或感动。但是世上最美好的东西不也来自信任和感动吗？你说应该守住它，还是放弃它？

我写过一句话：每受过一次骗，就会感受一次自己身上人性的美好与纯真。

这便是《清明上河图》与我的故事。

（2005.10.8）

夕照透入书房

我常常在黄昏时分，坐在书房里，享受夕照穿窗而入带来的那一种异样的神奇。

此刻，书房已经暗下来。到处堆放的书籍文稿以及艺术品重重叠叠地隐没在阴影里。

暮时的阳光，已经失去了白日里的咄咄逼人；它变得很温和，很红，好像一种橘色的灯光，不管什么东西给它一照，全都分外的美丽。首先是窗台上那盆已经衰败的藤草，此刻像镀了金一样，蓬勃发光；跟着是书桌上的玻璃灯罩，亮闪闪的，仿佛打开了灯；然后，这一大片橙色的夕照带着窗棂和外边的树影，斑斑驳驳投射在东墙那边一排大书架上。阴影的地方书皆晦暗，光照的地方连书脊上的文字也看得异常分明。《傅雷文集》的书名是烫金的，金灿灿放着光芒，好像在骄傲地说："我可以永存。"

怎样的事物才能真正永存？阿房宫和华清池都已片瓦不留，李杜的名句和老庄的格言却一字不误地镌刻在每个华人的心里。世上延绵最久的还是非物质的——思想与精神。能够准确地记忆思想的只有文字。所以说，文字是我们的生命。

当夕阳移到我的桌面上，每件案头物品都变得妙不可言。一尊苏格拉底的小雕像隐在暗中，一束细细的光芒从一丛笔杆的缝隙中穿过，停在他的嘴唇之间，似乎想撬开他的嘴巴，听一听这位古希腊的哲人对如今这个混沌而荒谬的商品世界的醒世之言。但他口含夕阳，紧闭着嘴巴，一声不吭。

昨天的哲人只能解释昨天，今天的答案还得来自今人。这样说来，一声不吭的原来是我们自己。

陈放在桌上的一块四方的镇尺最是离奇。这个镇尺是朋友赠送给我的。它是一块纯净的无色玻璃，一条弯着尾巴的小银鱼被铸在玻璃中央。当阳光彻入，玻璃非但没有反光，反而由于纯度过高而消失了，只有那银光闪闪的小鱼悬在空中，无所依傍。它瞪圆眼睛，似乎也感到了一种匪夷所思。

一只蚂蚁从阴影里爬出来，它走到桌面一块阳光前，迟疑不前，几次刚把脑袋伸进夕阳里，又赶紧缩回来。它究竟畏惧这奇异的光明，还是习惯了黑暗？黑暗总是给人一半恐惧，一半安全。

人在黑暗外边感到恐惧，在黑暗里边反倒觉得安全。

夕阳的生命是有限的。它在天边一点点沉落下去，它的光却在我的书房里渐渐升高。短暂的夕照大概知道自己大限在即，它最后抛给人间的光芒最依恋也最夺目。此时，连我的书房的空气也是金红的。定睛细看，空气里浮动的尘埃竟然被它照亮。这些小得肉眼刚刚能看见的颗粒竟被夕阳照得极亮极美，它们在半空中自由、无声和缓缓地游弋着，好像徜徉在宇宙里的星辰。这是唯夕阳才能创造的境象——它能使最平凡的事物变得无比神奇。

在日落前的一瞬，夕阳残照已经挪到我书架最上边的一格。满室皆暗，只有书架上边无限明媚。那里摆着一只河北省白沟的泥公鸡。雪白的身子，彩色翅膀，特大的黑眼睛，威武又神气。这个北方著名的泥玩具之乡，至少有千年的历史，但如今这里已经变为日用小商品的集散地，昔日那些浑朴又迷人的泥狗泥鸡泥人全都了无踪影。可是此刻，这个幸存下来的泥公鸡，不知何故，对着行将熄灭的夕阳张嘴大叫。我的心已经听到它凄厉的哀鸣。这叫声似乎也感动了夕阳。一瞬间，高高站在书架上端的泥公鸡竟被这最后的阳光照耀得夺目和通红，好似燃烧了起来。

（2005.11.28）

灵感忽至

　　凌晨时分被一种莫名的不安扰醒，这不安可不是什么焦虑与担心，而是有种兴致在暗暗鼓动，缘何有此兴奋我并不知道。随后想到今天是元月元日。这一日像时间的领头羊，带着一大群时光充裕的日子找我来了。

　　妻子还在睡觉，房间光线不明。我披衣去到书房。平日随手堆满了书房的纸页和图书在迷离的晨色里充满了温暖和诗意。这里是我安顿灵魂的地方。我的巢不是用树枝搭起来而是用写满了字的纸和书码起来的。我从中抽出一页素纸，要为今天写些什么。待拿起笔，坐了良久，心中却一片茫然。一时人像浮在无际无涯的半空中，飘飘忽忽，空空荡荡。我便放下笔，知道此时我虽有情绪，却无灵感。

　　写作是靠灵感启动的。那么灵感是什么，它在哪里，它怎么到来？不知道。似乎它想来就来，不请自来，但有时求也不来，甚至很久也不露一面，好似远在天外，冷漠又悭吝；没有灵感的艺术家心如荒漠，几近呆滞。我起身打开音乐。我从不在没有心灵欲望时还赖在桌前。如果毫无灵感地坐在这里，会渐渐感觉自己江郎才尽，那就太可怕了。

音响里散放出的歌是前几年从俄罗斯带回来的，一位当下正红的女歌手的作品集。俄罗斯最时尚的歌曲的骨子里也还是他们固有的气质，浑厚而忧伤。忧伤的音乐最容易进入心底，撩动起过往的岁月积存在那里的抹不去的情感。很快，我就陷入这种情绪里。这时，忽见画案那边有一块金黄色的光。它很小，静谧，神秘；它是初升的太阳照在对面大楼的玻璃幕墙反射下来，落在画案那边什么地方。此刻书房内的夜色还未褪尽，在灰蒙蒙、晦暗的氤氲里，这块光像一扇远远亮着灯的小窗。也许受到那忧伤歌声的感染，这块光使我想起四十年间蛰居市廛中那间小屋，还有炒锅里的菜叶、破烂的家什、混合在寒冷的空气中烧煤的气味、妻子无奈的眼神……然而在那冰天雪地时代，唯有家里的灯光才是最温暖的。于是此刻这块小小的光亮变得温情了。我不禁走到画案前铺上宣纸，拿起颤动的笔蘸着黄色和一点点朱红，将这扇明亮的小窗子抹在纸上。随即是那扰着风雪的低矮的小屋。一大片被冷风摇曳着的老槐树在屋顶上空横斜万状，说不清那些苍劲的枝丫是在抗争还是兀自的挣扎。在通幅重重叠叠黑影的对比下，我这亮灯的小屋反倒显得更加温馨与安全。我说过，家是世界上最不必设防的地方。

记得有一年，特大的雪下了一夜，我的矮屋门槛太低，早晨推不开门，门外挡着的积雪足足有两尺厚。我从这小窗户跳出去，用木板推开门外的雪才把门打开。当时我们从家里走出来，站在清洌的冻耳朵的空气里，多么像雪后从洞里钻出来的野兔……于是我把矮屋前大块没有落墨的纸当作白雪。我用淡淡的水墨渲染地上厚厚而柔软的白雪时，还得记起那时常有的一种盼望——有朋友来串门和敲门。支撑我们走过困境与苦难的不是人间种种情与义吗？我便用笔在雪地上点出一串深深的脚窝渐渐通进我的小屋。这小屋的灯光顿时更亮，黄色的光影还透射到窗外的雪地上。

没想到，就这样一幅画出来了。温情又伤感，孤寂又温馨。画中的一切都是我心底的景象。我写过这样一句话："人为了看见自己的内心才画画。"而心中的画多半是它们自己冒出来的。这是一种长久的日积月累，等待着有朝一日的升华；就像冬日大地上的万物，等待着春风吹来，一切复活；又如高高一堆干枝干柴，等待着一个飞来的火种。这意外出现的火种就是灵感。

灵感带来突然之间的发现、突破、超越与升腾。它是上天的赐予，是上天对艺术家的心灵之吻，是对一切生命创造的发端与启动。那么我们只有束手等待它吗？当然不是。正如无上的爱总是属于对它苦苦的追求者。在你找它时，它一定也在找你。当然它不一定在你规定的时间和地点到来。就像我在书房原本是想写点什么，灵感没有来，可是谁料它竟然化作一块灵性的光降临到我的画案上？它没有进入我的钢笔，却钻进我的毛笔。

记得前些年访问挪威时，中国作协请我写一幅字赠送给挪威作家协会。我只写了两个字：笔顺。挪威的作家朋友不明其意。我解释道："这是中国古代文人间相互的祝词。笔顺就是写作思路顺畅，没有障碍的意思。"对方想了想，点点头，似乎还没弄明白我写这两个字的含义。中国的文字和文化真是很深，对外交流时首先要把自己解释明白。我又换了一种说法解释道："就是祝你们写作时常常有灵感。"他听了马上咧开嘴，很高兴地谢谢我，也祝我常有灵感。看来灵感对于全球的艺术家都是"救世主"了。

新年初至，灵感即降临我的书房画室，这于我可是个好兆头。当然我明白，只要我守住自己的信仰与追求及所爱，灵感会不时来吻一吻我的脑门。

（2008.1.1 新年第一篇）

水墨文字

一

兀自飞行的鸟儿常常会令我感动。

在绵绵细雨中的峨眉山谷，我看见过一只黑色的孤鸟。它用力扇动着又湿又沉的翅膀，拨开浓重的雨雾和叠积的烟霭，艰难却直线地飞行着。我想，它这样飞，一定有着非同寻常的目的。它是一只迟归的鸟儿？迷途的鸟儿？它为了保护巢中的雏鸟还是寻觅丢失的伙伴？它扇动的翅膀，缓慢、有力、富于节奏，好像慢镜头里的飞鸟。它身体疲惫而内心顽强。它像一个昂扬而闪亮的音符在低调的旋律中穿行。

我心里忽然涌出一些片段的感觉，一种类似的感觉；那种身体劳顿不堪而内心的火犹然熊熊不息的感觉。

后来我把这只鸟，画在我的一幅画中。

所以我说，绘画是借用最自然的事物来表达最人为的内涵。这也正是文人画的首要的本性。

二

画又是画家作画时的心电图。画中的线全是一种心迹。因为，唯有线条才是直抒胸臆的。

心有柔情，线则缠绵；心有怒气，线也发狂。心境如水时，一条线从笔尖轻轻吐出，如蚕吐丝，又如一串清幽的音色流出短笛。可是你有情勃发，似风骤至，不用你去想怎样运腕操笔，一时间，线条里的情感、力度，乃至速度全发生了变化。

为此，我最爱画树画枝。

在画家眼里树枝全是线条；在文人眼里，树枝无不带着情感。

树枝千姿万态，皆能依情而变。树枝可仰，可俯，可疏，可繁，可争，可倚；唯此，它或轩昂，或忧郁，或激奋，或适然、或坚韧，或依恋……我画一大片木叶凋零而倾倒于泥泞中的树木时，竟然落下泪来。而每一笔斜拖而下的长长的线，都是这种伤感的一次宣泄与加深，以致我竟不知最初缘何动笔。

至于画中的树，我常常把它们当作一个个人物。它们或是一大片肃然站在那里，庄重而阴沉，气势逼人；或是七零八落，有姿有态，各不相同，带着各自不同的心情。有一次，我从画面的森林中发现一棵婆娑而轻盈的小白桦树。它娇小，宁静，含蓄；那叶子稀少的树冠是薄薄的衣衫。作画时我并没有着意地刻画它。但此时，它仿佛从森林中走出来了。我忽然很想把一直藏在心里的一个少女写出来。

三

绘画如同文学一样，作品完成后往往与最初的想象全然不同。作品只是创作过程的结果。而这个过程却充满快感，其乐无穷。这快感包括抒发、宣泄、发现、深化与升华。

绘画比起文学有更多的变数。因为，吸水性极强的宣纸与含着或浓或淡水墨的毛笔接触时，充满了意外与偶然。它在控制之中显露光彩，在控制之外却会现出神奇。在笔锋扫过之地方，本应该浮现出一片沉睡在晨雾中的远滩，可是感觉上却像阳光下摇曳的亮闪闪的荻花，或是一抹在空中散步的闲云？有时笔中的水墨过多过浓，天下的云向下流散，压向大地山川，慢慢地将山顶峰尖黑压压地吞没。它叫我感受到，这是天空对大地惊人的爱！但在动笔之前，并无如此的想象。到底是什么，把我们曾经有过的感受唤起与激发？

是绘画的偶然性。

然而，绘画的偶然必须与我们的心灵碰撞才会转化为一种独特的画面。

绘画过程中总是充满了不断的偶然，忽而出现，忽而消失。就像我们写作中那些想象的明灭，都是一种偶然。感受这种偶然是我们的心灵。将这种偶然变为必然的，是我们敏感又敏锐的心灵。

因为我们是写作人。我们有着过于敏感的内心。我们的心还积攒着庞杂无穷的人生感受。我们无意中的记忆远远多于有意的记忆；我们深藏心中人生的积累永远大于写在稿纸上的有限的素材。但这些记忆无形地拥满心中，日积月累，重重叠叠，谁知道哪一片意外形态的水墨，会勾出一串曾经牵肠挂肚的昨天？

然而，一旦我们捕捉到一个千载难逢的偶然。绘画的工作就是抓住它不放，将它定格，然后去确定它、加强它、深化它。一句话：

艺术就是将瞬间化为永恒。

四

纯画家的作画对象是他人；文人（也就是写作人）的作画对象主要是自己。面对自己和满足自己。写作人作画首先是一种自言自语、自我陶醉和自我感动。

因此，写作人的绘画追求精神与情感的感染力；纯画家的绘画崇尚视觉与审美的冲击力。

纯画家追求技术效果和形式感，写作人则把绘画作为一种心灵工具。

五

一阵急雨沙沙有声落在纸上。那是我洒落在纸上的水墨。江中的小舟很快就被这阵蒙蒙雨雾所遮翳，只有桅杆似隐似现。不能叫这雨过密过紧，吞没一切。于是，一支蘸足清水的羊毫大笔挥去，如一阵风，掀起雨幕的一角，将另一只扁舟清晰地显露出来，连那个头顶竹笠、伫立船头的艄公也看得分外真切。一种混沌中片刻的清明，昏沉里瞬息的清醒。可是，跟着我又将一阵急雨似淋漓的水墨洒落纸上，将这扁舟的船尾遮蔽起来，只留下这瞬息显现的船头与艄公。

我作画的过程就像我上边文字所叙述的过程。我追求这个过程的一切最终全都保留在画面上，并在画面上能够体验到，这就是可叙述性。

写作的叙述是线性的，过程性的，一字一句，不断加入细节，逐步深化。我的《树后边是太阳》正是这样：大雪后的山野一片洁白，绝无人迹。如果没有阳光，一定寒冽又寂寥。然而，太阳并没有隐遁，它就在树林的后边。虽然看不见它灿烂夺目的本身，但它无比强烈的光芒却穿过树干与枝丫，照射过来，巨大的树影无际无涯地展开，一下子铺满了辽阔的雪原。

于是，一种文学性质需要说明白，就是我这里所说的叙述性。它不属于诗，而属于散文。那么绘画的可叙述也就是绘画的散文化。

六

最能寄情寓意的是大自然的事物。

比如前边所说树枝的线条可以直接抒发情绪。

再比如，这种种情绪还可以注入流水。无论它激扬、倾泻、奔流，还是流淌、潺缓、波澜不惊，全是一时的心绪。一泻万里如同浩荡的胸襟；骤然的狂波好似突变的心境；细碎的涟漪中夹杂着多少放不下的愁思？

至于光，它能使一切事物变得充满生命感，哪怕是逆光中的炊烟，一切逆光的树叶都胜于艳丽的花。这原因，恐怕还是因为一切生命都受惠于太阳，生命的一切物质含着阳光的因子。比如我们迎着太阳闭上眼，便会发现被太阳照透的眼皮里那种血色，通红透明，其美无比。

还有秋天的事物。一年四季里，唯有秋天是写不尽也画不尽的。春之萌动与锐气，夏之蓬勃与繁华，冬之萧瑟与寂寥，其实也都包括在秋天里。秋天的前一半衔接着夏天，后一半融入冬天。它本身又是大自然最丰饶的成熟期。故此，秋的本质是矛盾又斑斓，无望与超逸，繁华而短促，伤感而自足。

写作人的心境总是百感交集的。比起单纯的情境，他们一定更喜欢惟秋天才有的萧疏的静寂，温柔的激荡，甜蜜的忧伤，以及放达又优美的苦涩。

能够把一切人生的苦楚都化为一种美的只有艺术。

在秋天里，我喜欢芦花。这种在荒滩野水中开放的花，是大自然开得最迟的野花。它银白色的花有如人老了的白发，它象征着大自然一轮生命的衰老吗？如果没有染发剂，人间一定处处皆芦花。它生在细细的苇秆的上端，在日渐寒冽的风里不停地摇曳。然而，从来没有一根芦苇荻花是被寒风吹倒吹落的！还有，在漫长的夏天里，它从不开花，任凭人们漠视它，把它只当作大自然的芸芸众生，当作水边普普通通的野草。它却不在乎人们怎么看它，一直要等到百木凋零的深秋，才喷放出那穗样的毛茸茸的花来。没有任何花朵与它争艳。不，本来它的天性就是与世无争的。它无限的轻柔，也无限的洒脱。虽然它不停在风中摇动，但每一个姿态都自在，随意，绝不矫情，也不搔首弄姿。尤其在阳光的照耀下，它那么夺目和圣洁！我敢说，没有一种花能比它更飘洒、自由、多情，以及这般极致的美！也没有一种花比它更坚韧与顽强。它从不取悦于人，也从不凋谢摧折。直到河水封冻，它依然挺立在荒野上。它最终是被寒风一点点撕碎的。

在这永无定态的花穗与飘逸自由的茎叶中，我能获得多少人生的启示与人生的共鸣？

七

绘画的语言是可视的。

绘画的语言有两种。一种是形式的，一种是技术的。中国人叫作笔墨；现代人叫作水墨。

我更看重笔墨这种语言。

笔作用于纸，无论轻重缓急；墨作用于纸，无论浓淡湿枯——都是心情使然。

笔的老辣是心灵的枯涩，墨的溶化是情感的舒展；笔的轻淡是一种怀想，墨的浓重是一种撞击。故此，再好的肌理美如果不能碰响心里事物，我也会将它拒之于画外。

文学表达含混的事物，需要准确与清晰的语言；绘画表达含混的事物，却需要同样含混的笔墨。含混是一种视觉美，也是我们常在的一种心境。它暧昧、未明、无尽、嗫嚅、富于想象。如果写作人作画，便一定会醉心般地身陷其中。

八

我习惯写散文时，放一些与文章同种气质的音乐做背景。

那天，我在写一只搁浅于湖边的弃船在苦苦期待着潮汐。忽然，耳边听到潮汐之声骤起。当然这是音乐之声，是拉赫马尼诺夫的音乐吧！我看到一排排长长的深色的潮水迎面而来。它们卷着雪白的浪花，来自天边，其速何疾！一排涌过，又一排上来，向着搁浅的小船愈来愈近。雨点般的水点溅在干枯的船板上，扬起的浪头像伸过来的透明而急切的手。音乐的旋律一层层如潮地拍打我的心。我紧张地捏着笔杆，心里激动不已，却不知该怎么写。

突然，我一推书桌，去到画室。我知道现在绘画已经是我最好的方式了。

我把白宣纸像月光一样铺在画案上，满满地刷上清水。然后，用一枝水墨大笔来回几笔，墨色神奇地洇开，顿时乌云满纸。跟着大笔落入水盂，笔中的余墨在盂中的清水里像烟一样地散开。我将一笔极淡的花青又窄又长地抹上去，让阴云之间留下一隙天空。随即另操起一支兼毫的长锋，重墨枯笔，捻动笔管，在乌云压迫下画出一排排翻滚而来的潮汐……笔中的水墨不时飞溅到桌上手背上；笔杆碰在盆子碟子上叮当有声。我已经进入绘画之中了。

待我画完这幅《久待》，面对画面，尚觉满意，但总觉还有什么东西深藏画中。沉默的图画是无法把这东西"说"出来的。我着意地去想，不觉拿起钢笔，顺手把一句话写在稿纸上：

"人生的大部分时间就像钓者那样守着一种美丽的空望。"

跟着，我就写了下去：

"期望没有句号。"

"美好的人生是始终坚守着最初的理想。"

"真正的爱情是始终恪守着最初的誓言。"

"爱比被爱幸福。"

于是，我又返回到文学中来。

我经常往返在文学与绘画之间，然而这是一种甜蜜的往返。

（2002.5.6 天津）

为母亲办一场画展

一九九〇年春天，把绘画重新纳入我的世界中来。我有了迥异于他人的独自的绘画。一度，我惊喜，甚至沉迷于自己的绘画中。

于是，我希望更多的人能够看到我的画，让别人认识自己。画家和作家不同。作家只要出书就可以了，画家要难得多，一要出画集，二要办画展。只有办画展，人们才能看到原作，看画是必须看原作的。原作上的"生命感"在印刷品上是看不出来的。

一九九〇年我出版了自己第一本厚厚的《冯骥才画集》。我从画集获得的社会反响中得到鼓励，开始筹备一个为期两年雄心勃勃的全国巡展计划。每年三个城市。第一年由我所在的城市天津始发，然后是山东济南和上海。第二年是浙江宁波和四川重庆，最后结束于北京的中国美术馆。这就需要我和我的团队背着上百件轴画，东西南北跋山涉水跑上两年。这样一个宏大的计划还真需要靠着一种胆量和信心，因为当时没几个人知道我是画画出身，我很怕自己的绘画在外边遭到冷遇。

在制定这个计划时，我还夹裹着另一个很深切的意图，只有自己非常明确，就是为了母亲。

一九八九年是我黑色的一年，十月父亲病逝，母亲痛楚难熬。我想了各种办法，比如给母亲的房舍重新装修，想以此改变母亲习惯了的环境，阻断她对往事的联想，但不管怎么做，还是无法化解母亲的痛苦。一九九〇年春天，我的画册出版不久，我在天津艺术博物馆举办个人画展，这也是我生平第一次个人画展。展出的八十幅作品，全部是新作。不少国内外各界朋友赶来祝贺，我邀母亲参加开幕式。

在那热烘烘的场面上，母亲脸上露出久违的笑容，这使我心里更暗暗决定，全国巡展中要刻意在两个城市为母亲安排"特别节目"。这两个城市，一个是母亲的故乡山东。母亲生在济宁，青少年时在济南生活过一段时间，一九三六年随父母移居到天津，再也没有回去过。一个是父亲的故乡在宁波。父亲童年时便随爷爷来到天津，此后也再没有回过老家。母亲与父亲是在天津相识而后结婚成家的，她更是不曾踏上过父亲的出生之地。

如果母亲去到这两个地方，便如同回到遥远的过去，一定会与眼前愁结的现实拉开距离，打乱时空的记忆，新鲜的感受就会冲散心中的郁结。

在天津画展后，秋高气爽的九月里就移师到济南的山东美术馆，在宾客蜂拥的开幕式之后，我便陪着母亲去看她半个世纪前生活过的魏公庄，重游大明湖，接着南下到达泰安。登岱之时，母亲已进入"时光隧道"，嘴里念叨的全是记忆中幼年时随外祖父与他的好友康有为登岱的种种情景；然后去曲阜，孟县，梁山，最后抵达济宁。幸好那时大规模城市改造尚未开始，济宁城中许多古老的风物还能找到。太白楼、铁塔寺、东大寺、竹竿巷、老运河，乃至玉堂酱园和母亲幼时最爱吃的一家点心店北兰芳斋等还都是她记忆的模样。在城中东跑西跑时母亲不觉已表现出此地主人的样子。各种老地名、故人往事、风味小吃都叫她愉快地想起来了。

外祖父是清末一员军中少将，曾在济宁城中有很大一个宅院。虽然老宅不存，院后那条老街——邵家街依然还在。母亲到那里，居然访到一位街坊，是一位八十岁的老人，老人竟称母亲"二小姐"，相谈往事时，两人泪水双流……

看来我这个刻意的安排实现了预期的效果，母亲返津后已经像换一个人一样。

艺术巡展本身的目的也得到实现。

尽管每到一处画展上，观众都表现得分外热情，我内心却保持一份冷静。我明白，这热情和效应主要来自文学。观众大部分是我的文学读者。我留心他们对我的画感受如何，也更想听到来自美术界的看法。故而所到之处，都要与当地的美术界座谈交流。我从人们对我绘画的种种理解中寻找自己的立足点，我应该砍掉哪些"非我"的东西？现代文人画是不是我的道路？我喜欢现代文人画这个概念。因为当代中国画所缺少的正是中国画本质中一个重要的东西——文学性。我要区别于时下职业化的中国画，同时也要区别于古代的文人画，还要区别于当时画坛流行的形式主义的"新文人画"。我必须把自己的绘画建立在自己的文学感受与气质上，还要逐渐建立自己的艺术思想和理论支撑。

直到数年后，我凭着这些思考才写了一本一己的绘画理论《文人画宣言》——这是后话了。

　　我不知不觉地往绘画里愈钻愈深。

　　一九九一年我的"写作登记表"上居然只记录着一篇文学作品，还是一篇很短的散文。我会不会要弃文从画，重返丹青？

　　现在看来，我从文学转向文化遗产保护，先经过了绘画。我是从激情的文学征程，转而走上一道彩色的丹青桥，然后掉进巨大的文化遗产保护的漩涡里。这个过程看似传奇，却非偶然，而是一种时代所迫和命定的必然。这个转变到了一九九一年底就变得一点点清晰起来。

（2018.2）

第四辑

旅途冥想

细雨品京都

　　牛毛细雨绵绵密密洒落京都。这向例宁静的千年古都，多了雨声，只有雨声。偶有风来，吹飞雨点，在光亮的地方晶晶闪烁地飘舞。伞儿必须迎风撑着遮雨。日本人身小，伞儿也小，雨点儿很快打湿我的衣服，凉滋滋贴在皮肤上，给游览古迹带来诸多不便。糟糕……

　　可是，一仰头，重峦叠翠，烟雾空蒙，清水寺的山门宝塔就立在这之间。日本的塔尖，修长似剑，在细雨霏霏中更显峭拔之势。此时，隔过山谷，飘起一缕轻岚，在空谷中白纱一般地游动，使人想起喜多郎的声音。这缕轻岚，正好从山那边耸立的一座橘色琉璃佛塔前飞过，佛塔一点点模糊又一点点清晰出来，烟岚飞去，塔身竟像给拭过那样洁净光亮……其实这是雨水的反光。

　　在金阁寺里我发现，那雨中镀金的金阁反比阳光下的金阁更加夺目，景象真是奇异。还有花草松竹，给雨水一洗，更艳更鲜更亮更香，而花味草味松味竹味，似乎也更加清新醉人。是来自苍天的雨激发出大地万物的生命气息吗？

　　金阁寺一株六百年的古松，被园林艺人修葺成船的形状，名为"松之舟"。当年列岛上一无所有，最早的一切都是渡海从朝鲜和中国学来的，船就成了日本人的崇拜物。如今它所有松针都挂满雨珠，珠光宝气，倒像一只珍珠船……我想到去年来此，秋叶正红，一些精美娇艳的红叶落在这松船上，我还对同行的一位日本朋友说，应该叫"枫之舟"。如果冬日里它落满厚厚的一船白雪呢？日本大画家的名字"雪舟"两字，忽然冒了出来……

最美的景色，便在任何时候都是美的，无论仲春或残秋。好似一个女人，无论青春年少还是银丝满头，她都美。真正的美是一种气质。那么——京都的气质呢？

这座至今整整有一千二百年历史的昔日都城，从皇室故宫、豪门巨宅到庙宇寺观，举目皆是；国宝文物，低头可见。如果导游向你介绍这些古迹古物的由来与传说——他手指的地方，几乎每移动一尺，就能讲出长长的一个故事。但死去的时光并不能吸引我。使我着迷的，是分明有一种东西，一种活着的、长命的、深切的东西，渐渐感到了，它是什么呢？

走出大云山龙安寺，穿过夹在竹栏间的砂石小径，低头钻过低垂下来的湿淋淋的繁枝密叶。陪同我们的朝日新闻社的村濑聪先生和町田智子女士，引我们走入一处庭院。临池倚树是一间精雅的房舍。我们坐在清洁的榻榻米上，吃这家小店特有的煮豆腐，享受着传统生活的滋味。窗扇半开半闭，可见院中怪石修竹，野草闲花，以及它们在池中的倒影。一只巴掌大的花蝶，一直在窗外的花丛上嬉舞，时飞时憩，亦不飞去。好像经过训练，点染风光，以使游人体味到千百年前京都贵族高雅悠闲的生活意趣。日本人对自己的历史尊崇备至，砂锅煮豆腐如今改用电炉丝加热，电门却放在暗处，好让游人的全部身心全都沉湎于历史中。这样我就找到京都的魅力了吗？

近黄昏时，町田智子问我："你们想到什么地方用餐？"

"当然是日本馆。中国餐可以回国后天天吃。希望是地道的京都小馆。"

撑着伞走进一条湿漉漉的老街。掀开日本式的半截的土布门帘，进了一家小馆。这种日本民间小馆，一切风习依旧，愈小愈土，愈土愈雅。从文化的眼光看，愈土才愈富有文化的原生态和文化的意味。

进门照例是脱鞋，穿过纸糊的方格隔扇，一屈腿坐在清凉光滑的竹席上。跟着是穿和服的妇女端上陶瓷和大漆的餐具，放在矮腿的小台桌上。但这一切不是旅游性质的仿古表演，不是假模假样的旧习俗的演示，而是千百年来传衍至今的不变的过去。

中国菜讲究"色、香、味"，日本菜讲究"色、形、味"。变了一个形字，日本饮食文化的特征就出来了。墨色的漆盘放一片菱形的鲈鱼片，嫩白的鱼肉上斜摆两根纤细的紫菜，上边再点缀一朵金黄色小小的菊花。日本人真是不折不扣传承自己先人留下的美。那床棚处，依照传统方式，下角摆一个"清水烧"的陶瓶，瓶中插一朵饱满的棠棣花，再撇出几根风船葛，中间竖着一根轻柔的白荻。也人工，也自然。日本的插花是把精巧的人工和充满生机的大自然融成一体。床棚正面的板壁上，垂挂一幅书法，只一个"花"字，淡墨湿笔，字形松散，笔迹模糊，带着花的温情与清雅，也引起人对花的联想。中国艺术的"空白"以及佛教的顿悟——都叫日本人"拿来"了。

妻子同昭忽有所感，对我说："雨天里，在这种地方倒蛮有味道。"

町田智子好像被这话启发出什么来，眸子一亮，点点头。

我不禁扭头望望窗外。小小院落，木墙石地，都因雨水而颜色深重。一束青竹，高低参错，疏密有致，细雨淋上，沙沙作响。仔细听——雨打在竹叶上的声音轻，在叶子上积水而滴落的声音重。前者连绵不断，后者似有节奏，好像乐器在协奏。大自然是超时间的，它这声音把历史拉回到眼前，并把墙上书法的境界、瓶中插花的幽雅、桌上和式饭食独有的滋味，还有这说不出年龄的老店的历史感，融为一体，令我莫名地感动起来。我知道，是这列岛上积淀了千年文化的精灵感染了我……

带着这感受，饭后在老街上走一走，那沿街小楼黝黑而耗尽油水的墙板，那磨得又圆又光的井沿，那千百年被踏得发光的石板路面，以及一盏一盏亮起来、写着黑字的红灯笼……仿佛全都活了，焕发出古老的韵味，以及遥远又醇厚的诗意。这意味和气息是从历史升华出来的。只要你感受到它，过后你可能忘却这些旧街老巷名胜古迹的具体细节与来龙去脉，但会牢牢记住这种气息与滋味。

因为，文化不只是知识，它是人创造的精灵。

（1994.10）

维也纳春天的三个画面

你一听到青春少女这几个字，是不是立刻想到纯洁、美丽、天真和朝气？如果是这样你就错了！你对青春的印象只是一种未做深入体验的大略的概念而已。青春，它是包含着不同阶段的异常丰富的生命过程。一个女孩子的十四岁、十六岁、十八岁——无论她外在的给人的感觉，还是内在的自我感觉，都绝不相同。就像春天，它的三月、四月和五月是完全不同的三个画面。你能从自己对春天的记忆里找出三个画面吗？

我有这三个画面。它不是来自我的故乡故土，而是在遥远的维也纳三次旅行中的画面定格，它们可绝非一般！在这个用音乐来召唤和描述春天的城市里，春天来得特别充分、特别细致、特别蓬勃，甚至特别震撼。我先说五月，再说三月，最后说四月，它们各有一次叫我的心灵感到过震动，并留下一个永远具有震撼力的画面。

五月的维也纳，到处花团锦簇，春意正浓。我到城市远郊的山顶上游玩，当晚被山上热情的朋友留下，住在一间简朴的乡村木屋里，窗子也是厚厚的木板。睡觉前我故意不关严窗子，好闻到外边森林的气味，这样一整夜就像睡在大森林里。转天醒来时，屋内竟大亮，谁打开的窗子？正诧异着，忽见窗前一束艳红艳红的玫瑰。谁放在那里的？走过去一看，呀，我怔住了，原来夜间窗外新生的一枝缀满花朵的红玫瑰，趁我熟睡时，一点点将窗子顶开，伸进屋来！它沾满露水，喷溢浓香，光彩照人。它怕吵醒我，竟然悄无声息地又如此辉煌地进来了！你说，世界上还有哪一个春天的画面更能如此震动人心？

那么，三月的维也纳呢？

这季节的维也纳一片空蒙。阳光还没有除净残雪，绿色显得分外吝啬。我在多瑙河边散步，从河口那边吹来的凉滋滋的风，偶尔会感到一点春的气息。此时的季节，就凭着这些许的春的泄露，给人以无限期望。我无意中扭头一瞥，看见了一个无论多么富于想象力的人也难以想象得出的画面——

几个姑娘站在岸边，她们正在一齐向着河口那边伸长脖颈，眯缝着眼，噘着芬芳的小嘴，亲吻着从河面上吹来的捎来春天的风！她们做得那么投入、倾心、陶醉、神圣，风把她们的头发、围巾和长长衣裙吹向斜后方，波浪似地飘动着。远看就像一件伟大的雕塑。这简直就是那些为人们带来春天的仙女们啊！谁能想到用心灵的吻去迎接春天？你说，还有哪个春天的画面，比这更迷人、更诗意、更浪漫、更震撼？

我心中的画廊里，已经挂着维也纳三月和五月两幅春天的图画。这次恰好在四月里再次访维也纳，我暗下决心，无论如何也要找到属于四月这个季节的同样强烈动人的春天杰作。

开头几天，四月的维也纳真令我失望。此时的春天似乎只是绿色连着绿色。大片大片的草地上，没有五月那无所不在的明媚的小花。没有花的绿地是寂寞的。我对驾着车一同外出的留学生小吕说：

　　"四月的维也纳可真乏味！绿色到处泛滥，见不到花儿，下次再来非躲开四月不可！"

　　小吕听了，就把车子停住，叫我下车，把我领到路边一片非常开阔的草地上，然后让我蹲下来扒开草好好看看。我用手拨开草一看，大吃一惊：原来青草下边藏了满满一层花儿，白的、黄的、紫的，纯洁、娇小、鲜亮，这么多、这么密、这么辽阔！它们比青草只矮几厘米，躲在草下边，好像只要一努劲，就会齐刷刷地全冒出来……

　　"得要多少天才能冒出来？"我问。

　　"也许过几天，也许就在明天。"小吕笑道，"四月的维也纳可说不准，一天换一个样儿。"

　　可是，当夜冷风冷雨，接连几天时下时停，太阳一直没露面儿。我很快就要离开这里去意大利了，便对小吕说：

　　"这次看不到草地上那些花儿了，真有点遗憾呢，我想它们刚冒出来时肯定很壮观。"

　　小吕驾着车没说话，大概也有些怏怏然吧。外边毛毛雨点把车窗遮得像拉了一道纱帘。可车子开出去十几分钟，小吕忽对我说："你看窗外——"隔过雨窗，看不清外边，但窗外的颜色明显地变了：白色、黄色、紫色，在窗上流动。小吕停了车，手伸过来，一推我这边的车门，未等我弄明白是怎么回事，便说：

"去看吧——你的花！"

迎着细密的、凉凉的吹在我脸上的雨点，我看到的竟是一片花的原野。这正是前几天那片千千万万朵花儿藏身的草地，此刻一下子全冒出来，顿时改天换地，整个世界铺满全新的色彩。虽然远处大片大片的花已经与蒙蒙细雨融在一起，低头却能清晰看到每一朵小花，在冷雨中都像英雄那样傲然挺立，明亮夺目，神气十足。我惊奇地想：它们为什么不是在温暖的阳光下冒出来，偏偏在冷风冷雨中拔地而起？小小的花居然有此气魄！四月的维也纳忽然叫我明白了生命的意味是什么？是——勇气！

这两个普通又非凡的字眼，又一次叫我怦然感到心头一震。这一震，便使眼前的景象定格，成为四月春天独有的壮丽的图画，并终于被我找到了。

拥有了这三幅画面，我自信拥有了春天，也懂得了春天。

（1995.6 天津）

意大利断想

    一个东西方文化交流史的盲点深深吸引着我：丝绸之路的东端是中国，西端是意大利，这两端恰恰都是光辉灿烂的美术大国。通过这条世纪前就开通了的丝绸之路，东西方把他们各自拥有的布帛、香料、陶瓷、玻璃、玉石、牲畜等彼此交换；中国人制造丝绸的技术至迟在七世纪就传到西西里，但为什么独独在美术方面却了无沟通？

    我曾面对洛阳龙门石窟雕刻的那"北市香行社造像龛"一行小字发呆——在唐代，罗马的香料已被妇女作为时髦物品，为什么在这浩大的石窟内却找不到欧洲雕刻的直接影响？

    在十六世纪，当米开朗琪罗等人叮叮当当把他们的激情与想象凿进坚硬的石头，中国人早已告别石雕艺术的时代。如果马可·波罗把霍去病墓前那些怪异的石兽运一个回去，说不定意大利文艺复兴运动就会以另一景象出现。而当聚集在佛罗伦萨和威尼斯的画家们，用无与伦比的写实技术在画布上创造出一个个活生生的人物时，中国画家早就从写实走向写神，以幻化的水墨，随心所欲地去表达内心非凡的感受。当然，意大利画家也是从未见到过这些中国画家的作品。直到十八世纪，郎世宁来到中国时，东西方艺术已全然是两个世界了。

比较而言，西方艺术家尊崇物质，东方更注重自己的精神情感。由此泛开而说，西方人一直努力把周围的一切一点点儿弄清楚，东方人却超乎物外，享受大我。一句话，西方人要驾驭物质，东方人要驾驭精神。经过十数个世纪，西方人把飞船开到月球，东方人仍在古老的大地上原地不动，精神却遨游天外。

东西方文化具有相悖性。

相悖，才各自拥有一个世界，自己的世界对于对方才是全新的。人类由于富有这东西方相悖的两种文化，它才立体，它才完整。

最大和最完整的事物都是两极的占有。

现在看来，丝绸之路主要是一条贸易通道。对于文化，它只是在不自觉中交流了文化，而不是自觉交流了文化。

正因为如此，东西方艺术便在相互独立的状态中形成了自己的一套。幸亏如此！如果它们像现代社会这样在文化上互通有无，恐怕东西方文化早就变成一只黄老虎和一只白老虎了。

我联想到现在常常说到的"文化交流"这个概念，并为此担忧。文化交流与科技交流本质不同。科技交流为了取消差距，文化交流只能是为了加大区别。谁能够做到这些？

文化是有个性的。文化的全部价值都在自己的个性里。文化相异而并存，相同而共失。因此，文化交流不是抵消个性，而必须是强化个性，谁又能这样做？

可是，天下有多少明白人？弄不好最终这世界各处全都是清一色的文化"八宝饭",或者叫"文化的混血儿"。

与别人不同容易,与自己不同尤难。比如这三座同为意大利名城的罗马、佛罗伦萨和威尼斯——

罗马依旧有股子帝国气象。好似一头死了的狮子,犹然带着威猛的模样。这恐怕由于它一直保持原帝国都城的规模和格局,连同昔时的废墟亦兀自荒凉着,甚至那些古老建筑的碎块,遗落在地,决不移动。原封不动才保住历史的真实。从来没有人提出那种类似"修复圆明园"的又蠢又无知的主张。建设现代城市中心则另辟新区。对于一个城市的文化史来说,死去的罗马比活着的罗马还要神圣。

罗马的美,最好是在雨里看。到处的中世纪粗大笨重的断壁残垣在白茫茫雨雾中耸立着,那真是一种人间神话。我从斗兽场出来,赶上这样的大雨,小布伞快要给雨水浇塌,正在寻求逃避之路,陡然感到自己竟是站在历史里。那城角、券洞、一根根多里克或科林斯石柱、一座座坍塌了上千年的废墟,远远近近地包围着我。回头再看那斗兽场已经被雨幕遮掩得虚幻模糊,却无比巨大地隔天而立。一时分不清自己是在罗马的遗迹里还是在罗马的时代里。它肃穆、雄浑、庄严和神奇……这独特的感受是在世界任何地方都不曾得到的。古建筑不是死去的史迹,而是依然活着的历史的细胞。如果失去这些,我们从哪里才能感受真正的罗马的灵魂。

我痴迷立着,任凭大雨淋浇,鞋子像灌满水的篓儿。

然而，这种罗马气象在佛罗伦萨就很难看到了。佛罗伦萨整座城市干脆说就是文艺复兴时期的象征。从乌菲齐博物馆二楼长廊上的小窗向外望去，阿尔诺河的两岸连同那座廊式老桥的桥上，高高矮矮一律是文艺复兴时代红顶黄墙的小楼，在湛蓝湛蓝的天空与河水的对比下，明丽而古雅。比起罗马时代，它轻快而富于活力；比起后来的巴洛克时代，它又朴素和沉静。看上去，佛罗伦萨是拒绝现代的。也许由于文艺复兴时代迸发的人文精神仍是今天欧洲精神的支柱和源泉，它滔滔汩汩，奔涌不绝。人们既把它视为过去，也作为现在。佛罗伦萨是文化的百慕大，站在其中会丧失时间的概念。

　　黄昏时在老街上散步。足跟敲地，好似叩打历史，回声响在苔痕斑驳的石墙上。还有一人的脚步声在街那边，扭头瞧，哎，那瘦瘦的穿长衣的男人是不是画圣母的波提切利？

　　比起罗马与佛罗伦萨，威尼斯散发着它独有的浪漫气质。这座在水上的城市，看上去像半身站在水里。那些古色古香建筑的倒影都被波浪摇碎，五彩缤纷地混在一起晃动着。入夜时，坐上一种尖头尖尾的名叫"贡多拉"的小船，由窄窄而光滑的水道穿街入巷，去欣赏这座婉转曲折的水城每一个诗意和画意的角落，不时会碰到一些年轻人，船头挂着灯，弹着吉他，唱着情歌，擦船而过。世界上所有傍河和临海的城市都有种开放的精神，何况这水中的威尼斯！ 在金碧辉煌的圣马可广场上，成千上万的鸽子中间有无数从海上飞来的长嘴的海鸥……

城市，不仅供人使用，它自身还有一种精神价值。这包括它的历史经历、人文积淀、文化气质和独有的美；它的色调、韵律、味道和空间境象；这一切构成一种实实在在的精神，这城市人的性格、爱好、习惯、追求、自尊，都包含其中。城市，既是一种实用的物质存在，也是一种高贵的精神存在。

你若把它视为一种精神，就会尊敬它，珍惜它，保卫它；你若把它仅仅视为一种物质，就会无度地使用它，任意地改造它，随心所欲地破坏它。一个城市的精神是无数代人创造积淀出来的。一旦被破坏，便再无回复的可能。失去了精神的城市该是什么样子？

我忽然想到今年年初到河南，同样跑了三座东方古城：郑州、洛阳和开封。

这三座古城对我诱惑久矣。谁想到一观其面，竟失望得感到深切的痛苦。

哪里还有什么"九朝古都""商城"和"大宋汴京"的气象，这分明是在内地常见的那种新兴城市。连老房子也多是本世纪失修的旧屋。郑州那条土夯的商代城墙，被挤在城市中间，好似一条废弃的河堤。从历史文化的眼光看，洛阳的白马寺差不多像个空庙；开封那新建的花花绿绿的宋街呢？一条只有十年历史的如同影城中的仿古街道，能给人什么认识与感受？是一种自豪还是自卑感？

不要拒绝拿郑州、开封、洛阳去和罗马、佛罗伦萨、威尼斯相对照吧，我们这三座古城和中原文化曾经是何等的辉煌！

在梵蒂冈，最令我激动的不是《拉奥孔》与《摩西》，不是拉斐尔的《雅典学院》和达·芬奇的《圣徒彼得》，而是西斯廷教堂穹顶上那经过长长十二年修复后重现光辉的米开朗琪罗的壁画。这人类历史最伟大也最壮观的壁画，使西斯廷教堂成为解读神学和展示天国景象的圣殿。然而自从十六世纪的米开朗琪罗完成这幅壁画，历经五百年尘埃遮蔽，烛烟熏染，以及一次次修整时刷上去的防止剥落的亚麻油，这些有害物质使画面昏暗模糊，失去了往日的光彩。

从二十世纪六十年代起，梵蒂冈博物馆的克拉路奇教授和他的助手将壁画拍摄成七千张照片，进行精密研究，并选择了两千个部分做了修复试验，终于确定方案，自一九八二年到一九九四年展开了本世纪最浩大的古代艺术的修复工程。终于使得米开朗琪罗以非凡的才华叙述的这个天国故事，好似拨云见日一般再现在人们的仰视之中。

我们头一次如此透彻地读到了世间对神学的最权威和最动人的解释，也如此清澈地看到了米开朗琪罗出神入化的笔触。在此之前，谁能想到那画在高高穹顶上亚当的头部，竟然这样轻描淡写？而描绘《末日审判》中基督的脸颊，居然大笔挥洒，总共只用了三笔！倘若不是这次修复，我们怎能领略到这个艺术大师如此非凡才华的细节？

请注意，修缮西斯廷教堂壁画的原则，既非"整旧如新"，也非"整旧如旧"，而是一个新的目标：整旧如初。

整旧如新，即改变历史面貌地粉刷一新；整旧如旧，虽能保住历史原貌，但对那些残破的古物，只能无奈地顺从时光磨损，剥落不堪，面目不清；而整旧如初，才是真正回复到最初的也是最真实的面貌。

这种只有靠高科技才能达到的"整旧如初"，是古物修复的历史性进步。它终于实现了先人的梦想：复活历史。

可以相信，如今我们仰望西斯廷教堂穹顶的壁画时，就同一五一一年米开朗琪罗大功告成时的情景全然一样。

我们享受到了历史的艺术，也享受到了艺术的历史。

在米兰，修复人员也在以同样的目标修复举世闻名的达·芬奇的壁画《最后的晚餐》。这个将历时七年的修复工程是开放式的，使我们得以看到修复人员的工作方式。

由于达·芬奇当年作画时不断更换和试用新颜料，这幅壁画尚未完工就开始剥蚀，如今它已成为世界上残损最重的壁画之一。此刻，技术人员站在画前的铁架上，以每一平方厘米为单元精心修饰。粗看这些技术人员一动不动，好似静止；细看他们的动作缜密又紧张，犹如外科医生正在做开颅手术！

然而，说到最令我震动的，却不是在这些艺术的圣殿里，而是在街头——

居住在佛罗伦萨那天，晨起闲步，适逢一夜小雨，拂晓方歇，空气尤为清冽，鸟声也更明亮。此时，忽从高处掉下一块墙皮，恰有一位老人经过，拾起这墙皮。墙皮上似有彩绘花纹，老人抬头在那些古老的房子上寻找脱落处，待他找到了，便将墙皮恭恭正正立在这家门口，像是拾到这家掉落的一件贵重的东西。

我不禁想，如果这事发生在我们的城市里，谁会这样做？

我对一位朋友说起这事。当时我的情绪有些激动。我的朋友笑道："你的精神是不是有点奢侈？"

我一怔，默然自问，却许久不得答案。

（1996 年 2 期《天涯》首发）

古希腊的石头

　　每到一个新地方，首先要去当地的博物馆。只要在那里边待上半天或一天，很快就会与这个地方"神交"上了。故此，在到达雅典的第二天一早，我便一头扎进举世闻名的希腊国家考古博物馆。

　　我在那些欧洲史上最伟大的雕像中间走来走去，只觉得我的眼睛——被那个比传说还神奇的英雄时代所特有的光芒照得发亮。同时，我还发现所有雕像的眼睛都睁得很大，眉清目朗，比我的眼睛更亮！我们好像互相瞪着眼，彼此相望。尤其是来自克里特岛那些壁画上人物的眼睛，简直像打开的灯！直叫我看得神采焕发！在艺术史上，阳刚时代艺术中人物的眼睛，总是炯炯有神；阴暗时期艺术中人物的眼睛，多半暧昧不明。

　　我承认，希腊人的文化很对我的胃口。我喜欢他们这些刻在石头上的历史与艺术。由于石头上的文化保留得最久，所以无论是希腊人，还是埃及人、玛雅人、巴比伦人，还是我们中国人，在初始时期，都把文化刻在坚硬的石头上。这些深深刻进石头里的文字与图像，顽强又坚韧地表达着人类对生命永恒的追求，以及把自己的一切传之后世的渴望。

然而，永恒是达不到的。永恒只是很长很长的时间而已。古希腊人已经在这时间旅程中走了三四千年。证实这三四千年的仍然是这些文化的石头。可是如今我们看到了，石头并非坚不可摧。世界上没有任何东西可以把人带到永远。在岁月的翻滚中，古希腊人的石头已经满是裂痕与缺口，有的只剩下一些残块和断片。

在博物馆的一个展厅，我看到一截石雕的男子的左臂。虽然只是这么一段残臂，却依然紧握拳头，昂然地向上弯曲着，皮肤下面的血管膨脖鼓胀，脉搏在这石臂中有力地跳动。我们无法看见这手臂连接着的雄伟的身躯，但完全可以想见这位男子英雄般的形象。一件古物背后是一片广阔的历史风景。历史并不因为它的残缺而缺少什么。残缺，却表现着它的经历，它的命运，它的年龄，还有一种岁月感。岁月感就是时间感。当事物在无形的时间历史中穿过，它便被一点点地消损与改造，并因而变得古旧、龟裂、剥落与含混，同时也就沉静、苍劲、深厚、斑驳和朦胧起来。

于是一种美出现了。

这便是古物的历史美。历史美是时间创造的。所以它又是一种时间美。我们通常是看不见时间的，但如果你留意，便会发现时间原来就停留在所有古老的事物上。比如那深幽的树洞，凹陷的老街，泛黄的旧书，磨光的椅子，手背上布满的沟样的皱纹，还有晶莹而飘逸的银发……它们不是全都带着岁月和时间深情的美感吗？

这也是一种文化美。因为古老的文化都具有悠远的时间的意味。

时间在每一件古物的体内全留下了美丽的生命的年轮，不信你掰开看一看！

凡是懂得这一层美感的，就绝不会去将古物翻新，甚至做更愚蠢的事——复原。

站在雅典卫城上，我发现对面远远的一座绿色的小山顶上，爽眼地竖立着一座白色的石碑。碑上隐隐约约坐着一两尊雕像。我用力盯着看，竟然很像是佛像！我一直对古希腊与东方之间雕塑史上那段奇缘抱有兴趣。便兴冲冲走下卫城，跟着爬上了对面那座名叫阿雷奥斯·帕果斯的草木葱茏的小山。

山顶的石碑是一座高大的雕着神像的纪念碑。由于历时久远，一半已然缺失。石碑上层的三尊神像，只剩下两尊，都已经失去了头颅，可是他们依然气宇轩昂地坐在深凹的洞窟里。这时，使我惊讶的是，它竟比我刚才在几公里之外看到的更像是两尊佛像。无论是它的窟形，还是从座椅垂落下来的衣裙，乃至雕刻的衣纹，都与敦煌和云冈中那些北魏与西魏的佛像酷似！如果我们将两个佛头安装上去，也会十分和谐的！于是，它叫我神驰万里，一下子感到世纪前丝绸之路上那段早已逝去的令人神往的历史——从亚历山大东征到希腊人在犍陀罗为原本没有偶像崇拜的印度人雕刻佛像，再到佛教东渐与中国化的历史——陡然地掉转过头，五彩缤纷地扑面而来。

原来时间隧道就在希腊人的石头中间！在这隧道里，我似乎已经触摸到消失了数千年的那一段时光了。这时光的触觉，光滑、柔软、流动，还有一些神秘的凹凸的历史轮廓。我静静坐在山顶一块山石上，默默享受着这种奇异和美妙的感受，直到夕阳把整个石碑染得金红，仿佛一块烧透了的熔岩。

由此，我找到了逼真地进入希腊历史的秘密。

我便到处去寻访古老的文化的石头，从那一片片石头的遗址中找到时光隧道的入口，钻进去。

然而，我发现希腊到处全是这种石头。希腊人说他们最得意的三样东西就是：阳光、海水和石头。从德尔菲的太阳神庙到苏纽的海神庙，从埃皮达洛夫洛斯的露天剧场到迈锡尼的损毁的城堡，它们简直全是巨大的石头的世界。可是这些石头早已经老了。它们残缺和发黑，成片地散布在宽展的山坡或起伏的丘陵上。数千年前，它们曾是堆满财富的王城、聆听神谕的圣坛或人间英雄们竞技的场所。但历史总是喜新厌旧的。被时光筛子筛下来的只有这些破碎的房宇，残垣败壁，断碑，兀自竖立的石柱，东一个西一个的柱头或柱础。

尽管无情的历史遗弃它，有心的希腊人却无比珍惜它。他们保护这些遗址的方式在我们看来十分奇特。他们绝不去动一动历史遁去之后的"现场"。一根石柱在一千年前倒在哪里，今天绝不去把它扶立起来。因为这是历史的本来面目。尊重历史就是不更改历史。当然他们又不是对这些先人的创造不理不管。常常会有一些"文物医生"拿着针管来，为一些正在开裂的石头注射加固剂，或者定期清洗现代工业造成的酸雨给这些石头带来的污渍。他们做得小心翼翼。好像这些石头在他们手中依然是活着的需要呵护的生命。

　　他们使我们认识到，每一块看似冰冷的古老的石头，其实并没有死亡，它们犹然带着昔时的气息。它们各自不同的形态都是历史的表情，石头上的残痕则是它们命运的印记与年龄的刻度。认识到这些，便会感到我们已身在历史中间。如果你从中发现一个非同寻常的细节，那就极有可能是神奇的时间隧道的洞口了。

　　迈锡尼遗址给人的感受真是一种震撼。这座三千多年前用巨石砌成的城堡，如今已是坍塌在山野上的一片废墟。被时光磨砺得分外粗糙的巨大的石块与齐腰的荒草混在一起。然而，正是这种历史的原生态，才确切地保留着它最后毁灭于战火时惊人的景象。如果细心察看，仍然可以从中清晰地找到古堡的布局、不同功能的房舍与纵横的甬道。

　　一八七六年德国天才的考古学家谢里曼就是从这里找到了一个时光隧道的入口，从隧道里搬出了伟大的荷马说过的那些黄金财宝和精美绝伦的"迈锡尼文化"——他实际是活灵活现地搬出了古希腊一段早已泯灭了的历史。

　　谢里曼说，在发掘出这些震惊世界的迈锡尼宝藏的当夜，他在这荒凉的遗址上点起篝火。他说这是两千两百四十四年以来的第一次火光。这使他想起当年阿伽门农王夜里回到迈锡尼时，王后克莉登奈斯特拉和她的情夫伊吉吐斯战战兢兢看到的火光。这跳动的火光照亮了一对狂恋中的情人眼睛里的惊恐与杀机。

　　今天，入夜后如果我们在遗址点上篝火，一样可以看到古希腊这惊人的一幕；我们的想象还会进入那场以情杀为背景的毁灭性的内战中去。因为，迈锡尼遗址一切都是原封不动的。时光隧道还在那些石头中间。

于是我想，如果把迈锡尼交给我们——我们是不是要把迈锡尼散乱的石头好好"整顿"一番，摆放得整整齐齐；再将倾毁的城墙重新砌起来；甚至突发奇想，像大声呼喊着"修复圆明园"一样，把迈锡尼复原一新。如若这样，历史的魂灵就会一下子逃离而去。

珍视历史就是保护它的原貌与原状。这是希腊人给我们的启示。

那一天，天气分外好。我们驱车去苏纽的海神庙。车子开出雅典，一路沿着爱琴海，跑了三个小时。右边的车窗上始终是一片纯蓝，像是电视屏幕的蓝卡。

海神庙真像在天涯海角。它高踞在一块伸向海里的险峻的断崖上。看似三面环海，视野非常开阔。这视野就是海神的视野。而希腊的海神波塞冬就同中国人的海神妈祖一样，护佑着渔舟与商船的平安。但不同的是，波塞冬还有一个使命是要庇护战船。因为波斯人与希腊人在海上的争雄，一直贯穿着这个英雄国度的全部历史。

可是，这座世纪前的古庙，现今只有石头的庙基和两三排光秃秃的多里克石柱了。石柱上深深的沟槽快要被时光磨平了。还有一些断柱和建筑构件的碎块，分散在这崖顶的平台上，依旧是没人把它们"规范"起来。没有一个希腊人敢于胆大包天地修改历史。这些质地较软的大理石残件，经受着两千多年的阵阵海风吹来吹去，正在一点点变短变小，有几块竟然差不多要湮没在地面中了；一些石头表面还像流质一样起伏。这是海风在上边不停地翻卷的结果。可就是这样一种景象，使得分外强烈的历史感一下子把我包围起来。

纯蓝的爱琴海浩无际涯，海上没有一只船，天上没有鹰鸟，也没有飞机。无风的世界了无声息。只有明媚的阳光照耀着古希腊这些苍老而洁白的石头。天地间，也只有这些石头能够解释此地非凡的过去。甚至叫我们想起爱琴海的名字来源于爱琴王——那个悲痛欲绝的故事。

爱琴王没有等到出征的王子乘着白色的帆船回来，他绝望地跳进了大海。

这大海是不是在那一瞬变成这样深浓而清冷的蓝色？爱琴王如今还在海底吗？他到底身在哪里？在远处那一片闪着波光的"酒绿色的海心"吗？

等我走下断崖时，忽然发现一间专门为游客服务的商店。它故意盖在侧下方的隐蔽处。在海神庙所在的崖顶的任何地方，都是绝对看不见这家商店的。当然，这是希腊人刻意做的。他们绝对不让我们的视野受到任何现代事物的干扰，为此，历史的空间受到了绝对与纯正的保护！

我由衷地钦佩希腊人！

希腊人告诉我们，保护古代文明遗产，需要的是对历史的深刻理解与崇拜、科学的方法、优雅的美感和高尚的文化品位。因为历史文明是一种很高的意境。

创造古希腊的是历史文明，珍惜古希腊的是现代文明。而懂得怎样珍惜它，才是一种很高层次的文明。

（2001.4.11 天津）

爱犬的天堂

　　一位久居巴黎的华人，姓蔡，绰号"老巴黎"。他问我："你在巴黎也住了不少天，能说出巴黎哪几样东西多吗？"

　　我想了想，便说："巴黎有四多。第一是书店多，有时一条街能碰上两三家书店。第二是药店多，第三是眼镜店多，这两种店的霓虹灯标志到处可以看到。药店的霓虹灯是个绿色的十字，眼镜店的霓虹灯是个蓝色的眼镜架。眼镜店和书店总是连在一起的：看书的人多，近视眼肯定多。至于第四，是——"我故意停顿一下，好加强我下边的话，"狗屎多！刚才我还踩了一脚！"说完我笑起来，很得意于自己对巴黎的"发现"。

　　"老巴黎"蔡先生说："你们写文章的人观察力还真不赖。这四样说得都对。只是最后一样……看来你很反感。这说明你对巴黎人还不大了解。好，这么办吧，我介绍你去个地方看看。这地方叫作阿斯尼埃尔。"

　　待我去到那里一看，阿斯尼埃尔原来是一座公墓。再一问，竟是一座狗公墓！它最早是在塞纳河的一个小岛上，后来这岛的一边的河道被填平，它便成了岸边的一块狭长的阔地，长满了花草树木，在这中间耸立着一排排墓碑。不过它比起人的墓碑要小上一号，最高不过一米。在每一块小巧而精致的墓碑下，都埋葬着一个曾经活过的人间宠物。

狗公墓也和人的墓地一样宁静。静得像教堂，肃穆而安详。坟墓的样式很少重复，有的是古典式样，有的很有现代味，有的是自然主义的做法，用石头砌一座狗儿生前居住的那种小屋。墓碑上边刻着狗的名字，生卒年月，铭文，甚至还记载着墓中的狗一生不凡的业绩。比如一个墓碑上说"墓主人"曾经得过"七个冠军"。还有一个墓碑上写着"这只狗救活了四十个人，但它却被第四十一个人杀死了"。虽然我们不知道这只狗的故事，却叫我们感受到一个英雄的悲剧。让我们觉得这狗的墓地绝非只是埋葬一些宠物那么简单。

不少坟墓还有精美的雕像，或是天使，或是盛开的花朵，或是"墓主人"的形象。有的是一个可爱的头，有的是奔跑时的英姿。远看很像一座狗的雕塑博物馆。它与人的墓地的不同，便是每个墓碑前都修了一个方方正正的大理石的台子，大理石的颜色不同，有黑色的，白色的，也有绛红色的；上边放了各式各样的陶瓷的小狗、小猫、小车、小家具、小娃娃、小罐头、小枕头等等，这是狗的主人们来扫墓时摆上去的。人们对待这些可怜的狗，就像对待自己早夭的孩子一样，以此留下他们深挚的怀念。

细细地看，就会看出每件陶瓷小品都是精心挑选的，都很精致和可爱。有的墓前摆了很多，多达十几种，但都摆放得错落有致，像一个个陈设着艺术品的美丽的小桌。这之间，有时还有彩绘的瓷盘和瓷片，印着一帧墓中小狗的照片，或者生前与它主人的合影。可是，往日的欢乐现在都埋葬在这沉默大地的下边了。

刚走进阿斯尼埃尔时，我看到一个胖胖的老年妇女由一个男孩子陪同走出来。一老一少的眼睛和鼻子都通红。显然他们刚刚扫完墓正要离去，神情带着十分的伤痛。后来在墓地里，我还看到一对来扫墓的年轻的夫妻。女子抱着一大束艳丽的鲜花，男子提着两大塑料袋的供品。一望即知他们与死去的爱犬深如大海般的情谊。他们先把大理石台子上的摆饰挪开，用毛刷和抹布打扫和清洗干净，然后从包里把新买来的陶瓷一件件拿出来重新布置，细心摆好，再用鲜花把这些衬托起来。那男子蹲在那里，一手扶着墓碑；那女子则站在他身边，双手抱在胸前，默然而立，似在祈祷，垂下来的长裙一动不动，静穆中分明有一种很深切的哀伤。我看到墓碑上的他们爱犬去世的时间为 1995 年。一只小狗死去五年，他们依旧悲痛如初。人与狗的情谊原来也可以同人与人一样深刻么？

旁观别人的痛苦是不礼貌的。故而我走开了，与妻子去看墓碑上的碑文。我爱读碑文，碑文往往是人用一生写的，或是写人一生的。碑文更多是哲理。然而这狗墓地的碑文却一律是情感的宣泄，是人对狗单方面的倾诉。比如：

"自从你离开我，我没有一天眼睛里没有泪水。"

"你曾经把我从孤独中救了出来，现在我怎么救你？"

"咱们的家依然有你的位置，尽管你自己躺在这里。"

"回来吧，我的朋友，哪怕只是一天！"

在一棵老树下，有一座黑色的墓碑，上边写着埋葬者的生卒时间为1914—1929。这只狗的主人署名为Ｌ．Ａ。他写道：

"想到我曾经打过你，我更加痛苦！"

看到这句话，我被感动了。并由此知道狗在巴黎人生活中深层的位置。狗绝对不是他们看家护院的打手，不是玩物，也不是我前边说过的——宠物，而是人们不可缺少的心灵的伙伴。

在狗与人互为伙伴的巴黎生活中，天天会演出多少美好的故事来？

那么，这里埋着巴黎人的什么呢？是破碎的心灵还是残缺的人生？

阿斯尼埃尔的长眠者，不只有狗，还有猫、鸡、鸟、马。据说很早的时候还埋葬过一只大象。埋葬的意义便是纪念。对于巴黎人来说，这种纪念伙伴的方式由来已久。这墓地实际上是巴黎的古老的墓地之一，其历史至少一百五十年。现在墓地里还有一些百年老墓。狗的墓地与人的墓地最大的不同，是人有家族的血缘，可以代代相传，香火不断，坟墓可以不断地重修；但人与狗的缘分只是一生一世，很难延续到下一代。故此，阿斯尼埃尔所有的古墓都是坍塌一片。但这些倾圮的古墓仍是一片人间遗落而不灭的情感。

扫墓的人，常常会把狗爱吃的食物带来。这便招来城市中一些迷失的猫，来到这里觅食。当地政府便在墓地的一角为这些无家可归的猫盖了一间房子。动物保护组织派来了一些人，在屋子里放了许多小木屋、木桶、草篮，铺上松软的被褥，供给猫儿们睡觉。每天还有人来送猫食。这些猫便有吃有喝，不怕风雨。它们个个都肥肥胖胖，皮毛油亮。阿斯尼埃尔成了它们的乐园和天堂。

这墓地也埋葬猫，也有猫的墓碑和猫的雕塑。有时看见墓碑上端趴着一只白猫。你过去逗它，它不动，原是一个石雕。有时以为是雕像，你站过去想与它合影留念，它却忽然跳下来跑了。

这情景有些奇幻。世上哪里还有这种美妙的幻境？

回到我们的驻地。我给那位"巴黎通"蔡先生打个电话。他问我感受如何。我说："我现在对街上的狗屎有些宽容了。"

他说："那好。宽容了狗屎，你会对巴黎的印象更好一些。"

（2001.5）

巴黎的天空

大自然派到巴黎的捣蛋鬼是雨。尤其进入了秋天。如果出门时天晴日朗，为了贪图轻便而不带雨伞，那一准就会叫雨儿捉弄了。巴黎的雨是捉摸不定的。有时一天你能赶上五六次雨。有时街对面一片阳光，街这边却雨儿正紧。有时你像被谁在楼上窗口浇花时不小心将一片水点洒在背上，抬头一看原来是雨，一小块巴掌大小的云带来的最小的、最短暂的、唯巴黎才有的"阵雨"。巴黎很少大雨瓢泼，很少江河倒灌，也很少阴雨连绵。它的雨，更像是一种玩笑，一种调皮，一种心血来潮。

它不过是一阵阵地将花儿浇鲜浇艳，叫树木散出混着雨味的青叶的气息，把大街上跑来跑去的汽车小小地冲洗一下。再逼迫人们把随身携带的各种颜色和各种图案的雨伞圆圆地撑开。城市的景观为之一变。这雨原来又是一种情调。

然而，雨儿停住，收了伞，举首看看云彩走了没有。这时，有悟性的人一定会发现，巴黎一幅最大的图画在天空。

这图画的画面湛蓝湛蓝，白云和乌云是两种基本颜料。画家是风，它信马由缰地在天上涂抹。所以，擅长描绘天空的法国画家欧仁·布丹的一幅画，题目是《10月8日·中午·西北风》。

巴黎的白云和乌云来自大西洋。大海的风从西边把这些云彩携来，随心所欲地布满天空。风的性情瞬间万变，忽刚忽柔，忽缓忽疾，天上的云便是它变幻无穷的图像。大自然的景观一半是静的，一半是动的。宁静的是大地，永动的是天空。

当十九世纪后半期，法国画家们的工作从画室搬到田野后，天空便给画家以浩瀚和无穷的想象。在大西洋沿岸那座著名的古城翁弗勒尔，我参观前边所说的那位名叫布丹的美术馆时，看到了他大量的描绘天空的速写。在大自然中，只有天空纯属自然，最富于灵性。于是，大自然的本质被他表现出来了，这便是生命的创造和创造生命。在布丹之前，谁能证明天空是一个巨大的创造力无穷的生命？一个被布丹称作"美丽的、透明的、充满大气"的生命？所以，库尔贝、波德莱尔都对这位画友画天空的才华推崇备至。巴比松画家柯罗甚至称他为"天空之王"。

在荷兰的阿姆斯特丹，我去看凡·高美术馆，研究他从荷兰到法国前后画风的变化。我发现他最初到巴黎开始他的艺术生涯时期的一幅作品，便是用一大半篇幅去表现动荡而激情的云天。任何艺术家都会首先注意不同的事物。"不同"往往正是事物的本质。那么巴黎奇异的天空自然会吸引住这位敏感的艺术家的心灵。而且这种吸引力一直抵达凡·高一生的终结处——巴黎郊外的奥维尔。看看凡·高在奥维尔画的最后一批作品，天空被他表现得更富于动感、更深入、更动人，并成为他不安的内心的征象。

可是，我想，为什么我们中国人的绘画从来不画天空，不画光线？即使画云，也是山间的云雾，或是为了陪衬天上的神仙与飞行的龙，从来不画天空上的云。清代末期上海画家吴石仙擅长画雨景，但他不画乌云，他只是用水墨把天空平涂一片深灰色，来表示阴云密布。也许中国文人的山水画，多为书斋内的精神制品——不是自然的风景，而是主观或内心的山水意境。即使是"师造化"的石涛，也只是"搜尽奇峰打草稿"而已。故此，中国的山水多为"季节性"，缺乏"时间性"。不管现代山水画如何发展，至今没有一个中国画家画天上的云彩。难道天空在中国画中永远是一块"空白"？

现在我们回到巴黎中来——

天空莫测的风云，不仅给巴黎带来多变的阴晴，还演变出晦明不已的光线。雨儿忽来忽去，阳光忽明忽灭。在巴黎，面对一座美丽和典雅的建筑举起相机，不时会有乌云飞来，遮暗了景色，拍照不成；可是如果有耐心，等不多时，太阳从云彩的缝隙中一露头，景色反而会加倍地灿烂夺目！

阳光与云彩的配合，常常使这座城市现出奇迹。

我闲时便从居住的那条小街走出来，在塞纳河边走一走，看看丰沛而湍急的河水、行人、船只，以及两岸的风光。尽管那些古老的建筑永远是老样子，但在不同的光线里，画面会时时变得大大不同。一次，由于天上一块巨大的云彩的移动，我看到了一个奇观。先是整条塞纳河被阴影覆盖，然后远处——亚历山大三世桥那边云彩挪开了，阳光射下去，河里的水与桥上镀金的雕像闪耀出夺目的光芒。跟着，随着云彩往我这边移动，阳光一路照射过来。云行的速度真不慢，眼看着塞纳河上的一座座桥亮了起来，河水由远到近地亮起来，同时两岸的建筑也一座座放出光彩。这感觉好像天空有一盏巨大无比的灯由西向东移动。当阳光照在我的肩头和手臂上，整条塞纳河已经像一条宽阔的金灿灿的带子了。然后，云彩与阳光越过我的头顶，向东而去。最后乌云堆积在河的东端。从云端射下的一道强烈的光正好投照在巴黎圣母院上。在接近黑色的峥嵘的云天的映衬下，古老的圣母院显得极白，白得异样与圣洁。

不知为什么，在这一瞬，竟然唤起我对圣母院一种极强烈的历史感受。我甚至感觉加西莫多、爱斯梅拉达和克罗德现在就在圣母院里。

可是就在我发痴发呆的时候，眼前的景象忽变，云彩重新遮住太阳。一盏巨灯灭了。圣母院顿时变得一片昏暗，好似蒙上重重的历史的迷雾。忽然，我觉得几个挺凉的水滴落在我的手背上，我抬起头来，一块半圆形的雨云正在我头顶的上空徘徊。

（2001.5.4）

地中海的菜单

　　如果想从一种食物来认识一个地方的风物与文化，就去法国南部蓝色海岸边的尼斯，吃一盘取自地中海的海鲜吧！

　　这种盘子最小也得六十厘米，大的接近一米。但绝不是什么精工细制，更没有巧手巧做，它只是从地中海蓝绿色的海水中，捞出这些海鲜，比如龙虾呀、乌鱼呀、海鳗呀、海贝呀、狼鱼呀等，然后用水煮一煮，绝不煎炒烹炸，也不放任何作料，捞出来就满满地堆在一个大铁盘子上。下边铺了一层冰。冰儿冒着烟。海鲜又热又凉，非常适口。煮熟的贝壳甲皮赤红如醉汉，煮熟的虾肉蟹肉嫩白如娇娘。只要吃过这种海鲜，这鲜味至少要在嘴唇上挂一个月！随时一吮嘴唇，味儿鲜鲜地还在。我家在津门，近海吃海，常见海鲜。但与地中海的海鲜一比，我这里的只能称作海货。

　　南部法国人这种海鲜的吃法十分原始。但是他们知道，唯其这样，才见海鲜本色。这红彤彤亮闪闪的一盘，就是地中海奉献给他们的全部精华。而南部海岸那一串珍珠般的城市，蒙顿、尼斯、安提布、夏纳、土伦、马赛、蒙彼利埃等，不都是这辽阔又富饶的地中海养育出来的吗？地中海有多富？吃过这海鲜盘就会知道。每根龙虾的须子里，都可以剥出一根面条似的虾肉来！

于是，这些懂得享受海鲜的南部法国人，自然也就懂得享受生活的至美——纯朴。他们同样只要生活的原汁原味，不加作料，不尚豪华与流行，不向往"高楼平地起"和"夜里亮起来"。一位马赛人对我说，高楼大厦和灯火通明是美国方式，一种暴发户的文化。所以在马赛很少见到玻璃幕墙。如果南部人富了，他们反而更喜欢离开城市，归返乡间。比如搬到圣托贝（St-Tropez）去，那里的窗子全部面对大海，窗框中终日是一片温和的蓝色。除去蓝色一无所有。偶尔才会有一种黄嘴灰翅、白肚黑尾、胖胖的海鸥落在窗台上，隔着玻璃傻傻地向屋里看。那便是地中海送来的问候了。

大自然对人的恩赐，无论贫富，一律平等。所以南部人对于大自然，全都一致并深深地依赖着。尤其在大地田野上，上千年来人们一直用不变的方式生活着。种植庄稼和葡萄，酿酒和饮酒，喂牛和挤奶，锄草和栽花；在周末去教堂祈祷和做礼拜，在节日到广场拉琴、跳舞和唱歌；往日的田园依旧是今日的温馨的家园。这样，每个地方都有自己的传说，风俗也就衍传了下来。

最能展示这种乡间风情的便是周末的农艺市场。这一天，人们总是把自己手工制作的食品、器具和手工艺品用车拉到市镇上，在大街上临时摆起一个集市。蜂蜜、面包、斧头、木桶、草帽、陶器、台灯、烛碗、糖果、雨伞、钟表，以及各式各样的摆件与壁挂等，五花八门，应有尽有。他们出售这些物品的同时，彼此之间也买也卖，保持一种原始的以物易物的交换方式。这些日常用品，又是他们的生活艺术。应用物品的艺术化是他们的传统。每个地方器物的造型、图案、色彩，都带着他们独有的地域印记，以及那里诱人的风格与魅力。比如普罗旺斯的陶瓷全是黄色的。黄得像蛋黄，鲜亮又芬芳。可是只要一离开普罗旺斯，马上就再也看不到这种黄澄澄的陶具了。

在这种集市上，还能结识到一些很独特的民间艺术家。一个周末在艾克斯，我们碰到了一位"树叶画家"。她的"独门绝技"是树叶作画。她使用当地特有的奇形怪状的树叶，画上一些乡间生活画面。她画的是油画，笔触细小，很精心，又很稚拙，颇有乡土的味道。大画家画不出这种乡土味。民间的味道只能来自民间。她说这一招绝技是她自己创造的。每逢秋日，树叶纷纷落下。每片落叶都很美丽，也很可惜。为什么不画上图画，把它保留下来呢？于是她的艺术生活就开始了。这个南部女子的艺术，缘起一种对自然的深情，听起来挺动人。

传统、民间、历史和大自然都是生活之本。当整个世界都陷入声光化电的现代生活，法国的南部人却依然故我地守在生活史的源头。故而，在南部可以看到更多古老的民间文化，以及那种世代传承的民间艺人。比如那些耍木偶的，演奏"音乐车"的，剪纸的。有一种很古老的剪纸，属于肖像剪纸。在照相术发明之前，从宫廷到民间都很流行。它靠着对轮廓线上的个性细节的把握和强调，就能将人物神气活现地"剪"出来。这种神奇而古老的剪纸如今在南部大小城市的街头还能见到呢！然而，这些传统的艺术并非以其"民族特色"去招徕旅游者。它们依然是南部人一种活着的自恋的文化方式。

法国南部的边境线就是一条海岸线。

驱车在沿海的公路飞驶，向东穿过小小的摩纳哥，便是意大利；向西一直可以抵达西班牙。无论向东还是向西，车窗上总是有一面，好像平贴着一块蓝色的透明的塑料板。多情的地中海紧紧跟随着我们。为此，南部人给海岸一个爱称，叫作"蔚蓝海岸"。任何人瞅着万顷碧蓝的大海，脑袋里都会不绝地跳跃出非世俗的奇想。所以不少画家都离开了世事纷纭的大都市，来到这里，向大海索取灵性。比如夏加尔、米罗、马蒂斯、布洛克等。大海促成了一大批大画家。它让艺术家心灵发狂，情感燃烧，想象奔驰。更重要的是，它放纵了南部人的精神。在法国，像尼斯一带圣保罗旺斯那样飘着油画颜料气味的"画家村"，大概只有南部才有。

地中海不仅给法国人以丰美的海鲜，还有精神的浪漫。法国南部给我最深刻的印象是：生活的守旧与精神的浪漫——奇妙的统一！

有人把浪漫解释为性的开放，这真是天大的误解。浪漫是针对束缚而言的。人的最大的束缚是自己创造的历史与人文；浪漫则是让天性钻出历史与人文的缠裹，自由自在地放任一下。

（2001.7）

今天的布拉格

布拉格对我的诱惑，除去德沃夏克、卡夫卡、昆德拉，以及波希米亚人，还有便是歌德的那句话"布拉格是欧洲最美丽的城市"。歌德这句话是二百年前说的，那么今天的布拉格呢？在捷克做过文化参赞的诗人孙书柱对我说："你不去布拉格会是终身遗憾。"

经历了二十世纪两次世界大战和非同寻常的社会风暴之后，布拉格会是什么样子？我想起九十年代初一个黄昏，进入东柏林时那种黑乎乎、空洞和贫瘠的感受。于是，我几乎是带着猜疑，而非文化朝圣的心情进入了捷克的边境。

三天后，我在布拉格老城区一家古老的饭店喝着又浓又香的加蒜末的捷克肚汤时，手机忽然响了，是孙书柱。他说："感觉怎么样？"我情不自禁地答道："我感到震撼！"我听到自己的声音很响亮。

布拉格散布在七个山丘上，很像罗马。特别是站在王宫外的阳台上放目纵览，一定会为它浩瀚的气概与瑰丽的景象惊叹不已。首先是城市的颜色。布拉格所有的屋顶几乎全是朱红色的，它们使用的是一种叫石榴石的矿物质颜料，鲜明又沉静；而墙体的颜色大多是一种象牙黄色。在奥匈帝国时代，捷克的疆域属于帝国领土的一部分，哈布斯堡王朝把一种"象牙黄"视为高贵，并致力向民间普及。于是这红顶黄墙与浓绿的树色连成一片。百余座教堂与古堡千奇百怪地耸立其间。这便是在世界上任何地方都见不到的城市景观。

然而捷克之美，更在于它经得住推敲。

在捷克西部温泉城卡罗维发利，我在那条沿河向上的老街上缓缓步行，一边打量着两边的建筑。我很惊讶。没有任何两座建筑的式样是相同的。它们像个性很强的女人，个个都目中无人地站在街头，展示自己。其实，这不正是波希米亚人不尚重复的性格？

在布拉格更是这样。只有在上个世纪五六十年代建造的那些宿舍楼，才彼此一个模样，没有任何美感与装饰。从中我发现，它们竟然和我们同时代的建筑"如出一炉"，这倒十分耐人寻味！

而布拉格的城市建筑真正的文化意义，是它保存着从中世纪以来，包括罗马式、哥特式、巴洛克式、青年艺术风格等各个不同时期的建筑作品。站在老城广场上，挤在上千惊讶地张着嘴东张西望的游客中间，我忽然明白，当年歌德看到的，我们都看到了。但跟着一个问题冒出来：它是如何躲过上个世纪的剧烈的政治风暴的冲击？甭说民居墙面上千奇百怪的花饰，单是查理大桥上那些来自宗教与神话的巨大的雕塑早该被"砸得稀巴烂了"！

一个城市的历史总是层层叠叠深藏在老街深巷里。布拉格这些深巷常常使游人迷路。据说卡夫卡知道这每一座不知名的老屋里的故事。他的朋友们常常看见他在这些街头巷尾或某个门洞里一晃而过。

　　老街至今还是用石块铺的路。几百年过去的时光从上面碾过，一代代人用脚掌雕塑着它们。细瞧上去，很像一张张面孔，有的含混不明，有的凄苦地笑，有的深深刻着一道裂痕。街上的门都很小，然而门内都有一个小小的罗马式回廊环绕的院子，只有正午时分，阳光才会直下。站在这样的院子里就会明白，为什么卡夫卡把它称作"阳光的痰盂"。

　　生活在这样世界里的布拉格人，并不因此愁闷与阴郁。他们天性热爱个人的生活，专注于家庭，还有传统。他们对啤酒有天生的嗜好，一如法国人钟爱葡萄酒。据说每年一个捷克人平均喝掉 150 公升啤酒。而他们对音乐的热爱不亚于奥地利人。连惹起祸端而招致苏联军队把坦克开进城中的"布拉格之春"，也是音乐带来的麻烦。但即使在那个非常的年代，人们去听音乐会也照旧会盛装打扮，这样的人民会去把建筑上的艺术捣毁吗？

　　我则认为，我们的文化遗产所遭受的最大的破坏还是"文革"。"文革"之前，老房上那些砖雕石雕，谁会动手去砸。我们只是把它作为"无用的历史"弃置一旁。布拉格最著名的圣维特大教堂，在二十世纪五六十年代被当作工厂使用，就像天津的广东会馆。但是"文革"不仅仅举国如狂地毁灭自己的文化遗产，更严重的是对自己文化的轻视与蔑视。蔑视自己的文化比没有文化还可怕。

而这种自我的文化轻蔑在功名利禄迷惑人心的当代便恶性地发酵了。于是，我便转而注目于今天的布拉格人怎样重新对待自己的文化遗产。

他们正在全面整理和精心打扮自己的城市。从外观上，将这些至少失修了半个世纪的建筑，一座座地从岁月的污垢中清理出来。同时将具有现代科技含量的生活硬件注入进去。他们在修整这些地面上最大的古物时，精心保护每一个有重要价值的细节。连各种店铺的商家也都把这些遗产引以为自豪，并且印成资料与画片，赠送给客人。不像我们胡乱地扫荡之后，待要发展旅游，已经空无一物，只能靠着造假古董和编故事（俗称编段子），将历史浅薄化、趣味化、庸俗化。

从老城广场到查理桥必须经过一条历史名街——皇帝街。这条长长的窄街弯弯曲曲，顺坡而下。街两旁五彩缤纷地挤满各色小店，咖啡店、酒吧、食品店、小旅店，形形色色小商店里经营的大都是本地的特产，如提线木偶、草编人物、民间土布，以及闻名天下的玻璃器具。最小的店铺大约只有四五平米，却都是有声有色、有滋有味，故而皇帝街是布拉格人气最旺的一条步行街。

据说十年前，有人想从美国引资对这条街进行改造。将石块铺成的路面改为平整的柏油路，两边的商店扩宽重建。这引起很大争议。经居民投票民主表决，结果还是顺从当地的人民的意见——皇帝街保持历史的原貌！

东欧国家经过数十年的巨变，几乎碰到同样一个问题：怎样对待自己的城市。从俄罗斯的圣彼得堡、德国的柏林和魏玛、匈牙利的布达佩斯，直到捷克的古城。我看到了一种共同的态度——正像我在柏林拜访过一个负责修整历史街区的组织的名字——"小心翼翼地修改城市"。那就是用心珍惜历史遗产，全力呵护文化财富，一切为了未来。

（2003.5.30）

萨尔茨堡的性格

　　小小的山城中一半以上是游客，怎样从中一眼就辨认出萨尔茨堡人来？我同来的伙伴说，随身带伞的人准是萨尔茨堡人。

　　这话没错。萨尔茨堡是个阴晴不定的城市。可是它不像巴黎那样——一阵雨把脑袋淋湿，紧跟着拨开云层的太阳又把头发晒干。萨尔茨堡的雨常常没完没了。整整一天把你拦在屋里发闷发愁，转天醒来，它在窗外依然起劲地下着。一条条长长的亮闪闪的雨丝无止无休，无法斩断，本地人称这种雨为"绳子雨"。

　　一些旅店和餐馆总是在门口备了雨伞。遇到雨的客人们随时可以拿去一用。当你从伞桶里抽出一把雨伞，按一下伞把上的开关，"刷"地将一块晴天撑到头上时，便会感受到此地人的一种善意与人情。

　　城中的老街粮食街很像一条巨大蜈蚣，趴在那里。这条蜈蚣太古老，差不多已经成了化石。天天都有成百上千的游人在蜈蚣身上走来走去，寻古探幽。

　　且不说街上那些店铺的铁艺招牌，一件件早已够得上博物馆的藏品。连莫扎特故居门前手拉门铃的小铜把手，依旧灵巧地挂在墙上。它至少在一百年前就不使用了，但谁也不会去把它取下来——删节历史。因为最生动的历史记忆总是保留在这些细节里。

这里先不说萨尔茨堡人的历史观，往细处再说说这条老街。

任何老街都不是规划出来的，它是人们随意走出来的，所以它弯弯曲曲，幽深而诱惑。走在粮食街上，我很自然地想起意大利文艺复兴时期的名城西耶纳的那条老街，狭窄又曲折，布满阴影，没有边道；夹峙在街道两边的建筑又高又陡，墙壁上千疮万孔，到处是岁月沧桑的遗痕。

从这条老街两边散布出去的许许多多的小巷，好似蜈蚣又细又密的腿。一走进去，简直就是进入意大利了。这长长的巷子，大多在中间都有一个天井式的院落。四边是三层的罗马式的回廊。只有在中午时分，太阳才会由中天投下一小块叫人兴奋的阳光，使人想起卡夫卡对这种意大利庭院一个很别致的称呼：阳光的痰盂。只靠着这点阳光，每个庭院都是花木葱茏，常青藤会一直爬到房顶去晒太阳。

如果从粮食街直入犹太巷，再拐进莫扎特广场，意大利的气息会更加强烈地扑面而来。

那些铺满阳光的广场，那些森林一般耸立着的雪白的教堂，那些生着绿锈的典雅的屋顶，一群群鸽子在这中间飞来飞去。

从中，我们立刻感受到萨尔茨堡一千年政教合一的历史中，大主教至上的权威——他们的威严和尊贵！瞧吧，当年这些来自罗马的大主教们，多么想在这里过着和梵蒂冈中教皇一样的生活，多么想把萨尔茨堡建成"北方的罗马"！

萨尔茨堡不同于奥地利任何城市，与其相差最远的是维也纳。

维也纳建在一马平川的平原上，宏大而开阔；萨尔茨堡建在峡谷之间，狭窄而峭拔。维也纳的主人是哈斯堡王朝，雍容华贵的宫廷气息散布全城；萨尔茨堡的主宰者是大主教们，神灵的精神笼罩着小小山城。所以，至今我们可以感受到维也纳的开放自由与萨尔茨堡的沉静封闭——这种历史的气氛。甭说城市，连城市的河流也大相径庭。绕过维也纳城市中心的多瑙河，总是给艺术家们很多灵感；但是从萨尔茨堡城中穿过的盐河，却没给人们更多的诗情画意。因此，逃出大主教阴影的莫扎特发誓他再也不回萨尔茨堡。此后他竟然连一支以故乡为题材的乐曲也没有。

当然，这是历史。

不管历史是怎样的，最终它都创造了城市各自独有的性格。

于是，宗教城市的静穆，大主教历史的森严和独来独往，山城的峻拔与曲折以及本地人的自信与执着，都已经成为今天萨尔茨堡深层的人文美。

当自以为是的美国人把麦当劳建在粮食街上时，他们第一次屈从了这里的文化传统，而把那种通行于世界的、粗鄙的、红底黄字的商标——大"M"，缩成小小的、镶在一个具有本地特有的古色古香的铁艺招牌中。

全球文化在这里服从了本土文化，从中我们是否看到了萨尔茨堡人的某些性格？

　　再往广处说，尽管每年来到这小城中的旅客人数高达二千二百万人，本地人的生活方式却依然故我。他们没有被成帮结队、腰包鼓鼓的旅客扰得心浮气躁，一堆堆挤上去兜售生意。那些事都由旅游部门运行得井井有条。萨尔茨堡是用"电子商务"来经营旅游最出色的地方。人们呢？静静地做着自己的工作，并按照喜欢与习惯的方式去生活、娱乐和度假。他们远远地避开旅游景点，不喜欢到那种挤满游客的饭店和酒店去餐饮。因为在那些地方，他们找不到生活的温情与熟悉的气息。

　　如果想看一看真正的萨尔茨堡人，就去奥古斯汀啤酒屋吧！在那个一间间像厂房一样巨大的木头房子里，摆着一排排长条的木桌，看上去像卖肉的案子。桌子两边是木凳。萨尔茨堡人喜欢这里所保持的传统方式——自己去买酒买肉，洗杯和倒酒。陶瓷啤酒杯本来就很重，盛满酒更重；肉是烧烤的，又大又热又香。在这里没有人独酌，全都是一群人一边吃喝一边大声说话。

　　如果他们想一个人安静地消磨一下，就钻进盐河边的巴札咖啡店里。这家全萨尔茨堡人都去过的咖啡店，一点也不讲究，但这个城市的许多历史都在这家店中。小圆桌和圈椅随随便便放在那儿，进来一坐，一杯咖啡可以让你想待多久就多久。尽管有人说话也听不见。咖啡店的规矩和教堂一样——保持安静。它和奥古斯汀啤酒屋完全是两个世界、两种情调，但是一个传统。

　　如果想放纵，想连喊带叫，想与朋友热闹一番，就去奥古斯汀；

如果想让精神伸个懒腰，想怔一会神儿，想享受一下宁静与孤独，就去巴札。他们一直依循着这些与生俱来的生活感觉，从不改变。他们也看电视，也打手机，也听 CD，但离不开他们的奥古斯汀和巴札。

在外地人眼里，萨尔茨堡似乎有些因循守旧。甚至有人说维也纳是"音乐之城"，萨尔茨堡是"音乐之乡"，挖苦他们是乡下人。但一位萨尔茨堡人骄傲地说，我们这儿的女孩子从来没人骚扰。

在当今世界，很多城市由于旅游业兴旺，当地的人文风气发生骤变。商业扭曲和异化人们的心灵。然而萨尔茨堡人却岿然不动。他们本分，诚实，循规蹈矩，甚至看上去有点木讷，但叫你信任不疑。外地旅客不识德语与奥国的硬币，买了东西，常常将一把硬币捧给他们，让他们拿。他们绝不会多拿一分钱。可是如果在威尼斯和巴塞罗那，谁这样做，谁就是傻子。

民风的淳朴来自他们的传统。他们怎么使这传统在利益熏心的商品世界里不瓦解、不松动？原因其实只有一个：他们深爱甚至迷恋着自己的传统。不要以为他们只是凭着一种传统的惯性活着。在大主教广场上，我看过他们举行的一个非常特殊的活动。一些身穿巴洛克时代服装的年轻人表演着先前的萨尔茨堡人怎么打铁、制陶、造纸、织布，以及怎么化妆、用餐和演戏，等等。我问他们为什么这么做。他们说，一方面使人们亲近传统，一方面吸引外来游客。我问他们，是为了赚游客的钱吗？

他们说，没有赚钱的目的。人家来旅游，不只为了玩和购物，更要看你的文化。我们这样做是为了宣传自己的文化。

老实说，萨尔茨堡人生活在一种很深的矛盾中。焦点就是旅游。

他们和任何旅游城市一样，天天都承受着潮水一般的游客的冲击。所有空间都是人头攒动，到处都是挎着背包和相机的陌客窜来窜去，动不动就举起相机对着他们"咔嚓"曝一下光。重要的是，生活被全部打乱、打碎。一位当地人说，萨尔茨堡已经不是我们的了，它卖给游人了。

然而，萨尔茨堡人又都明白，这座城市至少一半收入来自这些张大眼睛四处乱看的游人。何况，每当游人们被萨尔茨堡的美震住，他们又从心底感到十分的自豪和满足。

萨尔茨堡人细致、诚恳、敬业，又很会做生意。他们善待每一位客人。每位客人进入这里的旅店，都会看到桌上放着一套"见面礼"。风光画片，旅游手册与地图，一套纪念册，几粒莫扎特糖球，有时还有一顶太阳帽。而为旅客想得如此周到的，不仅仅是旅店，还有餐馆、剧场、车站和各个著名的景点。他们抓住任何一位游客，让人充分享受到这里的精华。关键还是由于，他们真正懂得自己家乡的文化之美在哪里。

可是，如果与他们进一步接触，就会觉得在什么地方与他们总有一点距离，一点隔膜。这便很自然地想到，是不是一千年大主教特立独行的历史，给这座城市造成了一种封闭？

他们很高兴外来的人喜欢他们的文化，但对外来文化却并无很大兴趣。在城中的画廊里，很少能看到现代艺术，至于美国化的流行文化更难在这里立足。

任何在文化上自成系统的地方，总会以自我为中心。也许正是这种文化上的自我，才使它特色鲜明和不可替代，因之也就更具旅游价值。

我在萨尔茨堡有一位好友，名叫威力。他出生在北意大利的米朗特。十岁来到萨尔茨堡。人说米朗特曾经属于奥地利的蒂罗尔。我却坚信他是意大利血统。他见到朋友就张开双臂拥抱，像要放声唱歌；他脸色通红，仿佛时时都是激情洋溢。他不喜欢别人打断他的话。但他要是激动起来，也无法中断自己的话。然而，这位意大利人却是一位十足的"萨尔茨堡通"。他深知这座城市里每一幢房子的历史，甚至知道扔在路边每一块有花纹的老石头来自哪里。

历史在史学家手里是一堆可以查证的材料，在民俗学家口中全是能够行走的生命。

他的本职工作是铁路局的电气技师。对民俗与地方史的研究则用去全部业余时间。现在他退休了，他说"现在可以用全部生命的时间"了。前几年，州政府颁发给他一枚金质奖章，奖掖他对萨尔茨堡的地方史做出的出色贡献，后来别的组织也要向他颁奖，他却说，不要了，一个就足够了。这些事多了会很麻烦。他还说，"最重要的不是我，而是萨尔茨堡。"

我问他，为什么他会这么爱萨尔茨堡。

他说：因为它的魅力！

好像在说一位他视如生命的女人。

我发现这个意大利血统的人激动起来，不但脸更红，而且眼球像通了电，目光灼亮。

后来，我在拜访萨尔茨堡音乐戏剧节组委会时，感受到在情感意义上他们个个都是威力。尽管距离7月底的音乐节还有三个月的时间，所有筹备工作已经紧张地干起来了。在一座剧场里，人们正在吊装巨大的具有抽象意味的彩绘幕布。音乐节时，这里将上演莫扎特歌剧《后宫诱逃》。他们正在加紧制作布景和道具。

已经有八十多年历史的萨尔茨堡音乐戏剧节是闻名于世的艺术节。他们既有一百米宽和三十米高超大舞台的现代剧院，也有三百年历史的岩石骑术学校剧场。届时萨尔茨堡将有二千五百个临时性工作人员，为来自世界各地的二十万观众服务。他们年年如此。

这位艺术节组委会的负责人对我说："我们要让每一位客人都爱上萨尔茨堡。"

这话叫我吃了一惊。他不是在说大话，他说得很真诚。但叫人爱上一个城市是不容易的。如果你有这个想法，一定是你自己已经深深爱上它了。

可是，一个城市是否真正强大，正是来自这个城市的人对它的爱。这种爱缘于自信。而最深层的自信来自它独有的不可取代的人文和对这种人文的理解。

我喜欢黄昏时分在城市中散步，穿行于那些迂回辗转、交错不已的老街老巷中。此刻，古老的房屋全成了高高低低群山一般的剪影了，寥落的街上已经晦暗模糊。只有那些伸向天空的教堂鎏金的顶子映着夕照，闪耀着光辉。一些设在道边或街角的露天咖啡店桌上的蜡烛已然点亮。近处一个教堂的钟声方歇，远处一个教堂的钟声又起。忽然一阵钢琴声从前边的街角像一阵风似的吹来。

　　我感到了萨尔茨堡人对他们的传统与文化的一种依赖。

　　我不想评论这种依赖是耶非耶，但我却清晰地触摸到它的性格，它结实的、执着的、独立和富于魅力的性格。

（2003.7.28）

第五辑

写给人类的童年

老裘里和菲菲

老裘里，一匹瘦骨嶙峋的栗色老马，刚拉一车白灰回来，给马夫瓦尔卡拴在当院的一棵小杨树上。它满身白灰，连鼻孔和嘴唇也沾了不少，甚至跑到眼角里去了，它歪过长脸在粗糙的树干上蹭来蹭去，也无法把这些火辣辣的灰末弄下来。再加上天气闷热，短短的鬃毛下边全是黏汗，真是难受极了，它很想跑下河去痛痛快快洗个澡儿……但这不可能，灼热的赤阳像个燃烧的火球高悬中天，树影正是最小的时候。它挪来挪去，打算躲开火烫的阳光的针芒，但树影怎么也不能把它的全身遮住。难道它又得拿出生活教给它的一个可怜的老办法——每当在无可奈何时，只能忍受？

"咯、咯、咯、咯……"

谁在那边笑？噢，是菲菲。一条肥大的多肉的白狗。两片厚厚的耳朵垂盖在额角上，样子有点像猪。一双小而发红的三角眼亮闪闪。此刻它正趴在楼前的高台阶上，下巴搁在前腿上，懒懒又狡黠地笑着。

"老家伙，怎么样？"菲菲说。

"怎么样……还能怎么样呢？又热又累，又热又累啊！"老裘里叹息道。

"可怜的老家伙！你干吗在那儿死晒着呢？快到我这儿来吧！这儿多凉快，一点也不晒，这扇门直通楼里的过道，有穿堂风，又阴又凉。裘里，我趴在这儿，就像趴在冰上。"

老裘里看看拴着自己的绳子，没说话。这时，毒日头简直要把它的脊背烧着了。

"啊、啊，你是过不来的呀！老家伙，你怎么混成这样子！你前几年是什么样子？一匹漂亮的骏马，主人还常骑着你兜风去哪！现在呢？谁能说出你是栗色的？毛儿七倒八歪，上边又是土，又是灰，纯粹像个破灰布口袋。一天到晚，累得要死还总给拴着，没一点自在。瓦尔卡怎么样？还打你吗？"

"怎么不打呢……自从年前他老婆害疟疾死了，他打我打得更凶了。他整天喝酒，喝醉了就红着眼珠，站在车上拼命拿鞭子抽我，倒好像是我害死他老婆似的……"

"你不会不理他？躲着他……"菲菲说。可是当它看见老裘里没有表情的脸，便想到自己的话是没用的，它支吾着，"怎么好呢？你混成这样。你看我——"菲菲说到这里，忽然觉得有许多得意的话止不住地涌到嘴边，就好像见到牛肉时一涌而出的口水，非要冒出来不可了，"我呀——我整天想干什么就干什么。吃吃、睡睡、溜达溜达；待闷了，就到门口吓唬个生人解闷，要不就到街上去追追母狗取乐……这所楼，上上下下，我随便上哪儿都行。我到过小姐的床底下睡过觉，经常从主人屋子进进出出。

哎，老家伙，你行吗？"

老裘里摇摇头。这就加强了菲菲心里的优越感。它前腿一收，直起笨重的身子，好似挂了一身勋章想叫人看那样，挺起了毛茸茸的胸脯，兴奋地说：

"好阔气，那屋子。地上铺着红毯子、黄毯子、花毯子，在上边走着可舒服啦！"

"比在草地上走还舒服吗？"

"草地算个屁呀！在那些毯子上一走，就好像、就好像……"菲菲抬起眼睛想了想，忽然说，"就像在云彩上走一样。"

老裘里偏过脸，瞅一下火热又晃眼的天空，说：

"草地上的草可以吃呢！"

"你可真没见识。怪不得你是匹马呢！除去草你就不知道还有别的好东西吃。告诉你！主人单是吃饭就一大间房子。他们吃饭时，我还跳上一张空椅子，和主人们同桌吃。主人说：'菲菲，张嘴！'一块猪排扔过来，我一伸嘴就叼住了。一会儿小姐也说：'菲菲，张开嘴！'说着，又把一块香喷喷的肥肉扔给我。我呢，还钻到桌子下边，舔过太太那只绣金花的拖鞋呢！每星期四，太太到涅瓦河边散步，非叫我陪着去不可，别人谁陪也不成。科伦斯基伯爵——你知道吗？大伟人，最有钱，穿得可讲究了。我们经常在河边碰见他，他还朝我们点头，我也朝他点头。你行吗？甭说你，就是瓦尔卡，厨子伊凡·伊凡诺维奇，都不成。我甚至还敢去咬主人的靴筒，你怎么样？"

老裘里惊讶地眨巴一下眼睛。一瞬间，身上火烫的阳光好像一下子挪开了，换了一层冰雪，它不禁打了一个寒战。它清楚记得，一次它用尾巴轰赶马蝇子时，不小心扫打在主人的肩膀上，主人怒了，抡起手杖来猛抽它的后腿。当时它疼得跪了下来，直到现在，只要拉一些重东西，比如刚刚那车白灰，它的腿骨就发痛，走起来一瘸一拐的，可是菲菲居然敢去咬主人的靴筒——它所受到的恩宠真是可望而不可即了……"真的吗，菲菲？"老裘里眼里闪着惊羡的目光。

"当然是真的了！咬主人靴筒又算什么？太不算什么了，你去问问瓦尔卡，他常瞧见。告诉你，我菲菲不是吹牛，我还敢咬主人的脖子呢！"

老裘里听着，不觉伸长它又细又长的脖子，动一动，竟好像自己的脖子挨咬一样。菲菲说过这话，自觉夸大过分，但老裘里正陷入惊异得发呆的情景中，并不觉得。菲菲便修补起它这几句言过其实的话来：

"……咬主人这种事，你当然不行。你知道主人和我是什么关系吗？是朋友，老朋友。我一直忠于他，他心中有数。再说我还救过他呢！这事你不知道——前年，我陪主人在大赛马场外那条林荫道并排溜达。主人只顾看头上的树叶，我也看树叶，谁也没瞧见迎面走过来一个老头，正和主人撞个满怀。那个老头穿得挺好，可是脾气很糟，竟和主人大吵起来。那老头气得脖子都红了，居然要抬手打主人。主人扭过头，喊我：'菲菲！'我立即冲上去，朝那老头龇开牙，竖起耳朵，啾啾地吼。谁想那老头是个草包，不但不敢再装凶，反而扭过屁股吓跑了。挺平的地面，他还差点儿摔一跤。主人大笑起来，拍拍我的头说：'老朋友，干得漂亮！'哈，你猜怎么样，当晚主人就给我一大碗牛肉吃。从那次起，主人就对我另眼看待了。瓦尔卡、伊凡，还有女佣莉娜等等，那帮子下等人，废料，奴才，怎么能跟我相比，你去问问瓦尔卡，他敢来碰我吗？他们得捧我、爱我、对我好，来讨主人欢心的，我却从来不想搭理他们！"

"可是，瓦尔卡的鞭子在我身上抽得愈响，才愈显得他们干活愈卖力气，用来讨主人的好……你看。"老裘里说着转过身，它右边脖子上有一长条给鞭子抽得毛都掉光了，露出光光的皮来。

"多惨，多惨呀！老家伙，你为什么不和我一样呢？"

菲菲满口同情的语调，那神气却得意已极。它从和老裘里的谈话里，深深感到自己的幸运、优越和非凡；它知足而骄傲。似乎它也是这所楼房中的主人了。至少和主人是一码事，不是两码事。老裘里呢，也感到这种地位的悬殊。在它的印象里，菲菲不过是一条狗、一条狗而已，谁想到它这样能耐、有福、手眼通天、高高在上。自己没法儿和它相比，已然老了，没有奔头，只有受苦；它自卑到了极点。

"菲菲——菲菲——"有人叫菲菲。

菲菲瞪起眼，大耳朵呼扇一下张开来。只听它轻声说："主人！"紧跟着就跳下台阶，摇着一身胖肉，急急忙忙朝门口跑去，项圈上系着的小银铃发出一串儿响声。

主人出现在门口，手杖、靴筒、衣扣、表链，都在阳光里闪亮；菲菲围着主人又跑又跳，短尾巴亲热地摇着，并抬起那张猪样的肥脸嗅着主人的衣裤，好似闻到什么醉心的气味；然后立起身来，把前爪搭在主人的手上。主人用另一只手摸摸它的头。这时它偏过头，得意扬扬地看了老裴里一眼。满身白灰的老裴里对它充满羡慕之意。

菲菲兴奋起来，它围着主人转圈，打滚，撒欢，最后扑向主人的靴子咬起来。

"又胡闹！"主人带着一种爱意说。

菲菲又朝老裴里递过一个眼神，意思是：你看见了吧！我敢咬他的靴子！

于是菲菲有些忘形了，咬得主人又黑又亮的皮靴筒吱扭吱扭地响。忽然，只听主人大喝一声：

"哎哟，混蛋！"

原来主人崭新的靴筒被咬破了一大块，破皮子向外翻出来。菲菲还没有弄明白是自己闯下的祸事，就已经给主人一脚踢出四五步远，摔得蒙头转向，浑身是土。这一脚正踢在它的脸上，疼得很呢！这又实在叫菲菲挂不住面子，它急了，打一个滚儿翻身起来，喉咙里响着粗粗的发怒声，要朝主人扑来。

"好，你敢咬我！畜生，我打死你！"

主人愤怒的声音又响亮、又怕人，同时举起手杖就要打。远处的老裴里见了，吓得张大嘴，膝头发软，腿上挨过打的地方突然痛起来。菲菲呢，它抬眼看见主人气冲冲的脸和举在半空中亮闪闪而结实的手杖，没有扑过去，而是顺从地低下头，垂下耳朵，哀哀叫了一忽儿，随后摇着尾巴跑到主人跟前，用两腮亲昵地蹭着主人的脚面，并伸出湿乎乎的舌头舔主人的靴筒，那样子就像闯了祸的孩子向大人撒娇讨好一样。

主人没打它，而是厌烦地用脚拨开它，说一声"滚开！"便回屋去了。

菲菲望着主人的背影消失在阴暗的楼道里，扭头看见老裘里，一时感觉困窘极了。

"菲菲，你疼吗？"老裘里问。

菲菲摇摇头，没出声，其实它疼得厉害。

"菲菲，别难过——"老裘里安慰它说，"这事怪你，你闹得太过分了，对不对？"

"啊，啊……是呵。确实闹得太过分了，而且是和主人这么闹。"说到这里，菲菲好像立时恢复一点精神，"和主人这么闹，除去我，谁敢？还多亏是我，要是瓦尔卡、伊凡、莉娜那些家伙，主人非打断他们的腿不可。一双新靴子被我咬破，居然还没打我一下，这对我可是很大的面子呀！你说是吧！"

"嗯。"

菲菲还想神气地笑一下，但脸上刚挨过狠狠一脚，左眼下边已经肿得高高的，挤得眼睛细得像一条缝。这一笑，只像脸皮扯动一下。

"多亏是我……"它极力想挽回面子，还在加劲地说，"换别人，这么闹？要命！主人跟我总有面子，他不会忘记在大赛马场外那件事。老朋友，老交情呢！"

老裘里不再吱声。菲菲自觉没趣，怏怏回到楼前的高台上蜷卧下来，闭上眼睛。老裘里瞥见它的脸颊和前爪在一阵阵微微发抖。它肯定没有睡着，大概在忍着疼痛。老裘里看着、看着，忽然觉得自己对菲菲一点也不艳羡、不钦慕，同时也不感到自卑了。它想，菲菲并不比自己强多少，它不过是一条狗、一条狗而已。由此看来，它自己比菲菲还要强上一些呢！

（1971 年写，1981 年 7 月 28 日整理）

麻 雀

这种褐色、带斑点、乌黑的尖嘴小鸟，为什么要在城市里落居为生？我想，一定有个生动并颇含哲理意味的故事。不过这故事只能虚构了。

这是群精明的家伙。贼头贼脑，又机警，又多疑，似乎心眼儿极多，北方人称它们为"老家贼"。

它们从来不肯在金丝笼里美餐一顿精米细食，也不肯在镀银的鸟架上稍息片刻。如果捉它一只，拴上绳子，它就要朝着明亮的窗子，一边尖叫，一边胡乱扑飞，飞累了，就垂下来，像一个秤锤，还张着嘴喘气。第二天早上，它已经伸直腿，闭上眼死掉了。它没有任何可驯性，因此它不是家禽。

它们不像燕子那样，在人檐下搭窝。而是筑巢在高楼的犄角，或者在光秃秃的大墙中间，脱落掉一两块砖的洞眼儿里。在那儿，远远可见一些黄黄的草，五月间，便由那里传出雏雀儿一声声柔细的鸣叫。这些巢儿总是离地很远，又高又险，人手摸不到的地方。

经常同人打交道，它懂得人的恶意。只要飞进人的屋子，人们总是先把窗子关上，然后连扑带打，跳上跳下，把它捉住，拿出去给孩子们玩弄，直到它死掉。从来没有人打开窗子放它飞去。因此，一辈辈麻雀传下来的一个警句，就是：不要轻易相信人。

麻雀生来就不相信人。它长着土的颜色，为了混淆人的注意力。它活着，提心吊胆，没有一刻得以安心。逆境中磨炼出来的聪明，是它活下去的本领。它们几千年来生活在人间，精明成了它们必备的本领。你看，所有麻雀不都是这样吗？春去秋来的候鸟黄莺儿，每每经过城市都要死去一批，麻雀却在人间活下来。

它们每时每刻都在躲闪人，不叫人接近它们，哪怕那个人并没看见它，它也赶忙逃掉；它要在人间觅食，还要识破人们布下的种种圈套，诸如支起的箩筐，挂在树上的铁夹子，张在空间的透明的网等，并且在这上边、下边、旁边撒下一些香喷喷的米粒面渣。还有那些特别智巧的人发明的一种又一种奇特的新捕具。

有时地上有一粒遗落的米，亮晶晶的，那么富于魅力地诱惑着它。它只能用饥渴的眼睛远远盯着它，却没有飞过去叼起来的勇气。它盯着，叫着，然后腾身而去——这因为它看见了无关的东西在晃动，惹起它的疑心或警觉；或者无端地害怕起来。它把自己吓跑。这样便经常失去饱腹的机会，同时也免除了一些可能致死的灾难。

这种活在人间的鸟儿，长得细长精瘦，有一双显得过大的黑眼睛，目光却十分锐利。由于时时提防人，反而要处处盯着人的一举一动。脑袋仿佛一刻不停地转动着，机警地左顾右盼；起飞的动作有如闪电，而且具有长久不息的飞行耐力。

它们总是吃不饱，需要往返不停地奔跑，而且见到东西就得快吃。有时却不能吃，那是要叼回窝去喂饱羽毛未丰的雏雀儿。

雏雀儿不齐翅膀，刚刚学飞时，是异常危险的。它们跌跌撞撞，落到地上，就要遭难于人们的手中。更可怕的是，这些天真的幼雀，总把人料想得不够坏。因此，大麻雀时常对它们发出警告。诗人们曾以为鸟儿呢喃是一种开心的歌唱，实际上，麻雀一生的喊叫中，一半是对同伴发出的警戒的呼叫。这鸣叫里包含着惊心和紧张。人可以把夜莺儿的鸣叫学得乱真，却永远学不会这种生存在人间的小鸟的语言。

愉快的声调是单纯的，痛苦的声音有时很奇特；喉咙里的音调容易仿效，心里的声响却永远无法模拟。

如果雏雀儿被人捉到，大麻雀就会置生死于度外地扑来营救。因此人们常把雏雀捉来拴好，耍弄得它吱吱叫喊，旁边设下埋伏，来引大麻雀入网。这种利用血缘情感来捕杀麻雀的做法，是万无一失的。每每此时，大麻雀总是失去理智地扑去，结果做了人们晚间酒桌上一碟新鲜的佳肴。

在这些小生命中间，充满了惊吓、危险、饥荒、意外袭击和一桩桩想起来后怕的事，以及难得的机遇——院角一撮生霉的米。

它们这样劳碌奔波，终日躲避灾难，只为了不入笼中，而在各处野飞野跑。大多数鸟儿都习惯一方天地的笼中生活，用一身招徕人喜欢的羽翼，耍着花腔，换得温饱。唯有麻雀甘心在风风雨雨中，过着饥饿疲惫又担惊受怕的日子。人憎恶麻雀的天性。凡是人不能喂养的鸟儿，都称作"野鸟"。

但野鸟可以飞来飞去；可以直上云端，徜徉在凉爽的雨云边；

可以掠过镜子一样的水面；还可以站在钻满绿芽的春树枝头抖一抖疲乏的翅膀——可以像笼鸟们梦想的那样。

到了冬天，人们关了窗子，把房内烧暖，麻雀更有一番艰辛，寒冽的风整天吹着它们。尤其是大雪盖严大地，见不到食物，它们常常忍着饥肠饿肚，一串串落在人家院中晾衣绳上，瑟缩着头，细细的脚给肚子的毛盖着。北风吹着它们的胸脯，远看像一个个褐色的绒球。同时它们的脑袋仍在不停地转动，还在不失对人为不幸的警觉。

哎，朋友，如果你现在看见，一群麻雀正在窗外一家楼顶熏黑的烟囱后边一声声叫着，你该怎么想呢？

（1970.2 写，1982.6 整理）

珍珠鸟

真好！朋友送我一对珍珠鸟。放在一个简易的竹条编成的笼子里，笼内还有一卷干草，那是小鸟舒适又温暖的巢。

有人说，这是一种怕人的鸟。

我把它挂在窗前。那儿还有一盆异常茂盛的法国吊兰。我便用吊兰长长的、串生着小绿叶的垂蔓蒙盖在鸟笼上，它们就像躲进深幽的丛林一样安全；从中传出的笛儿般又细又亮的叫声，也就格外轻松自在了。

阳光从窗外射入，透过这里，吊兰那些无数指甲状的小叶，一半成了黑影，一半被照透，如同碧玉；斑斑驳驳，生意葱茏。小鸟的影子就在这中间隐约闪动，看不完整，有时连笼子也看不出，却见它们可爱的鲜红小嘴儿从绿叶中伸出来。

我很少扒开叶蔓瞧它们，它们便渐渐敢伸出小脑袋瞅瞅我。我们就这样一点点熟悉了。

三个月后，那一团愈发繁茂的绿蔓里边，发出一种尖细又娇嫩的鸣叫。我猜到，是它们有了雏儿。我呢？决不掀开叶片往里看，连添食加水时也不睁大好奇的眼去惊动它们。过不多久，忽然有一个小脑袋从叶间探出来。更小哟，雏儿！正是这个小家伙！

它小，就能轻易地由疏格的笼子钻出身。瞧，多么像它的母亲：红嘴红脚，灰蓝色的毛，只是后背还没有生出珍珠似的圆圆的白点；它好肥，整个身子好像一个蓬松的球儿。

起先，这小家伙只在笼子四周活动，随后就在屋里飞来飞去，一会儿落在柜顶上，一会儿神气十足地站在书架上，啄着书背上那些大文豪的名字；一会儿把灯绳撞得来回摇动，跟着跳到画框上去了。只要大鸟在笼里生气儿地叫一声，它立即飞回笼里去。

我不管它。这样久了，打开窗子，它最多只在窗框上站一会儿，决不飞出去。

渐渐它胆子大了，就落在我书桌上。

它先是离我较远，见我不去伤害它，便一点点挨近，然后蹦到我的杯子上，俯下头来喝茶，再偏过脸瞧瞧我的反应。我只是微微一笑，依旧写东西，它就放开胆子跑到稿纸上，绕着我的笔尖蹦来蹦去，跳动的小红爪子在纸上发出嚓嚓响。

我不动声色地写，默默享受着这小家伙亲近的情意。这样，它完全放心了。索性用那涂了蜡似的、角质的小红嘴，"嗒嗒"啄着我颤动的笔尖。我用手抚一抚它细腻的绒毛，它也不怕，反而友好地啄两下我的手指。

有一次，它居然跳进我的空茶杯里，隔着透明光亮的玻璃瞧我。它不怕我突然把杯口捂住。是的，我不会。

白天，它这样淘气地陪伴我；天色入暮，它就在父母的再三呼唤声中，飞向笼子，扭动滚圆的身子，挤开那些绿叶钻进去。

有一天，我伏案写作时，它居然落到我的肩上。我手中的笔不觉停了，生怕惊跑它。待一会儿，扭头看，这小家伙竟趴在我的肩头睡着了，银灰色的眼睑盖住眸子，小红脚刚好给胸脯上长长的绒毛盖住。我轻轻抬一抬肩，它没醒，睡得好熟！还咂咂嘴，难道在做梦！

我笔尖一动，流泻下一时的感受：

信赖，往往创造出美好的境界。

（1984.1 天津）

巨 笼

笼子多大，鸟儿才快乐？

新加坡人真有想象力，他们在一个山谷上盖一张数百米见方的大铁网，里边有树有花有人造的瀑布流泉，养了上百种鸟。鸟儿可以腾空、盘旋、俯冲，从这边树丛远远飞降到那边林间。莺歌燕舞，相互应答，好不自在好自在！游人钻进笼门，就与三千多只一百多种鸟儿在一起，似与禽鸟同乐。如果不是仰头望去，看见高高一张巨网中透现的蓝天白云，真不知还有真正的空间在网外。

这便是新加坡著名的裕廊飞禽公园。

公园的饲养员尽力把笼中一切搞得像大自然。他们把香蕉挂在树上，把波罗蜜剥开平贴在石头上，还在横斜的树杈上钉个木盘，放了面渣米料。鸟儿有丰足的美食，不必计较香蕉为什么不是长在香蕉树上。有吃有喝，可以快活地游戏，也可放心栖息，用不着在大自然中为了生存历尽艰辛去觅食，以填塞饥腹；更无遭遇天敌或猎手伤害的危险。我笑着对一位同行者说：

"放大鸟笼并不是给鸟自由，而是使鸟更适应笼子。"

可是走出巨笼，回首看去，发现几只大鸟不知怎么跑了出来，它们并不飞去，而是站在笼顶上向下张望，其中一只白鸟拼命把头扎进网眼，原来它们想回到笼里去。我对笼鸟的忧虑真是太多余了。

飞禽公园还有一个奇观，便是"黑暗世界"，养的全是夜鸟。室内漆黑，一间间鸟室，可以隔着玻璃墙观赏。几只猫头鹰站在秃树上睁大一双双可怕的圆眼，射着冷峻目光；蝙蝠迅疾无声地飞来飞去……屋顶涂黑，零落装上一些小电珠，一闪一闪，宛如天上寥落寒星，还有一束束青白灯光，仿佛苍凉月色，这样就使游人在大白天得以看见夜鸟们活跃时的景象。到了真正的黑夜，游人散去，"黑暗世界"里就照射强光，如同白昼，夜鸟便安然睡去。因为夜鸟也要休息。我说，人真是有本事，按照自己的需要，可以颠倒白天和黑夜。但幸亏是对鸟，而不是对人，对人自然就够呛了。

（1987.7.3）

小动物

　　人类最早和所有动物混在一起生活，一同享受着大自然的赐予：阳光、风、水和果子。当然也互相残害为食。动物间相互为食者，称作天敌，比如猫与鼠。人类就曾以捕杀动物为主。但自从人类脱离茹毛饮血进入文明阶段，与动物的关系发生了变化，许许多多曾受人类伤害的动物，进入了诗、画与童话，成为亲切可爱的形象，构成和谐美好的生存境界，抚慰人的心灵。

　　使我惊讶的是，在海外，这些小动物不用到郊外的风景区寻找，大城市中心也常常见到它们。阿姆斯特丹最繁华的沿河街道上空盘旋着雪白的海鸥，我曾用照相机摄下一个镜头——一个金发女郎骑车到桥头，忽然停下来打背包掏出一把碎面包，一扬手，就有许多海鸥"扑喇喇"疾降下来，争啄她手心的面包渣。她好高兴，好像在体味着这些海鸥与她亲昵的情感。手里的面包渣没了，再向包里掏，直把包儿掏空，便和海鸥们摆摆手，骑车走了。

　　在伦敦、旧金山、布鲁塞尔、芝加哥那些高楼林立间的绿地，只要你拿些米一扬手，就有鸽子飞来，还有许多机灵的麻雀和各色小鸟混夹其间。它们都不怕人，有时会在你胳膊上站成一排，甚至踩在你的头顶、肩头或耳朵。这原因很简单：没人捉它们、吃它们，在西方没有"炸铁雀"下酒。你不曾伤害它，它对你便无警惕。害怕都是由于伤害所致。无论是人与动物，还是人与人。

这些生活在城市中的小动物，我最喜欢的是松鼠。在北美一些小城市街上走时，它们时常会从道边浓绿的树丛中钻出来，轻灵地拧动着身子，用略带惊讶的神气瞧你。直立起来时两只前爪拱在胸前，像作揖，跑起来背部向上一拱，把尾巴高高一撅，看上去好似毛茸茸流动的小波浪。一次我躺在爱荷华河边长椅子上晒太阳，睡着了，忽然觉得有人拨弄我头发，醒来一看是两只小松鼠。我口袋里正好有些花生，喂它们。它们吃东西时嘴巴扭动得很可爱。我把花生一抛，它们竟去追。我离开时，它们居然边跑边停跟了我一段路，好似送我一程。

孩子们最爱和小松鼠玩，时常可以看到小孩子们把自己的糖棒送给小松鼠吃。那次在安大略游乐场的大戏篷里看加拿大皇家芭蕾舞团演出《睡美人》时，忽然有几只松鼠在顶篷粗电线上跑来跑去追着玩。剧场里所有孩子都看松鼠，引得大人们也看。最后演员也不得不抬头看看究竟什么角色夺了他们的戏。

小松鼠机灵却冒失，有时蹿到公路上，汽车车速很快，行车时来不及刹车，就被轧死。但后面的车看见前头一只被轧死的松鼠，都错过车辖辘，不忍再轧。看到这情景，你会为小动物的不幸感到痛惜，同时被人们的善良所感动。

西方保护动物的组织很多。在伦敦，我参观过一个"保护弃猫委员会"。谁家不愿养的猫，可以送给这组织去养。杀害动物会受这些组织的控告。人类爱护动物究竟会使自己得到什么益处？爱，首先使人们自己善良。

　　美国电影《人豹》中有句话："动物成为人之前，相互残杀。"反过来说，文明的标志是避免相互伤害。

（1988.2）

猫　婆

　　我那小阁楼的后墙外，居高临下是一条又长又深的胡同，我称它为猫胡同。每日夜半，这里是猫儿们无法无天的世界。它们戏耍、求偶、追逐、打架，叫得厉害时有如小孩扯着嗓子号哭。吵得人无法入睡时，便常有人推开窗大吼一声"去——"，或者扔块石头瓦片轰赶它们。我在忍无可忍时也这样怒气冲冲干过不少次。每每把它们赶跑，静不多时，它们又换个什么地方接着闹，通宵不绝。为了逃避这群讨厌的家伙，我真想换房子搬家。奇怪，哪来这么多猫，为什么偏偏都跑到这胡同里来聚会闹事？

　　一天，我到一位朋友家去串门，聊天，他养猫，而且视猫如命。

　　我说："我挺讨厌猫的。"

　　他一怔，扭身从墙角纸箱里掏出个白色的东西放在我手上。呀，一只毛线球大小雪白的小猫！大概它有点怕，缩成个团儿，小耳朵紧紧贴在脑袋上，一双纯蓝色亮亮的圆眼睛柔和又胆怯地望着我。我情不自禁赶快把它捧在怀里，拿下巴爱抚地蹭它毛茸茸的小脸，竟然对这朋友说："太可爱了，把它送给我吧！"

我这朋友笑了，笑得挺得意，仿佛他用一种爱战胜了我不该有的一种怨恨。他家大猫这次一窝生了一对小猫——一只一双金黄眼儿，一只一双天蓝色眼儿。尽管他不舍得送人，对我却例外地割爱了。似乎为了要在我身上培养出一种与他同样的爱心来。真正的爱总希望大家共享，尤其对我这个厌猫者。

小猫一入我家，便成了我全家人的情感中心。起初它小，趴在我手掌上打盹睡觉，我儿子拿手绢当被子盖在它身上，我妻子拿眼药瓶吸牛奶喂它。它呢，喜欢像婴儿那样仰面躺着吃奶，吃得高兴时便用四只小毛腿抱着你的手，伸出柔软的、细砂纸似的小红舌头亲昵地舔你的手指尖……这样，它长大了，成为我家中的一员，并有着为所欲为的权利——睡觉可以钻进任何人的被窝儿，吃饭可以跳到桌上，蹲在桌角，想吃什么就朝什么叫，哪怕最美味的一块鱼肚或鹅肝，我们都会毫不犹豫地让给它。嘿，它夺去我儿子受宠的位置，我儿子却毫不妒忌它，反给它起了顶漂亮、顶漂亮的名字，叫蓝眼睛。这名字起得真好！每当蓝眼睛闯祸——砸了杯子或摔了花瓶，我发火了，要打它，但只要一瞅它那纯净光澈、惊慌失措的蓝眼睛，心中的火气顿时全消，反而会把它拥在怀里，用手捂着它那双因惊恐瞪大的蓝眼睛，不叫它看，怕它被自己的冒失吓着……

我也是视猫如命了。

入秋，天一黑，不断有些大野猫出现在我家的房顶上，大概都是从后面猫胡同爬上来的吧。它们个个很丑，神头鬼脸向屋里张望。它们一来，蓝眼睛立即冲出去，从晾台蹿上屋顶，和它们对吼、厮打，互相穷追不舍。我担心蓝眼睛被这些大野猫咬死，关紧通向晾台的门，蓝眼睛便发疯似的抓门，还哀哀地向我乞求。后来我知道蓝眼睛是小母猫，它在发狂地爱，我便打开门不再阻拦。它天天夜出晨归，归来时，浑身滚满尘土，两眼却分外兴奋明亮，像蓝宝石。就这样，它在很冷的一天夜里出去了，没再回来，我妻子站在晾台上拿根竹筷子"当当"敲着它的小饭盆，叫它，一连三天，期待落空。意想不到的灾难降临——蓝眼睛丢了！

情感的中心突然失去，家中每个人全空了。

我不忍看妻子和儿子噙泪的红眼圈，便房前房后去找。黑猫、白猫、黄猫、花猫、大猫、小猫，各种模样的猫从我眼前跑过，唯独没有蓝眼睛……懊丧中，一个孩子告诉我，猫胡同顶里边一座楼的后门里，住着一个老婆子，养了一二十只猫，人称猫婆，蓝眼睛多半是叫她的猫勾去的。这话点亮了我的希望。

当夜，我钻进猫胡同，在没有灯光的黑暗里寻到猫婆家的门，正想察看情形，忽听墙头有动静，抬头吓一跳，几只硕大的猫影黑黑地蹲在墙上。我轻声一唤"蓝眼睛"，猫影全都微动，眼睛处灯光似的一闪一闪，并不怕人。我细看，没有蓝眼睛，就守在墙根下等候。不时一只走开，跳进院里；不时又从院里爬上一只来，一直没等到蓝眼睛。但这院里似乎是个大猫洞，我那可怜的宝贝多半就在里边猫婆的魔掌之中了。我冒冒失失地拍门，非要进去看个究竟不可。

门打开，一个高高的老婆子出现——这就是猫婆了。里边亮灯，她背光，看不清面孔，只是一条墨黑墨黑神秘的身影。

我说我找猫，她非但没拦我，反倒立刻请我进屋去。我随她穿过小院，又低头穿过一道小门，是间阴冷的地下室。一股浓重噎人的猫味马上扑鼻而来。屋顶很低，正中吊下一个很脏的小灯泡，把屋内照得昏黄。一个柜子，一座生铁炉子，一张大床，地上几只放猫食的破瓷碗，再没别的，连一把椅子也没有。

猫婆上床盘腿而坐，她叫我也坐在床上。我忽见一团灰涂涂的棉被上，东一只西一只横躺竖卧着几只猫。我扫一眼这些猫，还是没有蓝眼睛。猫婆问我："你丢那猫什么样儿？"我描述一遍，她立即叫道："那大白波斯猫吧？长毛，大尾巴，蓝眼睛？见过见过，常从房上下来找我们玩儿，还在我们这儿吃过东西呢，多疼人的宝贝！丢几天了？"我盯住她那略显浮肿、苍白无光的老脸看，只有焦急，却无半点装假的神气。我说："五六天了。"她的脸顿时阴沉下来，停了片刻才说："您甭找了，回不来了！"我很疑心这话为了骗我，目光搜寻可能藏匿蓝眼睛的地方。这时，猫婆的手忽向上一指，呀，迎面横着的铁烟囱上，竟然还趴着好一大长排各种各样的猫！有的眼睛看我，有的闭眼睡觉，它们是在借着烟囱的热气取暖。

猫婆说："您瞧瞧吧，这都是叫人打残的猫！从高楼上摔坏的猫！我把它们拾回来养活的。您瞧那只小黄猫，那天在胡同口叫孩子们按着批斗，还要烧死它，我急了，一把从孩子们手里抢出来的！您想想，您那宝贝丢了这么多天，哪还有好？现在乡下常来一伙人，下笼子逮猫吃，造孽呀！他们在笼里放了鸟儿，把猫引进去，笼门就关上……前几天我的一只三花猫就没了。我的猫个个喂得饱饱的，不用鸟儿绝对引不走，那些狼心狗肺的家伙，吃猫肉，叫他们吃！吃得烂嘴、烂舌头、浑身烂、长疮、烂死！"

她说得脸抖，手也抖，点烟时，烟卷抖落在地。烟囱上那小黄猫，瘦瘦的，尖脸，很灵，立刻跳下来，叼起烟，仰起嘴，递给她。猫婆笑脸开花，咧着嘴不住地说："瞧，您瞧，这小东西多懂事！"像在夸赞她的一个小孙子。

我还有什么理由疑惑她？面对这天下受难猫儿们的救护神，告别出来时，不觉带着一点惭愧和狼狈的感觉。

蓝眼睛的丢失虽使我伤心很久，但从此不知不觉我竟开始关切所有猫儿的命运。猫胡同再吵再闹也不再打扰我的睡眠，似乎有一只猫叫，就说明有一只猫活着，反而令我心安。猫叫成了我的安眠曲……

转过一年，到了猫儿们求偶时节，猫胡同却忽然安静下来。

我妻子无意间从邻居那里听到一个不幸的消息：猫婆死了。同时——在她死后——才知道关于她在世时的一点点经历。

据说，猫婆本是先前一个开米铺老板的小婆，被老板的大婆赶出家门，住在猫胡同那座楼第一层的两间房子里。后又被当作资本家老婆，轰到地下室。她无亲无故，孑然一身，拾纸为生，以猫为伴，但她所养的猫没有一个良种好猫，都是拾来的弃猫、病猫和残猫。她天天从水产店捡些臭鱼烂虾煮了，放在院里喂猫，也就招引一些无家可归的野猫来填肚充饥，有的干脆在她家落脚。她有猫必留，谁也不知道她家到底有多少只猫。

曾有人为她找个伴儿，是个卖肉的老汉。结婚不过两个月，老汉忍受不了这些猫闹、猫叫、猫味儿，就搬出去住了。人们劝她扔掉这些猫，接回老汉，她执意不肯，坚持与这些猫共享着无人能解的快乐。

前两个月，猫婆急病猝死，老汉搬回来，第一件事便是把这些猫统统轰走。被赶跑的猫儿依恋故人故土，每每回来，必遭老汉一顿死打，这就是猫胡同忽然不明不白静下来的根由了。

这消息使我的心一揪。那些猫，那些在猫婆床上、被上、烟囱上的猫，那些残的、病的、瞎的猫儿们呢？那只尖脸的、瘦瘦的、为猫婆叼烟卷的小黄猫呢？如今漂泊街头、饿死他乡、被孩子弄死，还是叫人用笼子捉去吃掉了？一种伤感与担忧从我心里漫无边际地散开，散出去，随后留下的是一片沉重的空茫。这夜，我推开后窗向猫胡同望下去，只见月光下，猫婆家四周的房顶墙头趴着一只只猫影，大约有七八只，黑黑的，全都默不作声。这都是猫婆那些生死相依的伙伴，它们等待着什么呀？

从这天起，我常常把吃剩下的一些东西———一块馒头、一个鱼头或一片饼扔进猫胡同里去，这是我仅能做到的了。但这年里，我也不断听到一些猫这样或那样死去的消息，即使街上一只猫被轧死，我都认定必是那些从猫婆家里被驱赶出来的流浪儿。入冬后，我听到一个令人震栗的故事——

我家对面一座破楼修理瓦顶。白天里瓦工们换瓦时活没干完，留下个洞，一只猫为了御寒，钻了进去；第二天瓦工们盖上瓦走了，这只猫无法出来，急得在里边叫。住在这楼顶层的五六户人家都听到猫叫，还有在顶棚上跑来跑去的声音，但谁家也不肯将自家的顶棚捅坏，放它出来。这猫叫了三整天，开头声音很大，很惨，瘆人，但一天比一天声音微弱下来，直至消失！

　　听到这故事，我彻夜难眠。

　　更深夜半，天降大雪，猫胡同里一片死寂，这寂静化为一股寒气透进我的肌骨。忽然，后墙下传来一声猫叫，在大雪涂白了的胡同深处，猫婆故居那墙头上，孤零零趴着一只猫影，在凛冽中蜷缩一团，时不时哀叫一声，甚是凄婉。我心一动，是那尖脸小黄猫吗？忙叫声："咪咪！"想下楼去把它抱上来，谁知一声唤，将它惊动，起身慌张跑掉。

　　猫胡同里便空无一物。只剩下一片夜的漆黑和雪的惨白，还有奇冷的风在这又长又深的空间里呼啸。

（1989.9.6）

捅马蜂窝

爷爷的后院虽小，它除去堆放杂物，很少人去，里边的花木从不修剪，快长疯了！枝叶纠缠，阴影深浓，却是鸟儿、蝶儿、虫儿们生存和嬉戏的一片乐土，也是我儿时的乐园。我喜欢从那爬满青苔的湿漉漉的大树干上，取下一只又轻又薄的蝉衣，从土里挖出筷子粗肥大的蚯蚓，把团团飞舞的小蠓虫赶到蜘蛛网上去。那沉甸甸压弯枝条的海棠果，个个都比市场买来的大。这里，最壮观的要数爷爷窗檐下的马蜂窝了，好像倒垂的一只大莲蓬，无数金黄色的马蜂爬进爬出，飞来飞去，不知忙些什么，大概总有百十只之多，以至爷爷不敢开窗子，怕它们中间哪个冒失鬼一头闯进屋来。

"真该死，屋子连透透气儿也不能，哪天请人来把这马蜂窝捅下来！"奶奶总为这个马蜂窝生气。

"不行，要蜇死人的！"爷爷说。

"怎么不行？头上蒙块布，拿竹竿一捅就下来。"奶奶反驳道。

"捅不得，捅不得。"爷爷连连摇手。

我站在一旁，心里却涌出一种捅马蜂窝的强烈欲望。那多有趣！当我给这个淘气的欲望鼓动得难以抑制时，就找来妹妹，乘着爷爷午睡的当儿，悄悄溜到从走廊通往后院的小门口。我脱下褂子蒙住头顶，用扣上衣扣儿的前襟遮盖下半张脸，只需一双眼。又把两根竹竿接绑起来，作为捣毁马蜂窝的武器。我和妹妹约定好，她躲在门里，把住关口，待我捅下马蜂窝，赶紧开门放我进来，然后把门关住。

妹妹躲在门缝后边，眼瞧我这非凡而冒险的行动。我开始有些迟疑，最后还是好奇战胜了胆怯。当我的竿头触到蜂窝的一刹那，好像听到爷爷在屋内呼叫，但我已经顾不得别的，一些受惊的马蜂轰地飞起来，我赶紧用竿头顶住蜂窝使劲地摇撼两下，只听"嗵"，一个沉甸甸的东西掉下来，跟着一团黄色的飞虫腾空而起，我扔掉竿子往小门那边跑，谁料到妹妹害怕，把门在里边插上，她跑了，将我关在门外。我一回头，只见一只马蜂径直而凶猛地朝我扑来，好像一架燃料耗尽、决心相撞的战斗机。这复仇者不顾一死而拼死的气势使我惊呆了。瞬间只觉眉心像被针扎似的剧烈地一疼，挨蜇了！我下意识地用手一拍，感觉我的掌心触到它可怕的身体。我吓得大叫，不知道谁开门把我拖到屋里。

当夜，我发了高烧。眉心处肿起一个枣大的疙瘩，自己都能瞧见。家里人轮番用醋、酒、黄酱、万金油和凉手巾把儿，也没能使我那肿疮迅速消下来。转天请来医生，打针吃药，七八天后才渐渐痊愈。这一下可不轻呢！我生病也没有过这么长时间，以至消肿后的几天里不敢到那通向后院的小走廊上去，生怕那些马蜂还守在小门口等着我。

过了些天，惊恐稍定，我去爷爷的屋子，他不在，隔窗看见他站在当院里，摆手召唤我去，我大着胆子去了。爷爷手指窗根处叫我看，原来是我捅掉的那个马蜂窝，却一只马蜂也不见了，好像一只丢弃的干枯的大莲蓬头。爷爷又指了指我的脚下，一只马蜂！我惊吓得差点叫起来，慌忙跳开。

"怕什么，它早死了！"爷爷说，"这就是蜇你的那只马蜂，可能被你那一拍，拍死的。"

仔细瞧，噢，原来是死的。仰面朝天躺在地上，几只黑蚂蚁在它身上爬来爬去。

"马蜂就是这样，你不惹它，它不蜇你。"爷爷说。

"那它干嘛还要蜇我呢，这样它自己不也完了吗？"

"你毁了它的家——那是多大一个家呀！它当然要跟你拼命的！"爷爷说。

我听了心里暗暗吃惊。一只小虫竟有这样的激情和勇气。低头再瞧瞧那只马蜂，微风吹着它，轻轻颤动，好似活了一般。我不禁想起那天它朝我猛扑过来时那副视死如归的架势，与毁坏它们生活的人拼出一切，真像一个英雄……我面对这壮烈牺牲的小飞虫的尸体，似乎有种罪孽感沉重地压在我的心上。

那一窝马蜂呢，被我扰得无家可归的一群呢，它们还会不会回来重建家园？我甚至想用胶水把那只空空的蜂窝粘上去。

这一年，我经常站在爷爷的后院里，始终没有等来一只马蜂。

转年开春，有两只马蜂飞到爷爷的窗檐下，落到被晒暖的木窗框上，然后还在过去的旧巢的残迹上爬了一阵子，跟着飞去而不再来。空空又是一年。

第三年，风和日丽之时，爷爷忽叫我抬头看，隔着窗玻璃看见窗檐下几只赤黄色的马蜂忙来忙去。在这中间，我忽然看到，一个小巧的、银灰色的第一间蜂窝已经筑成了。

于是，我和爷爷面对面开颜而笑，笑得十分舒心。我不由得暗暗告诉自己，再不做一件伤害旁人的事。

（1982.11.17，2010.1 新）

黑　头

　　这儿说的黑头，可不是戏曲里的行当，而是条狗的名字。这狗不一般。

　　黑头是条好狗，但不是那种常说的舍命救主的"忠犬、义犬"，这是一条除了它再没第二的狗。

　　它刚打北大关一带街头那些野狗里出现时，还是个小崽子，太丑！一准是谁家母狗下了崽，嫌它难看，扔到这边来。扔狗都往远处扔，狗都认家，扔近了还得跑回来。

　　黑头是条菜狗——那模样，说它都怕脏了舌头！白底黑花，花也没样儿，像烂墨点子，东一块西一块；脑袋整个是黑的，黑得看不见眼睛，只一口白牙，中间耷拉出一小截红舌头。不光人见人嫌，野狗们也不搭理它。北大关挨着南运河，码头多，人多，商号饭铺多，土箱子里能吃的东西也多。野狗们单靠着在土箱子里刨食就饿不着。可这边的野狗个个凶，狗都护食，不叫黑头靠前。故而一年过去，它的个子不见长，细腿瘪肚，乌黑的脑袋还像拳头那么点儿。

　　北大关顶大的商号是隆昌海货店，专门营销海虾河蟹湖鱼江鳖，远近驰名。店里一位老伙计商大爷，是个敦敦实实的老汉，打小在隆昌先当学徒后当伙计，干了一辈子，如今六十多岁，称得上这店里的元老，买卖水产的事儿比自家的事儿还明白。至于北大关这一带市面上的事，全都在他眼里。他见黑头皮包骨头，瘦得可怜，时不时便叫小伙计扔块鱼头给它。狗吃肉不吃鱼，尤其不吃生鱼，怕腥；但这小崽子却领商大爷的情，就是不吃也咬上几口，再朝商大爷叫两声，摇摇尾巴走去。这叫商大爷动了心。日子一久，有了交情，模样丑不丑也就不碍事了。

一天商大爷下班回家，这小崽子竟跟在他后边。商大爷家在侯家后，道儿不远，黑头一直跟着他，距离拉得不近不远，也不出声，直送他到家门口。

商大爷的家是个带院的两间瓦房。商大爷开门进去，扭头一看，黑头就蹲在门边的槐树下边一动不动瞧着他。商大爷没理它关门进屋。第二天一天没见它。傍晚下班回家时，黑头不知嘛时候又出来了，又是一直跟着商大爷，不声不响送商大爷回家。一连三天，商大爷明白这小崽子的心思，回到家把院门一敞说："进来吧，我养你了。"黑头就成了商家的一号了。

邻居们有点纳闷，商大爷养狗总得养条好狗；领野狗养，也得挑一条顺眼的，干吗把这么一个丑东西弄到家里？天天在眼皮子底下转来转去，受得了吗？

商大爷日子宽裕，很快把黑头喂了起来，个子长得飞快，一年成大狗，两年大得吓人，它那黑脑袋竟比小孩的脑袋还大，白牙更尖，红舌更长。它很少叫，商大爷明白，咬人的狗都不叫，所以从不叫它出门，即便它不咬人，也怕它吓着人。

其实黑头很懂人事，它好像知道自己模样凶，决不出院门，也决不进房门，整天守在院门里房门外。每有客人来串门，它必趴下，把半张脸埋在前爪后边，不叫人看，怕叫人怕，耳朵却竖着，眼睛睁得挺圆，决不像那种好逞能的家犬，一来人就咋呼半天。可是一天半夜有个贼翻墙进院，它扑过去几下就把那贼制服。它一声没叫，那贼却疼得吓得唧哇乱喊。这叫商大爷知道它不是吃闲饭的，看家护院，非它莫属。

商大爷常说黑头这东西有报恩之心，很懂事，知道怎么"做事"。商大爷这种在老店里干了一辈子的人，讲礼讲面讲规矩讲分寸，这狗合他的性情，所以叫他喜欢。只要别人夸赞他的黑头，商大爷辄必眉开眼笑，好像人家夸他孩子。

可是，一次黑头惹了祸，而且是大祸。

那些天，商大爷家西边的厢房落架翻修，请一帮泥瓦匠和木工，搬砖运灰里里外外忙活。他家平时客人不多，偶尔来人串门多是熟人，大门向来都是闭着，从没这样大敞四开，而且进进出出全是生脸。黑头没见过场面，如临大敌，浑身的毛全竖起来。但又不能出头露面吓着人，便天天猫在东屋前，连盹儿也不敢打。七八天过去，老屋落架，刨糟下桩，砌砖垒墙，很快四面墙和房架立了起来。待到上梁那天，商大爷请人来在大梁上贴了符纸，拴上红绸，众人使力吆喝，把大梁抬上去摆正，跟着放一大挂雷子鞭，立时引来一群外边看热闹的孩子连喊带叫，涌了进来。

黑头以为出了事，突然腾身蹿跃出来，孩子们一见这黑头花身、张牙舞爪、凶神恶煞般的怪物,吓得转身就跑。外边的往里拥,里边的往里挤,在门里门外砸成一团,跟着就听见孩子又叫又哭。

商大爷跑过去一瞧,一个邻居家的男孩儿被挤倒,脑袋撞上石头门墩,开了口子冒出血来。邻居家大人赶来一看不高兴了,迎面给商大爷来了两句:"使狗吓唬人——嘛人?"

商大爷是讲礼讲面的人,自己缺理,人家话不好听,也得受着。一边叫家里人陪着孩子去瞧大夫,一边回到院里安顿受了惊扰的修房的人。

这时,扭头一眼瞧见黑头,心火冒起,拾起一根竿子两步过去,给黑头狠狠一竿子,骂道:"畜生就是畜生,我一辈子和人好礼好面,你把我面子丢尽了!"

黑头挨了重重一击,本能地蹿起,龇牙大叫一声,那样子真凶。商大爷正在火头上,并不怕它,朝它怒吼:"干吗,你还敢咬我?"

黑头站那儿没动,两眼直对商大爷看着,忽然转身夺门而去,一溜烟儿就跑没了。商大爷把竿子一扔说:"滚吧,打今儿别再回来,原本不就是条丧家犬吗?"

黑头真的没再回来。打白天到夜里,随后一天两天三天过去,影儿也不见。商大爷心里觉得好像缺点嘛,嘴里不说,却忍不住总到门外边张望一下。这畜生真的一去不回头了吗?

又过两天,西边的房顶已经铺好苇耙,开始上泥铺瓦。院门敞着,黑头忽然出现在门口。这时候,商大爷去隆昌上班了,工人都盯着手里的活,谁也没注意到它。

黑头两眼扫一下院子,看见中间有一堆和好的稀泥,突然它腿一使劲,朝那堆稀泥猛冲过去,"噗"地一头扎进泥里,用劲过猛,只剩下后腿和尾巴留在外边。这一切没人瞧见。

待商大爷下晌回来,工人收工时,有人发现这泥里毛乎乎的东西是嘛呢,拉出来一看,大惊失色,原来是黑头,早断了气,身子都有点发硬了。它怎么死在这儿,嘛时候死的,是邻居那家弄死后塞在这儿的吗?

大伙猜了半天说了半天,谁也说不清楚。半天没说话的商大爷的一句话,把这事说明白了:"我明白它,它比我还要面子,它这是自我了结。"随后又感慨地说,"唉,死还是要死在自己家里。"

（2021.5）

图书在版编目（CIP）数据

夕照透过书房 ：冯骥才散文精选 / 冯骥才著.
杭州 ：浙江教育出版社，2024. 12. -- ISBN 978-7-5722-
8608-7

Ⅰ. I267

中国国家版本馆 CIP 数据核字第 2024D96J25 号

夕照透过书房 冯骥才散文精选
XIZHAO TOU GUO SHUFANG　FENG JICAI SANWEN JINGXUAN
冯骥才　著

责任编辑	赵清刚
美术编辑	韩　波
责任校对	马立改
责任印务	时小娟
选题策划	大愚文化
产品监制	王秀荣
特约编辑	朱　江
封面插图	厚　闲
封面设计	申海风
版式设计	申海风
出版发行	浙江教育出版社
	地址：杭州市环城北路177号
	邮编：310005
	电话：0571-88900883
	邮箱：dywh@xdf.cn
印　　刷	天津盛辉印刷有限公司
开　　本	880mm×1230mm　1/32
成品尺寸	145mm×210mm
印　　张	9.75
字　　数	165 000
版　　次	2024年12月第1版
印　　次	2024年12月第1次印刷
标准书号	ISBN 978-7-5722-8608-7
定　　价	49.90元